陈范 著　王敏 编校

陳範集

国家社科基金重点项目 "苏报案前的《苏报》辑佚与研究"

项目编号：19AZS008

前　言

王敏

　　陈范(1860—1913)本名鼺,后改名彝范,再改名范。初字泽之。曾号叔畴,或作叔柔、叔筹、锡畴,亦号梦坡。晚年改名蜕,别署蜕安、蜕存、蜕翁、蜕盦、退安、退翁、退僧、梦逋、息庵、忆云、瑶天、瑶天老蜕等。江苏阳湖(今常州)人,祖籍湖南衡山,1860年2月6日(咸丰十年正月十五日)出生于父亲任所浙江安吉。

　　陈范出生在官宦世家。父亲陈怀庭,曾在浙江鄞县、安吉、乌程、兰溪等地任知县30余年。母亲赵氏,娘家为江苏宜兴大族,赵氏的弟弟赵烈文为近代名士,是深得曾国藩信任的幕僚。陈范兄弟共三人,陈范排名第二。长兄陈鼎(1854—1904),字刚侯,号伯商。1876年(光绪二年)中举,1880年(光绪六年)中进士,翰林院编修。戊戌变法期间,因笺注冯桂芬《校邠庐抗议》而获罪,发回原籍,"监禁在省",不得与地方交接。弟弟陈韬(1869—1937),字季略,号玉螭,国学生,与其妻庄曜孚均为近代有名的画家和书画鉴赏家。

　　像父辈和长兄一样,陈范自幼便接受私塾教育,十一岁时开始学作诗,并且表现出很高的文学天赋,得到父亲的称许。十五岁起,陈范开始学做八股文,为科举考试做准备。1889年,考中光绪十五年己丑恩科第二十名举人。1890年,陈范捐官为江西铅山县知县。1891年,陈范到任。1896年,因与上司江苏巡抚德寿相处不睦,被其弹劾,朝廷下旨,将陈范免官。

　　陈范落职后,回家乡常州。在家乡闲居两年后,陈范来到上海另谋发展,人生的另一个阶段由此开启。1898年底,与妹夫汪文溥在上海接办《苏报》,陈范由一名清政府的落职官员一变而为上海一家民营报馆的馆主。1902年春,陈范还成为蔡元培等在上海主持成立

1

的中国教育会的成员,参与中国教育会主持的爱国女学和爱国学社的筹办。其时受上海南洋公学因"墨水瓶风波"引发学潮的影响,江浙一带的新式学堂当中不断发生学生罢课风潮,并且与留日学生当中的反清革命思想相呼应。《苏报》因此于1902年底开辟《学界风潮》栏目,对其追踪报道。《苏报》还与中国教育会定约,由教育会成员蔡元培等为《苏报》供稿,而《苏报》则每月赞助爱国学社一百元。由此,《苏报》差不多成为中国教育会和爱国学社的机关报。而自1903年春开始,章太炎加入中国教育会以及章士钊、邹容等人的到来,以中国教育会和爱国学社为中心,上海汇聚了一批当时中国最为激进的人物。1903年5月,陈范聘请章士钊为《苏报》主笔,此后,《苏报》接连刊发反清革命言论,并登载章太炎为邹容《革命军》所作序。朝廷震怒,下旨严惩。1903年6月30日,章太炎在爱国学社被捕,7月1日,邹容投案,苏报案发生。7月3日,陈范携女儿陈撷芬逃亡日本。

陈范逃亡日本后,清政府与日本交涉,要求引渡陈范,被日本拒绝。陈范抵日后,先后落脚横滨和东京,并会见过孙中山,参与过革命党的活动。1904年底至1905年初,陈范由日本前往香港,协助陈少白办《中国日报》。1905年春,陈范由香港回上海。这年夏天,端方密探侦知陈范回沪,于是以琐事为由,控告于上海租界会审公廨,陈范因此遭遇一场牢狱之灾。在狱中被关押一年有余,陈范被保释出狱,此后前往浙江温州一带躲避一段时间。1907年下半年,陈范又前往湖南,投奔汪文溥。此后近五年时间,陈范主要流寓湖南醴陵和长沙,参与过湖南革命党的活动,与湖南当地名流傅尃、史良等有较多交往,并且经傅尃与南社建立联系。

1912年春,陈范由湖南回到上海,经南社社友叶楚伧介绍,在《太平洋报》任编辑,后经南社社友仇亮介绍,前往北京,任《民主报》编辑。在北京不到两月,陈范即回沪。1913年5月,陈范病逝于沪西宝安里居所。

陈范的一生极为坎坷,家庭也十分不幸。苏报案后陈范逃亡海外,两个儿子一个在苏报案发生后失踪,一个被捕入狱,出狱后客死他乡。随他逃亡日本的妾亦因饥寒嫁与他人。尤其是晚年的陈范,孤身一人,居无定所,四处漂泊,贫病交迫,生活困顿。坎坷的遭际、困苦的境遇,加之江南文人的多愁善感,成就了诗人陈范,他常常通过写诗排解和宣泄内心的伤感和苦痛。

陈范去世后,他的诗作以及各类文章和小说等大多收入其去世后所刊印的《蜕翁诗词刊存》(1914 年)、《陈蜕盦先生文集》(1914 年)和《蜕翁诗词文续存》(1915 年)。

《蜕翁诗词刊存》共二集七卷。第一集包括四卷,即《映雪轩初稿》《烟波吟舫诗存》《寄舫偶吟》《息庵诗》,均为陈范 1898 年来沪之前的诗作。其中《映雪轩初稿》为 16 岁之前所写,《烟波吟舫诗存》16 岁以后至为 1891 年任职铅山县之前所写,《寄舫偶吟》和《息庵诗》分别为任职铅山县和落职后回常州闲居时所写,总计约 230 余首。第二集包括三卷,即《闲情香草诗》《夜梵集》和《蜕僧余稿》,共计 500 余首,主要为湖南时期和 1912 年回沪后所写诗作,其中《夜梵集》主要为长沙重病期间的诗作。

《陈蜕盦先生文集》主要收录陈范所写各类文章,如论说、序跋杂文、语言和书信等,并附有陈范去世后汪文溥、柳亚子、傅専等亲友所写悼念文章。

《蜕翁诗词文续存》主要收录《蜕翁诗词刊存》和《陈蜕盦先生文集》所未收入的诗词文等,包括《卷帘集》《残宵梵诵(上)》《残宵梵诵(下)》和《蜕词续稿》和陈范所写各类文章以及亲友为悼念陈范所作诗。其中《卷帘集》《残宵梵诵(上)》《残宵梵诵(下)》为诗集,多为湖南时期的诗作,总计约 270 首;《蜕词续稿》为陈范所写词,共 6 首。

《蜕翁诗词刊存》《陈蜕盦先生文集》和《蜕翁诗词文续存》均由汪文溥、柳亚子编纂,南社社友集资刊印,但印数不多,随《中华实业丛

3

报》附送，未公开发行。

　　陈范是中国近代史上，尤其是辛亥革命史上一位重要人物，民国时期被列为辛亥英烈。同时，陈范也是当时颇受认可的诗人，柳亚子就赞誉他的诗："奔放不羁，雅类坡仙"，因此，在中国近代文学史上应有其一席之地。遗憾的是，因有关陈范的资料开发不充分，学界对陈范的研究还相当有限，相当肤浅。相信《陈范集》的出版，对于推动陈范以及相关研究有所贡献。

　　此次整理，将上述《蜕翁诗词刊存》《陈蜕盦先生文集》《蜕翁诗词文续存》编为一册，保持原顺序，文字也尽量保持原貌。原刊误字予以改正，以校勘符号标示。陈范作品尚有在此三集之外者，留待他日补遗。

目　录

1

目录

目 录

目 录

目 录

11

目 录

目 录

目　录

士鸿侄将赴覃州,谒其母舅壬秋王先生。先生蜕庵父执也。三
　十四年前,曾假馆于先生所寓百花祠。越十三年,重晤吴门,
　今又二十二年矣。先生以廉夫隐吴之年,逾潞国杖朝之健。
　周伯况屡辞征辟,朝士视如星云。庚兰成曾值乱离,平生不

为萧瑟,岂第苟攸日下鹤,直如宋纤人中龙。蜕盦私淑少年,
自居弟子,不见万日,乌有先生。兹因赋饯士鸿,未忘方雅,
多及前踪,不知先生云何。/ 248

此集既订,梦中偶得一律,意未即解。录之书题,玩索再四,真
呓语也 / 249

目　录

蜕翁诗词刊存

自　序

　　自十一岁学为梅花、牡丹诗，所作渐繁，然不自检摄，随作随弃。《春窗风雨词》以下十五首，皆十六岁前所作，盖十不存一矣。嗣后研心帖括，此事遂废。偶有所作，日趋浅薄。就所忆录之，又得十二首。计庚午迄庚辰，诗凡二十九首，为《映雪轩初稿》一卷。自辛巳迄庚寅十年中，再丁大故，备历诸艰，加之饥来驱人，岁岁行役。若例以古人穷而后工之言，宜其日有进益。且所至皆名山大泽，所接多硕彦通人，开拓胸襟，阐发意气。倘能见诸篇什，必有天风海涛之韵，唾壶击碎之声矣！乃病不能呻，愁遂成嚜，岂非凡下之性，未堪造就？过此以往，欲入古人堂奥，自附作者，难矣！吟情既尠，逸作尤多，存诗九十首，为《烟波吟舫诗存》一卷。辛卯莅官荷湖，簿书委积之余，偶一为之，未敢以啸傲废事也。在官五年，得诗三十三首，为《寄舫偶吟》一卷。丙丁两年，以废弃余生，流离转徙。情既踽踽，语多灰颓，境遇使然，未可自强。得诗七十九首，为《息庵诗》一卷。前后三十年，存诗凡二百一首。舟中无事，略加编次，令嶷儿抄录一过，置之行箧，亦敝帚自享之意也。岁也，岁在著雍阉茂三月望前一日。梦坡自识。

第一集第一卷　映雪轩初稿

古近体诗共二十九首

梅　　花

予年十一,先君指庭梅命赋一律。予时未解吟咏,从塾师读过唐诗十余首耳。诗成,先君尤赏首二句,谓意韵如唐人咏蝉诗。又命赋牡丹,亦加称许。其后所作颇多,辄随手弃去,惟此二首为发轫之始,而追念趋庭,尤所难忘。故不计工拙,录以弁卷。

风起香加远,春来放独先。数枝横竹外,一树倚庭前。带雪心偏洁,含烟色更妍。晚来明月上,清影在溪边。

牡　　丹

魏紫姚黄开最迟,清和天气胜春时。群花零落何须惜,富贵秾华在一枝。

春窗风雨词

一夜风声雨点中,零落春花满地红。未见花开花已落,千林万树绿成丛。春闺儿女浑愁绝,凭栏无语暗呜悒。柔肠已被春风摧,香泪更和春雨滴。春风春雨锁春寒,燕妒莺嗔一例捐。更无庭院飞碧絮,但见池塘漾绛澜。九十韶华在何许?小园寂寞春无主。从来世事只匆匆,不须为春怨风雨。君不见春去春来春自春,绿窗儿换惜春人。

冬 闺

爱酒不辞醉,看花未解愁。玉肌寒起粟,犹是晓登楼。

饮 酒

我有一尊酒,独饮无宾朋。欲以瞩明月,遥遥唤不应。

拟 古

不愿作河畔星,宁可作天边月。月圆一年十二回,双星渡河只一夕。

过 苏 州

春江喜泛木兰舟,六载前曾此地游。戊辰年侍慈亲由毗陵赴浙,过此时予年已九岁。迄今六年矣!风景看来还忆得,绿杨深处是苏州。

佳 人 篇

空谷有佳人,容颜花相若。不戴金步摇,腰肢自柔弱。纤手理瑶琴,一弹潜鱼跃,再弹作变征。风雨忽拉杂,中散非人间,此调为谁发?

醉 歌 行

既不能骑鲸青海头,百金装剑、千金买裘。又不能逃名绝世江上弄扁舟。四顾天地一何窄,惟有痛饮消其忧。我亦不向青天邀明月,我亦不向燕市寻荆轲。得银便付酒家去,独饮独醉醉独歌。开元词人李太白,斗酒百篇世无敌。长安市上正酩酊,天子传呼去不得。李公去今一千载,我读公诗如公在。青山足下无人烟,吁嗟何处吊谪

仙。举杯酹公公知否,不须更向夜郎走。千年万古只匆匆,后人吊我
还如吊我公。

闺　　情

湘帘贴地静无波,斜压香衾一角拖。贪著轻绵不肯换,却嗔天气
嫩寒多。

凭栏何事久思量,忽地回身点展忙。笑语微闻人不见,画屏深处
赚檀郎。

几度临流照鬓丝,怕教撩乱被人疑。心虚还道罗裙绉,却怪萧郎
总未知。

纪　　别

又趁西风事薄游,商量无计可勾留。痴心要祝明朝雨,便过明朝
一样愁。

舟　　行

白苹红蓼满江秋,极目烟波无限愁。天解离人憎寂寞,却教明月
送归舟。

泊　吴　江

抱来依旧玉玲珑,前恨零星诉未终。梦醒忽闻舟子语,始知身在
道途中。

寄　　书

颠倒鸳鸯一寸封,银泥花押护重重。思量书到身难到,要倩邮筒
带个侬。

送　春　曲

风雨随春来,春随风雨去。把酒嘱残春,再来莫匆遽。

丙子闹后省墓，复侍严亲由衡山赴浙道，出长沙。王吉来茂才赠诗五章，依韵和之，今仅忆第三首矣

泽畔行吟客，离愁况在秋。刘伶忘负锸，王粲怯登楼。慷慨引长剑，飘零一钓舟。未能奋寄翼，惆怅拜松楸。

湘 江 道 中

客路三千里，西风岁渐阑。云归江树迥，木落晚波寒。欲作穷途哭，聊贪一晌欢。沅湘愁独立，日暮觉衣单。

嘉 兴 道 中

十万黄金地，承平今几年。苍生未苏息，冢墓半为田。远树依寒月，孤舟系暮烟。客愁兼归思，撩乱酒樽边。

桃 花 岭

三日岭头行，肩舆不计程。草间泉暗响，松际风时鸣。人世依稀隔，阴晴倏忽更。不堪亲舍远，极目暮云横。

游 石 门 洞

微雨黯春江，帆重不得渡。闻有石门洞，便欲寻幽去。倒著双接离，腰却健能步。逶迤灌木中，交荫结层雾。山回路亦转，忽然如天曙。冈势左右分，平沃宜耕获。村居四五家，父老课农圃。笑问客所向，(岐)〔歧〕途幸未误。自愿作前导，殷勤如亲故。南行一二里，幽旷惬襟素。瞥见起层崖，悬流千丈布。下注于方塘，奔泻一何怒。当春溅飞雪，亭午戒行露。凌阴砭四肢，自觉不能驻。循崖向右转，石罅天不锢。纵横各丈余，中有石可据。云是刘诚意，当年读书处。匦璧镌大隶，分布密不骛。苔藓互剥蚀，读之不成句。出罅更攀跻，倏已峰巅踞。小亭渐倾圮，名胜谁爱护。缅昔文成公，于此久流寓。乡人赖保障，方陈敢狼顾。一朝遇高皇，风云得所附。帷幄资运筹，前

7

席待借箸。功成不辟谷,此错何由铸。我来揽遗迹,欲作投湘赋。凭吊方未已,杂然起百虑。清景难久留,劳生似萍絮。翳目昏风埃,浃背湿沮洳。要掬山中泉,为我涤沉痼。虚念畏日隐,历忆来时路。入山还复出,愧此葛天趣。归来卧舟中,苍茫日云暮。

中 秋 寄 内

去年此夕倚回栏,笑指金波说广寒。怪底嫦娥今不见,要留照取泪双干。

送许桐生明经南归

酾酒临歧泪欲波,从今离合又如何?秋风亦有尊鲈感,乡思因君一倍多。

报罢南归,于沪上遇友却赠

别后年华走电车,今逢旧雨又天涯。初偕笑语还疑梦,互说离踪更可嗟。憔悴侬如秋后柳,飘零君亦雨中花。客囊剩有鹔鹴裘在,典质何妨付酒家。

登严子陵钓台

天子明见及万里,独于故人失其指。杖策未随邓禹辈,安用厚禄诬高士。酣卧不识帝王尊,空教太史惊欲死。一朝忽然失所在,天下无由遣征使。远来垂钓富春山,犹是披裘一男子。钓台嵯峨自千古,亮节清风久已矣。读书向往今登临,却怪两台对相峙。土人云是姜与严,渭叟何得钓于此。归来行当考志乘,一物不知士之耻。台高千尺噉寒流,或者陵谷有迁徙。山光云影足仿佛,何论钓处是与否。我来吟眺倦忘归,已悔劳生不能止。小筑若容饱烟雨,大隐何须在朝市。君不见幅巾便坐迎伏波,却以名珠讹薏苡。

秋 夜

桐阶落叶夜萧萧,杯酒还将愁思浇。醉后不知衣袂薄,满窗风雨读离骚。

作 花 生 日

不共文君咏白头,谁将妙药驻千秋。深深拜罢还相问,记得人间
岁月否?

书 所 见

临流对镜挽双鬟,脸际芙蓉眉上山。怪底春来无一梦,魂随君去
不曾还。

第一集第二卷　烟波吟舫诗存

古近体诗九十首

病 中 漫 兴

药炉诗卷伴闲身,病里真同避世人。一梦初醒山市景,十年悔踏帝京尘。事经阅历心逾淡,诗到穷愁境益真。为问武安门下客,当年田窦最谁亲。

忽觉秋光到小斋,淡云微雨自然佳。更无经术酬明世,剩有诗情遣病怀。十载交游成往事,一杯醇酒足生涯。最怜憔悴江潭柳,曾向灵和拂玉阶。

似闻天语下神京,惆怅江湖万里情。痛哭有谁怜贾傅,生还何事愧苏卿。敢将碌碌嗤余子,不道悠悠负重名。总是年来憔悴惯,懒从地下问君平。

卫霍功名在简编,千秋事业也由天。颇闻蜃海多奇幻,一任浮云自变迁。有酒不须筹种秫,无官何用赋归田。多情只剩娟娟月,日暮还来照庑前。

北史小乐府十首

明月飞入怀,一朝忽西狩。却赚萧老公,跣足下殿走。

江北无好臣,百年不易主。佛狸纵春华,遂以弱魏绪。
男儿贺六浑,生平枥恶马。失计纵宇文,觳觫青毡下。
仆射何足贵,不如饮酒乐。醉将大家须,何心索高爵。
天子自走马,何与大将军。拓拔气数尽,空复生明君。
尔朱从西来,千乘与万骑。大家死不明,赴义一何恣。
壮气老犹在,誓欲诛权臣。谁知天假手,却在一庖人。
丧心步落稽,皇天实见汝。殽飞上天,留得几同父。
更杀一围去,矫痴真可怜。当时无将帅,翻自罪婵娟。
宁饮三斗醋,不逢崔宏度。此家有严君,秦妃一何妒。

莫　作　曲

莫作风前絮,升沉不自专。宁知终堕落,却悔上青天。
莫作渭城柳,送尽别离人。长条尽攀折,谁与惜青春。
莫作并头花,并头能几日。红雨忽缤纷,埋香不同穴。
莫作汉江水,随舟下散关。舟行有时住,水去不知还。
莫作陌上桑,蚕成叶渐尽。蚕女但缫丝,桑枯不复问。
莫作离筵烛,替人垂泪多。可知筵上客,不是窦连波。
莫作中秋月,明朝便不圆。空劳执柯者,辛苦自年年。
莫作妒花风,花尽春亦尽。吹落满园花,何人数风信。
莫作天边雁,传书不惜身。谁怜矰缴恶,翻负寄书人。
莫作花间蝶,眠香愿不违。一时花落尽,更自傍谁飞。
莫作田间蓬,飘转不知息。趁尽一时风,劳薪行自析。
莫作奁中镜,倾城不画眉。却令光一片,长自照东施。

秋柳用渔洋山人韵

未到深秋已断魂,残烟零雨又吴门。腰肢久倦三春舞,眉黛曾描十样痕。张绪再来愁顾影,明妃远嫁黯无村。平生怕诵兰成赋,萧瑟江关总莫论。

偏我相逢鬓欲霜,秋娘门巷旧横塘。吹来羌笛难成拍,糁尽吴绵未满箱。可要再歌金缕曲,只应早嫁汝南王。衣尘扇影都零乱,却把新声属教坊。

檀黄浅碧晕朝衣,回首章台事已非。阅历故应青眼少,萧条总为绿荫稀。永丰尽日无人问,汾水于今有雁飞。莫怨春风吹不到,珠尘钿影暂相违。

愁丝病叶泥人怜,浅隔轻笼一抹烟。小别居然销黛绿,柔情依旧缚红绵。已拚逝水看前事,再嫁春风待隔年。日莫隋家堤畔望,牙樯还系夕阳边。

有 忆

小立庭前玉一枝,背人低念渭城诗。无端谶作匆匆别,闻说于今未展眉。

或馈烹鱼三尾赋诗

饥肠久类枯鱼肆,妙手谁调烧尾筵。忽报行厨传一介,顿令讲舍集三鳣。漫看鬐鬣凌沧海,且辨鳍腴试小鲜。盛惠几番推所欲,鲰生拜赐只诗篇。八句皆用鱼,一时戏作也。

花朝有以酒肴相饷者戏赠

桃花颜色柳腰肢,消得东君买笑赀。忽地白衣传酒到,阿娇生日替支持。

咏垂丝海棠

风前罗绮袅芳尘,疑是昭阳殿里人。莫道红颜终命薄,已教尽占十分春。

柬袁公索兰花

九畹新闻雨后栽,一年能有几枝开。山人春思消磨尽,除却新诗换不来。

口　占

风送落花起,花随流水回。非无相傍意,惟恐著尘埃。

拟 古 艳 诗

登楼不碍浮云遮,嚼叶吹蕊临天涯。飞花散作锦围幕,隔得层层不知路。低眉捻带坐长叹,却忆此地非长干。青梅竹马寻常见,今日胭脂为谁艳。妾在闺中苦苦思,郎在辽西那得知。不惜相思为郎苦,只苦烟波隔江浦。郎去一帆风,郎来满天雨。双桡两(浆)〔桨〕打鸳鸯,断萍残梗满回塘。如何一夜层城雾,不逐行云逐飞絮。

秋 宵 曲

秋宵风雨紫帘薄,帘内佳人竞妆束。已经熨贴还俄延,光艳尤宜照华烛。罗裙窣地氍毹长,繁弦急管相扶将。玉漏残兮雨声急,梧桐叶落兮秋风狂。风兮雨兮凄以楚,酡颜侧弁看歌舞。结得郎心如明月,夜夜团圆隔风雨。兰釭蕙焰满眼明,却剩莲筹与人数。君不见黄姑织女枉自称双星,不是过河不通语。

十二月十九日大雪,柬外舅袁公

今年腊半天不雪,老农咨嗟忧切切。朔风一夜卷彤云,拥衾但听声淅沥。晓来起视开心颜,撒絮搓绵势方急。银海翻空积不流,玉田匝地平无隙。欲穷千里须登高,苦无天梯叩阊阖。我曾踏云层峰颠,俯挹众山在眉睫。于时六出尤缤纷,一春岩壑常积白。汝南袁公厌高卧,凌寒跋险行躄躄。主人风雅宾从贤,小子追随兴不歰。当时意气薄云天,主持酒政笑疲恭。已报阶前一尺深,脱帽露顶还言热。弹指流光五六年,相携同卜云溪宅。若将眼界论仄宽,即今不啻居窟穴。追摹往景情流连,把酒高歌意洋溢。诗成速柬汝南翁,狂生旧事翁能说。

纪　别

载得离愁满画船,醒时惆怅醉时眠。一事愿眠不愿醒,梦中或得

13

到君边。

雨夜泊香河

摇漾孤灯黯不明,掩蓬卧对万愁生。雨声比似滩流急,酒力难消诗思清。乌帽青衫飘泊惯,邮旗津鼓往来更。遥知此夜闺中梦,数到行人第几程。

怡园看芍药,和伯兄原韵

征途断送春光暮,乱红遮断江南路。却喜天涯聚雁行,携向白云深处去。白云深处开名园,中间藏得春无数。路回地僻知者稀,仆夫往往迷所处。逶迤背郭十数里,遥闻花气心疑是。芳草垂杨别一村,缭垣数尺杂苫土。入门但见花缤纷,竹篱茅屋环相护。主人好客不厌烦,导我曲折历东圃。为向花王顶礼来,春光不为游春驻。剩有几曲芍药栏,围住芳心不教吐。此游恍若登蓬莱,文蛤紫贝纷成堆。又疑西池宴群艳,脂香粉气结不开。更有不可思议处,一花并起双楼台。主人兄弟老相守,奇祯勿乃因而来。我感此意忽不乐,索然就坐心低徊。吾兄筮仕久京邸,褐来相见暂欢喜。飞云倦羽倏西东,姜肱更与谁卧起。弹铗不逢齐孟尝,何如乡里为善士。茫茫百感萦归途,岂期兄意先及此。长歌已向车中成,惜我不应作下吏。清词挚意相附行,五体不觉为投地。但得十顷负郭田,相期无负此时意。吁嗟乎一木累千实,一绳纠万丝。骨肉不能老相守,人不如物信有之。此园此花年年好,何当从兄重赋诗。

怡园主人冯一亭部郎以并蒂芍药索诗

主人郑重赠双枝,不索明珠只索诗。解识此花能并蒂,从今不合唤将离。

梦 醒

衫尘襟酒尽模糊,梦醒惟闻唤鹧鸪。雪势因风斜到底,花香经雨淡如无。由来慧业三生种,悟彻前因万虑枯。忏悔何须历万劫,一龛佛火照团蒲。

无　题

娇小何曾解道愁,倩妆从不下重楼。是谁教与鹦哥语,到底生非凤子俦。岂有真心托明月,早随幻梦息浮沤。东风不放杨花去,生怕天涯白了头。

雕云绣雨自年年,说法真生舌上莲。未必彩鸾能写韵,不期弄玉便升天。只堪自悦难持赠,便许双栖已可怜。从此江州白司马,酒边花底总凄然。

烟台海中见精卫 俗名衔沙鸟

我来七次初逢汝,正是天涯沦落年。自笑辛勤成底事,与君那得不相怜。

泊鹿角湾

又从此地击孤舟,身世真如水上鸥。新月一痕萤几点,照来并作十分愁。

书　感

悔向愁城住十年,衫尘襟酒有谁怜。人间缺陷知多少,精卫从来不与填。

青衫红袖两飘零,往事迷离似曙星。我愧行吟苏内翰,一场春梦不曾醒。

咏　柳

丝丝袅袅画栏边,尽日相看总可怜。汉苑隋堤青未了,一枝风露咽秋蝉。

伤 心 词

亡室袁宜人以珠玉之姿,具冰雪之慧,飞花不返。宿草将生,怆念音容,常存心目。当时荀令伤神,未成歌哭;此日元稹感逝,欲写生平。为此呻吟,抒其胸臆,诗之工拙,非所计也!

鲽鳞鹣翼忽西东,飘泊年华逝水同。一霎魂消寒食雨,十分春尽楝花风。风来雨去催何急,玉碎珠沉救不得。荀令薰炉欲禁烟,檀奴诗鬓都成雪。从来忧患入中年,况又流离各一天。吊影惭魂春有泪,悲兄哭父夜无眠。风鬟雾鬓经时别,琼芽粉箨先春苗。卢扁空悬肘后方,豨苓难补心头血。临危絮语最堪伤,不愿安仁赋悼亡。早世未须怜薄命,所天幸已得如郎。轻寒恻恻欺窗绮,薄雾冥冥罩庭罾。弄妆爱女哭失声,靧面娇儿扶不起。此时有泪亦难挥,但恨无翎不共飞。余喘已和朝漏尽,香魂渐逐纸灰微。伤心往事从头数,十二年前结缡始。徐淑何曾怨别离,少君从此同甘苦。入门幸逮事高堂,舞彩含饴乐未央。请裀独当尊者意,作羹先遣小姑尝。春晖可奈匆匆甚,连年摧折椿萱荫。百日和衣子职兼,两番刲臂天心靳。休文多病况颠连,继述全资内助贤。如在克修苹藻具,相庄为傲《蓼莪》篇。争说吾家有佳妇,始信慈嫜非过誉。女宗幼诵大家箴,余事还吟道韫絮。夜来明月晓来霞,秋日垂阳春日花。焚草翻言惭画虎,燃脂早已异涂鸦。冰雪聪明玉皎洁,料道红尘住不得。沦落人间卅二年,不知何处仙曹谪。灵风猎猎旗悠悠,缥缈层城未可求。岂有三生重射雀,更无七夕与牵牛。云裳羽袂隔烟雾,玉枏珠襦委尘土。微雨黄昏独泪垂,秋风院落无人住。左家娇女剧堪怜,犹说年时伴母眠。泥我同归香阁内,道卿独倚画栏边。泪睫愁蛾尚仿佛,脂承粉盝从零落。蝠粪凝衾讶坠膏,蛛丝冒帐疑垂络。满庭花草绿萋萋,一片烟笼望欲迷。梦断风前应化蝶,心随月去不通犀。卫娥夙昔临池处,右军领略簪花趣。楮墨零星理不清,秦碑汉刻纷无绪。一回检点一伤神,如见当年问字人。玉帙展时存手泽,谶词忆到悟前因。世事由来只如此,沧海桑田等闲耳。杜鹃归去不须啼,燕子重来应尚似。频年半减十围腰,浪雨波风隐绮寮。岂分爨桐声入幻,竟令炊臼梦符妖。经营斋奠都非计,已枉殷勤十年意。尽日沉吟感逝诗,不知何处埋愁地。金铺霜冷玉衣寒,写破琳琅泪未干。倘忆生前曾戏语,应来梦里劝加餐。

乡 试 闻 报

不分鹏飞滞北溟，早闻诗礼愧趋庭。后先册载岁逢己，先君以道
光己酉捷顺天乡榜，及今己丑四十年矣！南北六巡年逾丁。予自光绪乙亥至
今，惟壬午以丁艰未赴。十五年中，凡南北六届。早贵惭兄亲及见，伯兄乡会
捷时，严慈皆在堂。同心有妇目先瞑。是年三月断弦。漫因老大伤磨蝎，
多少窗前干死萤。

夜 梦 幼 菡

自君化异物，奄忽周四时。抚兹念畴昔，震荡心如縻。精诚格幽
隐，忽然梦见之。梦君层云表，衿佩何施施。通身古装束，高髻切九
嶷。仗卫灿图画，拥持多妖姬。驻言勉前程，颜色殊矜持。旄麾倏如
骛，不得前致词。蘧然遂惊觉，孤灯照书帷。时维三月五，雷雨方交
驰。揽衣不复寐，起步循阶墀。我闻古人言，梦以契所思。而我心目
间，但念君生时。胡为有此象，一一都相歧。忆君生平言，遇事多前
知。未疾已示兆，怛化先有期。方其弥留际，所见尤离奇。比丘手玉
莲，冉冉相追随。屡言新居丽，四壁周琉璃。当时以为妄，或疑慰我
痴。前后相印证，梦境非参差。维君洞表里，具有鸾鹤姿。孝友本天
性，百行无一亏。毋乃谪仙人，红尘偶游嬉。数尽不复留，归采仙人
芝。吾言似奇幻，于理非偏私。安得复此梦，使我去所疑。徘徊达天
曙，窗隙曜晴曦。援毫纪其实，泪下如绠縻。吁嗟吾与子，恩义何
可移。

春柳用渔洋山人韵

一番摇落漫销魂，今见春风度玉门。石氏躯轻翻舞影，文园眉妩
润啼痕。生来冉冉偏宜水，望去盈盈欲满村。此日行人都受荫，召棠
郇黍许同论。

会从月窟借玄霜，染得青青遍玉塘。解舞定销珠百琲，缠头乞与
锦千箱。只应宛转随诗传，肯把轻盈属愤王。跕地长条漫攀折，细腰
还在永和坊。

要将门巷认乌衣,桃李阴阴路已非。婀娜正如人病起,深沉便觉燕来稀。晴波翠浪丝低拂,迟日香尘絮共飞。雨露正深春正好,垂青作荫愿无违。

客舍邮亭青可怜,征尘飞卷破晴烟。腰肢舞束筵前素,情绪愁缠别后绵。自有风流能绝世,那因春去怨华年。凭君莫听阳关叠,多少离怀到酒边。

七 夕

香影霏微烛焰销,是谁倚槛夜吹箫。人间亦有银河阻,要向天孙借鹊桥。

又咏闺情

行来袅袅拜中庭,睏眼酡腮梦乍醒。忽地勾将心事起,抬头正见过双星。

咏汉史三十首

拔山盖世一何雄,转战中原竟路穷。失策首由迁义帝,定都可惜弃关中。不将身世随渔父,愿把功名付马童。今日彭城城上望,荒烟蔓草愤王宫。西楚霸王项籍

樽俎从容胜折冲,韬钤变动尽罗胸。操椎曾说因酬德,借箸何缘竟阻封。竖子岂能同逐鹿,英雄至死愧从龙。料因未遂存韩志,辟谷中年慕赤松。留侯张良

回首三秦隔汉江,为求国士世无双。登坛定策言如铸,背水争功气不慴。奇计未能从蒯彻,沉冤何处诉刘邦。空余鸟尽弓藏恨,漂母祠前咽怒泷。淮阴侯韩信

玉帐初屯细柳师,山东狐鼠正奔驰。成皋已据形先胜,剧孟能收彼易知。此真将军非儿戏,早令明主伏猜疑。纵教呕尽心头血,请室爰书已定辞。条侯周亚夫

一般肺腑托重闱,才晏宫车遽式微。天子但尊新汉相,将军空抚旧戎衣。只期骂尽田蚡座,何必书同翟氏扉。太息东朝廷辩日,更无

18

一士不依违。魏其侯窦婴

　　间执亲藩肆击枏，自忘门第是孤疏。愚忠虽欲安刘氏，小智但宜辅国储。便殿计臣方秉笨，朝衣东市尚乘舆。邓公不自吴军到，屈受司空城旦书。御史大夫晁错

　　将军威望詟边胡，猿臂常悬金仆姑。才气自应推国士，功名何事让人奴。不徒醉尉欺鱼服，岂有降羌挦虎须。结发从戎偏对簿，嫖姚醉卧锦镳毹。右北平太守李广

　　壮怀真与日星齐，拟到兰干山上题。共说将军绳祖武，不图侯吏噬君脐。中朝早已刑司马，穷海何须更牧羝。循发自怜难再辱，甘将氏族伍羌氐。骑都尉李陵

　　未堪碌碌与人谐，骨鲠从来是厉阶。浪说君恩崇保傅，竟令朋恶肆椎埋。抱关既肯居卑秩，对簿何妨白本怀。顿首免冠还漏网，枉将恩恤到臣骸。前将军萧望之

　　鼙鼓东方动地来，羽书连夜到渐台。宫中居摄谋方定，阃外勤王谍已催。天意难回匪转石，臣心到死未成灰。如何一败无人继，翻使孤忠作罪魁。青州牧翟义

　　至计危言累自陈，何期绛灌是谗臣。汉家但解尊黄老，宣室何劳问鬼神。赋鹏自知年不永，伤麟赢得病能呻。生平心迹三闾近，莫是行吟泽畔身。梁王太傅贾谊

　　残编断简似丝棻，条理都从只手分。足迹曾经穷禹穴，史才直欲继皇坟。凤巢阿阁偏逢怒，兰在江皋竟被焚。到死不传今上纪，后来周内是深文。太史令司马迁

　　凌云一奏竟高轩，记否当年犊鼻裈。涤器无人怜落魄，挑琴有女解消魂。茂陵病卧三秋雨，沟水愁添一夜痕。浪说能回明主意，阿娇终竟死长门。中郎将司马相如

　　一自长沙策治安，空教绛灌庆弹冠。后来名士宜推董，今日才人尚慕韩。待诏千言逢圣主，下帷十载靳高官。公孙曲学惟阿世，食肉无妨弃马肝。江都相董仲舒

　　岁星何事在人间，久列丹墀侍从班。岂必正言弹主愿，每将谲谏济时艰。乌飞三足谁遮目，实唉千年未驻颜。博得细君欢笑否，怀中

19

肉是大官颁。太中大夫东方朔

吴宫宾客最谁贤,岂但文章世所传。至计忠谋难自闷,危词苦语有谁怜。怀才肯挟苏秦策,有子能追祖逖鞭。老去何堪为郡吏,梁园词赋一凄然。弘农都尉枚乘

乐府方将律吕调,中和洛职奏云韶。歌僮自解依群珰,宫婢都能诵洞箫。金马门前空待诏,碧鸡祠畔阻乘轺。长杨羽猎相辉映,蜀士能文冠一朝。待诏王褒

公车挟策气如虓,了了终童异斗筲。自大夜郎同疥癣,何烦朝士责菁茅。弃繻只足惊关吏,系组终难缔远交。比是长沙年更少,不应阿阁早离巢。谏大夫终军

飞书驰檄走霜毫,倚马千言气自豪。宫观从游陈雅颂,文章作戏合风骚。渊源不独夸骍角,庶孽偏能出凤毛。当日梁园无弃妇,汉廷簪笔让王褒。常侍郎枚皋

覃思邃虑欲如何,训诂词章尽谴诃。投阁翻言因寂寞,结庐能不悔蹉跎。玄文未必精曾诣,奇字空教识得多。汉后已称新室母,儒冠至竟尚峨峨。新大夫杨雄

四壁歌声破梦华,起扶残醉玉钗斜。君恩此日醉难尽,妾命如云薄未差。半夜魂销情女枕,到今血染美人花。遗钿坠舄从零落,记否初迎七宝车。虞姬

鬋鬌啼眉斗靓妆,十年赢得宠专房。定情枉有钗钿约,立长难将羽翼伤。玉质生罹霜雪惨,香魂死逐雨风狂。英雄大计安宗祐,误尽红颜是汉皇。戚夫人

诏求故剑意分明,荆布今为帝后尊。长乐低眉循妇职,昭阳无命枉君恩。风凄驰道初过辇,月冷空宫夜闪旌。霍氏祸胎因一女,非关天意忌骄盈。宣帝恭哀后许

富贵恩情似转萍,可怜春梦未曾醒。当时空住黄金屋,去意难回碧玉屏。草色凄凄迎雨露,车声隐隐走雷霆。长门纵买相如赋,醉里君王可要听。武帝废后陈阿娇

缥缈三山竟上升,浓歌艳舞更谁称。但将媚态恣深宠,肯把衰容取后憎。入梦愁回雕玉枕,招魂搜尽缕金缯。红颜早谢犹为福,知否

君心未可凭。武帝李夫人

　　由来团扇不禁秋，岂独文君咏白头。婢口正如金可铄，君心已与水同流。萧疏雨露增城舍，憔悴莺花结绮楼。绝世才容翻自误，赵家第一炉温柔。成帝班倢伃

　　侯门一入叹深沉，忽地恩波出上林。香印浅销如意盒，粉痕愁渍合欢衾。恣窥浴镜差难掩，才罢妆奁倦不禁。啄尽皇孙成定谳，当时固宠亦何心。成帝废后赵飞燕

　　一之已甚再何堪，乡入温柔死亦眈。密约倩谁通赤凤，柔情惯自缚春蚕。贵人空妒恩波重，天子但知祸水甘。中夜笑声偏不掩，大丹药性未曾谙。成帝昭仪赵合德

　　一点琴心逗隔帘，春情已被晓云黏。鹔鹴愿典成都市，鸾镜长抛嫁日奁。得侍才人无所恨，纵为奔妇亦何嫌。远山自有真眉妩，不用相如赋笔添。卓文君

　　画工笔上竟能谗，何事宫中未立监。环佩他生归已晚，琵琶此日恨遥缄。愁销春晓山前黛，瘦褪霜寒马上衫。不重蛾眉偏重虏，君王嗜好异酸咸。王昭君

第一集第三卷　寄舫偶存

古近体诗三十二首

之官鹅湖，道出贵溪，赠朱莘潜明府

浙水闻名久，西江共宦初。守株甘伏兔，拾橡鄙群狙。杯酒情渐平声醴，新诗味似蔬。更欣识志先德，话旧一欷歔。君籍富阳。先君宦浙，首摄此邑，君时方以幼童应县试，去今垂四十年矣！为余述先君政迹甚详。

偕艾绍唐通守出郡城，
登鹫岭，小憩信江书院

与君高处共追探，莫畏崎岖说不堪。绿水红桥相掩映，眼前风景似江南。

由郡还县，舆中感怀

春尘黯黯独销魂，梦里巫山云雨昏。芳草马蹄今日路，桃花人面去年门。愁添白发新诗料，泪浣青衫旧酒痕。未卜他生先自忏，修能第一划情根。

铅山弊俗甚多，非可悉革。昔人有言，弊去泰甚。两三年内，次第整饬，以办命案、惩讼匪、和民教、除抢替四者为最。乃

22

采其俗谚,系之篇首,遂以名篇。

打油火 <small>铅俗以假命案为"打油火"</small>

打油火,火猛还添油。焦头烂额满原野,故鬼新鬼声啾啾。朝闻田间有瘦毙,魑魅色喜人人忧。鳏夫独父有妻子,奸胥猾吏为绸缪。千篇一律等结构,或为主使或同谋。亦有骨肉被非命,戴天可共翻他求。五日作呈十日进,纳财入贿名乃勾。朝入牒,莫下符,先驱已达方鸣驺。尸腐肉败已难视,况复高坐遥凝眸。官差捧符手铁索,酒罡烟瘴至此如貔貅。按图索骥不稍漏,择肥而噬无庸搜。官饫吏醉尸属饱,懦民愚户无遗留。朝为富翁夜析产,昨拥妻子今作囚。当官犹幸免鞭扑,吞声咽泪谁敢雠。吁嗟乎! 孰为火孰为油? 堂皇熟视宁无羞。力薄不为天下雨,灭此荧荧吾所忧。

请和公 <small>铅俗以延访讼师为"请和公"</small>

请和公,和公一到讼乃成。欲令可进不可退,先使就重不就轻。虫虫何知触罪网,一纸已入难自明。官符一下和公喜,填头接脚何多名。皆讼费名目染指岂仅尝异味,果腹乃欲饫血腥。奸胥蠹役互联络,此辈欲壑尤难盈。因循辗转历时月,零皮剩骨恣割烹。幸逢勤能得对簿,诘责但据先所呈。按图索骥见虚饰,桃僵李代人吞声。吁嗟乎! 好名嗜利同一累。予初莅任视事,有"前官好钱、新官好名"之谣。予颇以自戒。先能勿喜乃得情,广汉钩距在善用。须删枝叶搜根萌,勿据先入囿成见。惟勤能诚诚乃明,和公畏明不畏严。务使百术不得行,君不见银铛在身腕犹健,征一儆百但可治良民。

靠十字 <small>铅俗以入西教为"靠十字"</small>

宁可靠十字,不受官差气。我闻此言自惕息,其咎无乃在长吏。自从西教入中国,巧者因缘为奸利。逋逃巨薮藏桀黠,乡里何人敢正视。有司执法绳良善,独于此辈不能治。手持片牒登堂皇,回颜霁色敛威怒。枉者亦直曲者伸,律法不为莠民制。昔何踽踽今何荣,衣锦

23

还乡事相似。效尤辗转久益众,渐由民庶及衿士。吁嗟乎!古称刑不上大夫,今人崇视靠十字。驱民作教谁厉阶,用夷变夏岂天数。我来三载务持平,国体邦交欲兼顾。台符宪檄徒纷纷,宰官今已除民蠹。

打联手 <small>铅俗以小试倩枪为"打联手"</small>

读书不能穷二酉,临场乃欲打联手。进身之始为诈欺,国家取士意已左。我疑此事出偶然,岂知十人竟九有。墙隅门隙皆通风,监胥随役为奔走。防奸杜弊日纷纷,自愧精诚不能剖。三年两考历科岁,弊去太甚已瘳口。今年以此商搢绅,华祝程刘皆山斗。愿乃先导禁族姻,誓与宰官联臂肘。吁嗟乎!四贤讲学堂犹存,士气彬彬此邦首。涓涓不塞成江河,此风相踵殆不久。挽回岂伊一人能,扶持还藉群英偶。

观 音 石

草堂咏石笋,未见此崔巍。成都石笋街,南北两石笋。南笋长一丈三尺,北笋一丈六尺。杜工部有《石笋行》,即咏此也。笋秀天生独,孤高世所稀。萝随圆作带,苔附绉成衣。不须参石丈,对此拟皈依。

从 军 行

铅山营兵一百五十九名,以都司统之,每名日给米一升,饷银则每月人得银九钱而已。慨饷糈之虚糜,悯身家之不赡。滔滔皆是,作为此诗,以寄慨叹。

男儿老大百不成,谋生乃欲从戎行。从戎不患无身手,但苦谋生仍不生。升斗之给皆君恩,敢无其实居其名。朝属櫜鞬习军律,莫入室中厌交谪。坐令壮气日销磨,愧使君国受侵轶。君不见嬴秦无道霸西戎,首功之赏不靳惜。荡荡此九州,无兵谁与守?何况鸍鹧与狼狈,比翼而飞,相负而走。我方为鱼肉,猰伺集群丑。朝廷岂不尧独忧,群公瘳口多绸缪。吁求富庶非无策,搜讨军实亦良谋。吁嗟乎!有兵不精如无兵。富庶与军实,皆以资于人。使我得将十万众,以大一统朝四邻。

石井庵求雨

山田远大流,所恃溪涧水。兼旬无雨泽,禾苗暵欲死。我来今三年,年年常患此。咨众无善谋,为塘藉蓄潴。溪竭塘亦枯,或因起斗阻。愧为民父母,坐视若吴楚。今春无积潦,入夏苦不雨。儆吏或天心,怒民岂神指。投诚愿自新,神意倘相许。有咎吾宜撄,无为困吾子。

喜　雨

炎曦曜当午,我心尤如焚。倏然来清飙,东郊起纤云。方当仰面视,一霎遂细缊。屏翳促怒马,疑欲翻河汾。风雷互附会,奔腾集千军。收束稍嫌急,涓泽已众分。百溪写余波,原田水沄沄。心清暑亦蠲,喝解意尤欣。便欲行东菑,及时深耕耘。

舟次弋阳追悼芙生

萧寺还将缥帐垂,抛君独住益凄然。可知风雨孤蓬底,有个愁人未忍眠。

又把莲筹数到完,和衣忘却五更寒。从来未肯分形影,今日如何梦也难。

思量无计避愁城,拚向樽前了此生。试看青衫襟袖上,泪痕和酒不分明。

匆匆尘梦了前因,怕忆音容忆更真。酒醒梦回窗月满,人间何世著愁身。

鹅湖书院落成志喜,并示邑人

昔贤择风土,乃止鹅湖岑。鸡栖与豚栅,流连见咏吟。迄今八百年,遗迹幸可寻。后来切仰止,恢拓惠士林。祥君古儒吏,乾隆时宰此邑创修书院倾囊掷千金。顽廉懦亦立,集腋如组纴。原田歌每每,舍宇夥沉沉。近年阅兵燹,历岁仍灾祲。栖粮苦不赡,侵蚀丛群蟫。鲰生宰此土,政闲罢鸣琴。凤驾背城郭,却盖趋崎嵚。循涂陟深蔚,烦

25

纡涤我襟。窈然绝人响，时复闻春禽。檐桷出林表，栖止夙所钦。门擐雀可罗，山长既不住院，生童遂无肄业者，二十年来久为废宇，宜其日益颓败也。祠秽神勿歆。院中有四贤祠，祠周朱二陆。百废不一举，守土滋自惭。归来意辗转，欲烹宜求鬵。佥谋面众彦，上达手十函。集成溢愿望，创始先蹶涔。台司许发帑，颁额皇恩湛。七邑捐款至万，金大府后发帑五千，且奏请颁额，御书"道学之宗"四字发县悬挂。一年度支足，再周栋宇森。庀材得工师，楹柱已朽，山中苦无大木属，秦仲英物色得香樟一株，盖数百年物也。扩地商优昙。院址左宽而右隘，右为鹅湖寺。予商之寺僧扩地数丈，添置斋舍二十间。当兹版筑竟，乃得衿缨临。循览惬众望，俯衷幸无砭。赢余数不赀，禀给皆增添。土木所费四千金，余款悉以购田，并发典生息。予手定章程十六条，督抚学院均优加批答。防微杜流弊，立法周以严。手定数千言，百尔未及馋。自维心力尽，劳怨性所甘。岂无贝锦吟，幸有秦镜监。鹅湖为各省书院，与白鹿无异。向来上饶考生广觅阶缘，取额独多。予改定弥封，夤缘遂绝。因有上饶考生滋事一节，若非一二正人力为维持，成事几败。后来傥相谅，繁琐未可芟。还望青衿子，学礼就老聃。时延华尧封方伯为院长，年逾八旬，老成宿德，远近仰止。予议请住院，颇有同心。入山不嫌深，佳景良足贪。愧我食肉鄙，末由陪齑盐。作诗述缘起，聊当挥麈谈。

写团扇寄王绶珊参军高安

清谈挥麈王夷甫，别我之官又浃旬。流水高山琴韵远，阑风长雨别愁新。尊空北海谁同醉，烛剪西窗梦未真。多少相思将不去，凉飔寄与郭红尘。

我正神伤君又去，两般滋味在心头。翱翔云鹤翻奇翼，浩荡盟鸥冷旧游。岂有文君陪卧病，还如白傅在江洲。酒边花底无聊甚，写寄王郎拟四愁。

仿古四歌而变其格，悲从中来，不可裁制也

诞生未弥月，寇盗肆驰骛。斥候警中宵，全家走长路。饥雏索

食母呻吟,不忍弃置还抱负。吁嗟有生兮不如无生,襁褓飘泊愁
刀兵。

母兮全我躯,父兮教我读。冀欲睹成就,未忍相迫促。有儿长
大胜冠婚,高堂心血绝不续。吁嗟有生兮不知无生,孤儿垂老犹
无成。

兄弟如手足,左右互捍卫。飘转各一隅,不复同荣瘁。孤根薄植
不如人,音书辗转常隔岁。吁嗟有生兮不如无生,南望予季兮北
望兄。

黾勉矢同心,同心不同穴。中馈再失人,缣尽素亦裂。群雏嗷嗷
啼索母,鸱鸮胡为毁我室。吁嗟有生兮不如无生,孤鸿只雁夜夜闻
悲鸣。

先君七十冥诞述哀

已作孤儿十四年,惊人岁月骛云烟。贪承色笑惟寻梦,每见期颐
欲问天。治理愧言家有谱,遗文谁继笔如椽。松楸千里空相望,庐墓
犹无阳羡田。

赠王予庵司马二十四韵

叶县神仙裔,琅琊最有名。风流晋武子,理学浙文成。明德传匪
替,先型守岂轻。垂髫知国器,累叶继家声。凤擅神驹誉,宁争功狗
荣。随官曾此土,早宦屡专城。花县方传谱,君先人宰新淦,君又莅焉。
兰陔遽赋笙。在新淦,以终养予告。殊荣貂再珥,嘉宴鹿重鸣。皆君先德
事太息祥琴御,翩然墨绶更。江州旧司马,信水再迁莺。君服阕以同知
到省,曾署篆于此。今又从袁丞调补。望治歌来莫,闻名快识荆。独难世
载吏,犹是一书生。善继君无愧,思齐我更惊。三巴棠勿翦,两浙竹
曾迎。曾大父令蜀,先君令浙,皆三十年。求治如株兔,居官似束牲。未
能绳祖武,弥愦说臣清。差喜方邻接,论交古道倾。荀炉薰再烬,娲
石补难平。慰藉敦僚谊,咨嗟惜女贞。予时失偶,君慰藉颇至。直疑渐
蜜醴,还为下莼羹。花落难归树,舷停漫语筝。便将辞世网,何处濯
吾缨。惜别为君在,无能愧众擎。春风吹领袖,终久掣飞鲸。

27

除夕戏示寅僚

才于官阁饫宾筵,又向谁家醉管弦。惟有心僧心似水,不知明日是新年。

晓 起

料峭春寒逗晓风,起来扶梦卷帘栊。五更一阵催花雨,满树山茶尽著红。

峰顶寺僧送兰花

来从太上忘情地,肯伴孤斋寂寞春。应是昨宵天女降,上人替作散花人。

县试未竟,奉急檄勘案贵溪。中夜奔驰,不敢告劳。赋此呈王筱初太尊并示贵溪县宰任若愚明府

我本渔樵性,尘婴苦及人。已惭求牧久,尤愧受知新。泛食难藏拙,乞醯乃为邻。中宵在洲渚,未敢忆鲈莼。

谢慕韩太守,以词曹外用。十年令长,超迁今秩。比来河镇,相得甚欢。司榷一年,及瓜将去,出其前在太和卸任时所刊"快阁话别图"属题,叠原韵两律

西来五马雪才销,莅差以春,初值雪霁。手定良规胸有条。君改订茶税章程,镇商称便。予方刊艺苑,须知君多所匡助。榷计独能权损益,民情于此见纯浇。榷局向为怨府,君在差独无间言。簪毫侍从词臣旧,回首年时别路遥。一卷袖中三绝具,汗颜属和剧无聊。

抱关碌碌壮怀销,俗吏弥惭冰一条。早脱儒冠身已误,太多魄垒酒难浇。中年丝竹欢时少,梦里松楸醒后遥。波劫半生心易足,鹡鸰借得一枝聊。

谢慕韩太守、王予庵司马、何绥民参军、唐介石醛尹、郑尚佐太守由河口约游峰顶山,予于途次相迓。游宴竟日,遂邀过署。翌日同诣观音石,赋此示诸君子

城东诸峰美林壑,重冈突巇互起落。山回路转闻钟声,白云深处露丹垩。我居四载两登临,屡饱伊蒲餍羹臛。负腹一任将军呼,遒诗那管山灵索。朝来忽闻邀群仙,山公不爽南阳约。王谢声流盛一时,从此林泉不寂寞。追随未觉道阻长,迎候尤喜礼脱略。青衫侧帽忘宦隐,深杯苦茗互酬酢。上人虽跛良于行,引观名迹颇矍铄。倒视引泉瀹乾慧,虚堂悬锁闽智钥。本续刘阮天台游,翻得惠庄濠梁乐。入山顿觉身萧闲,俯世益知路反笫。劳生萍絮愧难驻,游吟方洽日西薄。却喜群公不相弃,回车就我重然诺。留客敢同遵闭门,临臣乃许哙入幕。荒厨一饱菑鸡黍,东井五星联趾萼。酒酣耳热恣雄谈,意气纵横志开拓。匡衡说诗妙解颐,李广谈兵薄卫霍。一宵胜读十年书,起舞却憎鸡声恶。更向城西拜丈石,脂车秣马出南郭。须臾分镳各驰骛,盛游回首已成昨。我闻闽中好山水,此是宣城所土著。慕韩闽人更有郑庄遍置邮,贻我老乘言凿凿。尚佐亦闽人,曾以武夷山志见赠。邻疆密迩久向往,薄宦栖迟苦束缚。何当相约武夷游,天风高处蹑云屏。

尧封华、方伯主讲白鹿洞书院,作"天人九老图"。公与南康守王筱轩、学博饶某、庐山僧某为四老,合五老峰为九老。绘图作记,征诗于予

天有九阊地九渊,不以盈数穷其键。香山老人止于九,义戒满损非偶然。事经千载流风远,谁能与之相后先。尧峰华公八十二,接离犹跻匡庐巅。远揖危崖五寿者,近揽游侣三耄年。天人遇合会有数,忽牖奇想相勾连。名因其旧意则创,绘图作记罗乔佺。揭来返棹鹅湖麓,持以示我话其缘。庐山真面愧未识,当筵快展摇宣笺。是山是

29

人且漫辨,倏觉眼底缠云烟。五峰峨峨迥相向,似与尧峰相周旋。先生遂气晔面目,苍髯朱履神便便。南康王守立偏右,吟肩瘦耸工推研。饶君六旬年最少,上人合十阐真诠。山灵儒释各神似,画师无怪哆龙眠。我闻谪仙饮邀月,又闻拜石有米颠。天人九老更奇崛,贻之来者将毋传。公之官辙半天下,文行政迹世所镌。以其绪余作韵事,风流文采追前贤。图中题咏多名宿,糅珠杂贝非一篇。打钟僧人忏绮慧,易实甫观察题诗,印文用打钟僧人字。清言妙谛互贯穿。江右李生亦健者,笔意疑在开元前。在图四老各有作,先生巨构谁并肩。我承公命汗浃体,今之俗吏困烦捆。风尘眯目泥曳尾,山移迻至勿敢言。揽图兴叹不释手,涤虑要掬山中泉。勉泚剩墨荐嘉颂,愿祝人天寿共延。吁嗟乎! 香山去后尧峰起,并来写作瀛洲仙。

第一集第四卷　息庵诗

古近体诗四十九首

华尧封、方伯亲率生徒步诣致慰。菲材受任，获咎无怨，何敢当此，赋此呈谢

五年作令原无状，八字休官却莫须。应是天知麋鹿性，许将组绶换菰蒲。

荣辱升沉资阅历，死生贵贱见交情。何须更问悠悠口，一木能支大厦倾。

李俞农大令以新令尹来问旧政。惜余非楚子文也，然不敢自讳其致败之由，赋此答之

败军何敢更谋人，失路那堪应问津。刚克久知更柔济，愿君为政尚宽仁。

司牧从来戒败群，螟螣未去枉耕耘。于今敢说不仁远，戢暴安良望后君。

萧规自古要曹随，惭愧菲材未足师。一事丐君为护法，颇闻吏舍

31

正酣嬉。

谭理堂大令以阐扬忠节录属题

吴山云黯江潮煽,逆焰横飞速如电。疆吏鞡刀决死心,背城欲战谁能战。翩翩书记轶群姿,幕府红莲第一枝。肝胆久轻妻子累,交情岂为死生移。严城不闭鼓声咽,书生力薄空挥扇。玉帐千群有集乌,羽书四出无归雁。英英气魄殁如存,生共刦矛死共神。足食足兵谁所职,时提臣及藩司皆降天教宾主愧人臣。传来消息还疑误,深闺惊折连枝树。织素犹裁别后衣,邮书已到军前讣。伤心欲与虆砧俱,内顾还愁沟渎愚。地下尽容从一死,眼前谁为抚诸孤。家贫莫问炊无黍,要凭苒苒延遗绪。教子须教读父书,书声夜夜和机杼。茹苦含辛卋载余,岂知今日耀门闾。褒邀天语辉彤管,花满河阳捧板舆。妇膺旌典夫列祀,夫妇皆能忠所事。忠义何曾负世人,君看唐氏正昌炽。

阮辑五太守以诗见慰,有"焚琴
煮鹤之语",走笔答之

便作焦桐犹雅调,纵为羹臛亦新肴。清标如此谁堪比,应是东方善解嘲。

邑绅组饯赋此留别

夙昔扶持意,其如疏直何?即今恣酒宴,遂恐悔蹉跎。宦味平生淡,离怀此夕多。朝来相忆处,帆影荡春波。

地瘠生机蹙,民穷俗习浇。相期务休息,何以慰漂摇。敢说臣心尽,毋增予口嚣。已闻饬纲纪,黾勉报琼瑶。

经河口更舟,寅好为、
张祖道赋此为别

六载忝邦寄,匡扶心力殚。终因疏直黜,独有别离难。兰桨和春去,华筵怨夜阑。此行无定所,枉用劝加餐。

即席赠歌伎

岂有余情萦宛转，未妨随俗了无欢。从来谨饬今疏放，莫作分司御史看。

士民纷纷远送，赋此却之

民气雕残生计穷，六年受牧愧无功。纵多美意少良法，不道舆情谅隐衷。配食陆云情已过，华祝诸绅议于四贤祠附设生位，虽力却之，闻已举行矣。选钱刘宠义难通。好勤东作分苗莠，总在皇恩雨露中。

有　　赠

海市蜃楼幻也真，空劳云雨问巫神。鸳鸯何必同池宿，但在深情不在身。

纷纷婚嫁已如斯，莫再轻将别泪垂。鹦鹉且教笼里住，上林要择最高枝。

寅僚祖席，召诸歌伎，缘已解组，遂就通脱。有名香怜者，擅绕梁裂石之长，丝竹当筵，为之泣下。王予庵司马未会意旨，柬寄二绝，劝为落籍，且多谑言，用原韵答之

劳君相劝石榴花，石榴花酒名醉后还防愁转加。西鲽东鹣无分合，眼前门外是天涯。

自是龙蛇蛰伏时，此中消息有谁知。牛公街卒空相护，不是扬州杜牧之。

弋　阳　道　中

山色青如昨，江流清鉴人。扁舟从此去，不待忆鲈莼。

呈谢王筱初太守

驽马疲鞭策,何缘厕乘黄。独蒙伯乐顾,竟许次公狂。计最翻为殿,去年计典,公密考,以予为最。驳令换填不可,故未入计奏。恩深未易偿。衔悲就东迈,江水岂为长。

抚州瓜擅美江右。解组无事,
因就避暑,赁寓于詹氏

此间何事更勾留,身世今如不系舟。纵使夜行逢汉尉,自甘雨立失秦优。时有愿为先容□赴甘军求效者。以甘帅非用才之人,笑谢之。故侯瓜美人争买,拟岘台高我独游。东城门楼名拟岘台祀,宋裴公曾南丰为之记。咸同间毁于兵燹,李芋山宰临时复建而并祀曾文正。且喜异乡得贤主,小园花竹足清幽。

詹宅颇饶泉石,日与艾绍堂通守、
郑昕斋大令跌宕其间。浮瓜沉李,
夜分未已。香君适从省中来,时或
招致,乐以忘忧。诚如杨平通言,
不自知其荒淫无度也。作消夏八咏

冷客须知异热中,翻将百沸沃冬烘。清泉苦莽全胜酒,座上何妨有次公。煮茗

清风凉月意翛然,一局能消事万千。若向枰中争胜算,肯从世路让先鞭。围棋

购来市上绿盈筐,浸入波中碧满塘。翡翠剖开流玉汁,不曾到口已心凉。切瓜

污泥不染玉玲珑,素手银刀一色融。莫忆南塘风味好,铅山南塘莲藕著名。袁州异种更难同。削藕。袁州藕于江右为最,此间华氏地中皆袁州移种。

湘帘竹簟辟青蝇,岂为清炊始饮冰。才入口中都化水,怪人说是假锋棱。饮冰

清池活泼绕亭流,削竹敲针兴更稠。未引鱼儿先落饵,人间得失不须筹。钓鱼

一任炎威日日催,菱塘竹径隔尘埃。披襟不用当风立,自有凉飔静里来。纳凉

一鉴方塘静不波,濯缨濯足尽人欢。莫春沂水何曾暖,病热从知狂士多。出浴

九日偕平文甫挈嶷儿登拟岘台

故园萸菊自年年,每到登临总惘然。大好湖山偏寂寞,幸逢朋旧益缠绵。文甫为铅幕旧友,此次因予来抚。豪情胜慨惭先执,台复建于李芋仙先生。先生与先大夫为诗友,后以事忤当道被劾。武烈文章仰梓贤。曾忠襄及左文襄均有楹联,纪文正公战功。笑我登场成底事,于今无复梦凌烟。

杂　　感

我有古宝剑,淬厉求一试。未及刳犀象,遽以学裁制。用既违所长,宁能免弃置。乃今愧铅刀,游刃若无事。

太行九折坂,卓如上天梯。增盘怵中止,欲骋马不跻。渥洼有龙种,趋风试霜蹄。奇险亦已逾,安能服辕轫。

凌冬百卉失,惟有松柏青。虬根碍仄径,霜干阻修翎。匠石不及顾,乃为樵斤刑。春阳候已届,荆棘满郊坰。

明珠有圆杂,美玉有瑜瑕。不如作赝鼎,磨砻发光华。充然耀衢市,见者互相夸。入海亦何为,抱璞尤可嗟。

神龙袭九渊,光耀弥潜汩。渔人网其沫,兼金诩市直。和以沉与檀,氤氲互交结。不得颔下珠,用此幻宙合。

通衢居贾胡,充栋溢百宝。韬晦已无术,捍卫苦不早。荜门有守狋,雁阵有逻鸟。富庶辜讦谟,执冰何能保。

幽兰杂榛芜,摧刈有谁惜。当其闷孤芳,岂不懔霜雪。同根不相护,同心不相结。援丝操孔词,泪下为沾臆。

良马日千里,乃用驾鼓车。哲皇陋方物,岂以邀时誉。我闻昆阳

35

战，挥鞭如挥栩。临雍已乞言，置此百战余。

土崩犹可搏，玉毁不可琢。自具瑶华姿，乃以委沙砾。岂伊遇廉士，拾视复弃掷。持此告祖龙，谁能凛怀璧。

黄能鲧所化，杜宇蜀帝魂。冥然即异类，谁识王侯尊。行行陟荒陇，渺渺鬼古人。无为笑诞幻，卫鹤犹乘轩。

春风苏万汇，蛰伏行蜎蜎。胡为北窗下，卧榻犹鼾然。既耽羲皇趣，尘网奚勿捐。黎靬善眩人，还能作盘旋。

丝断不受涅，璞碎乃免磨。观者竞叹嗟，甚或为谴诃。爱我固以笃，责我亦以苛。坚白世所贱，惜此厚福多。

赠张冶秋祭酒百熙五十韵

侍从明光殿，乘轺到豫章。连山空栝柏，载斗息搀抢。尽揽匡庐秀，旋移粤海装。时典试江右，复拜粤督学之命。贤劳纾睠念，简畀在赓扬。前席心先契，封章虑更详。嘉谟穷利病，遇合庆明良。忆昔南阳宴，初陪北海觞。筹河曾聚米，论世叹扬汤。愧以吴蒙拙，非同马氏常。推襟情独厚，誓臆感难忘。雅度波千顷，离怀水一方。懋修随日进，令闻与风翔。珥笔陪金辇，垂貂侍玉堂。履声天子识，杯露御前尝。夜讲常移烛，春朝每染香。不言温室树，看集上书囊。姓氏留屏座，声华满庙廊。矩行跻显要，枚卜伫游敭。博物承家学，端型式国庠。论才今贾董，游艺古钟王。世变纷然起，天心乱未央。九州迷幻蜃，满眼骇飞蝗。东鲽恣游泳，西獒正獗猖。海隅当孔要，民气况方张。自昔同区脱，于今更陆梁。成城堪御侮，失驭即为伥。宵旰殷筹海，词臣代省方。登车同孟博，驱坂属王阳。歕欲风云气，援挐日月光。岂惟崇学校，行见职封疆。尽分言无隐，酬知愿岂偿。飞云在天表，坠雨怅江乡。失路同秦客，陈词类楚狂。苦如荼在口，饥欲蕨充肠。触网嗟伎鹿，当车笑怒螳。枳疑为橘化，李竟代桃僵。已自惭颜厚，何须咎项强。错教珠杂贝，被叱石成羊。自分同波逝，谁为理鬓妆。跰躃忘鉴井，痀偻罢登墙。欲转心非石，难消气作芒。岂真人尽醉，悔此戏逢场。磨蝎宁憎命，池鱼乃及殃。抟飞输燕雀，蕉萃笑姬姜。棋败羞争局，刀藏已折铓。守株甘寂寞，老穀任张皇。折竹敻犹索,滋兰佩自纕。结庐傍烟水,归梦系云湘。铩羽惭瘏口,羁孤迫引吭。春风嘘万物,何术起膏肓。

病起思菊,作此谕儿辈

日暖霜晴兴自赊,不知秋色落谁家。记从(淘)〔陶〕令搜名种,黄叔希大令曾以六十种相赠,今皆无存矣。曾向庾园数异葩。京都冯氏怡园有百三十余种病禁不须人送酒,官休何用吏栽花。好寻傲骨为吾伴,绝胜芝兰满玉阶。

祝盛甫、方伯予告回藉,道经省垣,相得甚欢。三日而别,赋此赠行

旧是随朝待漏臣,带将霖雨度三秦。安边自昔资亲近,学道由来为爱人。远听口碑传北地,公先守宁夏,为汉北地群地。轻挥羽扇障西尘。回逆倡乱,河湟公方分巡陇东,力保所属免于糜烂。纷纷上座皆焦烂,可忆何人说徙薪。

因依未久怅离群,今日重逢百感纷。忧患难更犹故我,交情如旧独难君。春鲸顿起飞腾浪,暮蜃能嘘变幻云。归去烟波自横笛,呕哑嘲哳不堪闻。

某公筵上咏菊

如屏如嶂复如楼,尽洗清秋三径愁。欲乞吴绫千万束,一枝花与一缠头。

送贺芷澜观察赴晋帅奏调四首之二

久敛垂天翼,风云一旦开。艰难需伟略,动忍济宏才。肯作临河叹,无烦赠策催。天心方右晋,此去薾蒿莱。

缅昔陶唐地,于今气象殊。土宜违谷黍,击壤异康衢。久失虞衡掌,遂成瘠边区。河汾瞻福曜,何以慰来苏。晋省方举铁路、屯矿诸政,故诗中及之。

37

纪　　别

红粉飘零似杜秋,才人沦落胜江州。打窗一阵潇潇雨,莫是天心也替愁。

铁石心肠宋广平,也随靖节赋闲情。今生缘尽他生杳,此后冰心两地清。

第二集第五卷　闲情香草诗

七律六十首

闲情香草诗第四

《庚庚集》第一,《沧波听雨记》第二,《卷帘集》第三,此其四
也。异日出各卷中汇录之,四十年情境尽矣。

天生鹣鲽限西东,比泳连飞万里同。若信千驹隙影过,应知一佛
他心通。玉台写到秋毫落,犀烛烧时春渚空。我自情魂销蚀尽,尘根
留著待年终。

震世勋名铸大钟,百年后打尚惊龙。只怜凡铁增吰响,不忆孤舟
飘泊踪。洧外风情赠勺药,江南乐府采夫容。赚他才解相思者,手把
吟哦肯放松。

若教虎伏又龙降,我也安排著佛幢。梦到广寒人不见,病如摩诘
药空拟。自知身世丁阳九,却枉风流大体双。何物与伊能共看,湘吴
之水总称江。

真是深情不自知,古今能有几人痴。烟波正待严光钓,花月教吟
牡牧诗。此后不妨无涕泪,当前还解强支持。只应露电都销灭,莫更
提防著议思。

悟到人间事事微,百年戏剧若张机。强名为善尧殊桀,数典易忘妃作豨。欲洗旧尘愚更甚,辟如行路远何依。半生若觅情根柢,深处原来无是非。

惠庄濠上羡游鱼,境外相看总可居。万苦都由心自觉,七情能令实成虚。衣冠涂炭伯夷隘,哀乐雍门孟尝愚。明镜菩提无一物,天君不死只都俞。

我无尔诈尔无虞,为斯言者是人奴。时物行生异培覆,山河夷堁常乘除。帝谟王诰欺民一,揖让征诛窃国殊。除却成蹊桃李下,不由作致得无无。

智进能令道德低,可怜大地久沉迷。山榛洲莽灾风月,笠入坶栖困鸒鸡。庄老聪明空勘破,巢由沉洗似循齐。如何此辈生都负,厌世从知亦鹦鹉。

一堕人天百级阶,此来明发莫忘怀。形骸悉听互清浊,神目之间有岸崖。处仲芰夷休相问,太常烂醉等不谐。层层解却衣和甲,懒舞鸡声嘹复喈。

齐王峻整有风裁,粟布翻教同气猜。所以乱头粗服态,亦称镇物济时才。千秋艳说张京兆,空国欢迎薛夜来。自有性情足惆怅,一过京洛意旋灰。

南望潇湘北望秦,君行我向不通津。夜来梦里携啼袖,天上人间感宿因。任是好花总开落,已疑去日幻非真。银河难尽泪能尽,长谢秋期慰故人。

好香须伴好诗焚,值得低吟与细薰。死共痴蚕丝自在,鸣迟哀鸟翼先分。锦衾一卧冬之夜,翠岫停行朝则云。哀乐寸心浑不觉,从前生意枉繁纷。

一二佳泉甘复温,自因知(眛)〔味〕不言源。春秋月照苏家树,生死棋争谢氏墩。立雪未妨看玉戏,情天难道总黄昏。是谁凿空行星宿,雪月天泉礼世尊。

食肉无妨弃马肝,乘车谁复问牛喘。迁书自署牛马走,冯铗弹来车肉甘。杂采蘼芜詹六日,真疑铅汞比还丹。自从铸就铜人后,懒到章华台上看。

40

密字珍珠叠海山，删时始觉早曾删。回风响谷疑魑魅，逝水流帆自往还。万烛将迎空邺下，双鱼问讯跃秦关。果然春梦全无据，慰我应怜四鬓班。

> 三日中每日约一小时为之，是十二分得一首也。十二分为七百二十秒，为一百二十呼吸。（呼吸各六十也）比七步八叉，思钝多矣！抑非徒速逊前，此并不能迟工，才尽之说，岂真然乎？就香草闲情论之，第一多女语，第二有仙语，第三有侠语。此则间似佛语，而疵杂不纯矣！辛亥闰六月五日瑶天自志。

卧拥轻红半起眠，怯寒还道梦中天。思量初为多愁禁，情话渐因入道惭。眼看篆烟心缥缈，手挥楼拂意回旋。人言识字生忧患，我自胸坎有泪泉。

口含鸡舌耳垂貂，姊妹昭阳左右招。广袖石华留唾在，轻绡珠泪背灯挑。辋传青海三千里，录秘中涓十二朝。惆怅汉家遗老尽，比他天宝更萧条。

秦宫汉篆壮函崤，承露通天出九霄。真有阿环来问讯，更非神女眄魂交。嘻吁烟水残鸳牒，迢蒂云松独鹤巢。欢笑愁呻相隔望，雪衣黄耳是谁教。

莫道蠡施久住陶，扁舟烟渚梦思劳。惜花岂为伤春暮，采药何妨避世嚣。香冷氤氲千里瞬，路迷嵈嶷九疑高。只愁世为情烦恼，忍更微词误窈窕。

梦是虚空醒奈何，半生醒梦总蹉跎。风声华氏国中木，月影吴刚腕底柯。才信流沙随汗漫，岂堪离毕盼滂沱。误人自误都休说，清浊心中一眴波。

来去江风送落霞，是真隐地便为家。鲁阳戈下崦嵫日，江令怀中灿烂花。不负鬓霜秋许与，待题华表鹤嗟讶。蓬居草径原吾旧，兴尽归来有若耶。

悟他草露与花霜，烦恼欢娱梦一场。椿树八千忙岁月，麻姑五百小沧桑。惊才绝艳自相贵，云水温柔暂作乡。愿共情人遥寂寞，是真忘处是无忘。

夜夜衾裯冷五更，肝肠滤净一空城。醒时意念眠时梦，浅处昏沉深处明。颠倒去今来不断，任由眼耳舌相争。请君细想从头事，赠汝忧思是我情。

莫倚雕阑与画屏，回环曲折易雕零。江花落为销魂别，谢絮飞如入梦醒。岂独幽情自解识，不为弱质亦伶俜。只除一事堪同慰，方寸朝朝潜性灵。

初到江城水正冰，行时才见石磷磷。飞车谁向奇肱借，屑玉自移仙掌承。久便疏慵韩内翰，愧居清显李中丞。几家留得诗笼壁，寂寞扃铺叩不应。

一晌真能抚十洲，不名愉乐不名愁。兰香须在忘时得，松籁自从静处流。矫镇输他折屐齿，奔驰愧我扑辕牛。南朝俊物偏安力，只学清谈未许侯。

春愁秋爽足携吟，一著微尘便塞心。我爱梧桐先落叶，君看桃李易成阴。隔窗风起忘寒暖，彻底波清失浅深。多少古来跌荡士，料曾行过此山林。

东复东兮南更南，浮云西北亦覃覃。真能禅定何出入，肯信狙公异四三。齐埭鸡鸣争射雉，马缨花发记停骖。温郎杜史无情甚，皾月裓风作笑谭。

赠言遥执指纤纤，情阵愁围悉解严。原学阿难轻戒体，渐如居易靳香奁。梦痕历幻全消泡，意境飘空似撒盐。莫道化城已楼阁，自忘色相自沾黏。

谪居卧病老青衫，还署江州司马衔。岁月渐随莲漏尽，胸怀自用锦囊缄。草深难辨荆公宅，风利待张王溯帆。功罪不言诗史在，一生未解畏讥谗。

　　以上诗三十首。前半则辛亥闰六月所作，后半则七月所作。就其篇首自叙，尚有《庚庚集》第一、《沧波听雨记》第二、《卷帘集》第三，此为第四。而庚庚各稿，遍觅不得。所谓"异日出各卷中汇录之"，则此集自是未曾写竟。因将其自编《息庵诗》现编作初集第四卷中之《香草闲情诗》三十首，提入此集。诗为前十余年丙丁之际所撰,而编系追录,故附于后。且本其汇录之意,非贸为割隶也。编者识。

《香草闲情诗》三十首

外祖大父张雨村先生,蜀中名宿。司铎半生,所作《香草闲情》三十首,借江离薛芷之芬芳,写雨梗风萍之飘泊。其词则宋艳班香,其意则屈骚贾鹏,一时纸贵万口喧传。先君弱冠,曾有和作。予年十六,随侍浙抚杨石泉中丞幕中。按韵谨步,当时未敢呈先君,亦未存稿。事逾念年,遗忘强半。比以罢宦闲居,追忆补葺。前十首原本居多,后二十首则十补八九矣。

抱得芳心一寸红,年年惆怅为东风。庄生晓梦何曾醒,宋玉微辞未许通。屈指已过寒食后,消魂都在雨声中。凭君莫问三生事,顷刻沧桑已不同。

醉不分明梦不逢,游丝落絮杳前踪。十分心事经年积,一尺腰围比旧松。开到海棠空有约,拈来荳蔻为谁封。香消酒渴人初醒,怕听招提五夜钟。

冰纹格子一层窗,隔得深深似曲江。未放眉痕开玉锁,惯将心事卜银缸。人从病起春过半,月到圆时梦不双。精卫如何只填海,情田波浪最难降。

轻裙小扇晚凉时,真个风前玉一枝。絮语经年随逝水,藕心到底尚连丝。是谁教湿青衫泪,枉自曾吟红豆词。闻说江郎好风调,不知可解画蛾眉。

如何同翼不同飞,修到鸳鸯愿已违。岂有遗珠还合浦,从无片石可支机。愁如春浪时时长,梦逐秋林渐渐稀。我比分司尤薄幸,不曾清减旧腰围。

误人终为雁传书,盼到归期期又虚。未免有情搴杜若,不知何处是华胥。(另作)"迟我买珠骞杜若,竟谁传箭警华胥"。双成鸳叩春将褪,八尺龙须夜不舒。鬓影衣香都寂寞,苔痕绿满旧时居。

飐雪飘烟态自殊,亭亭秀擢可怜躯。问年刚缺三分月,论价须量

43

十斛珠。如此清才应绝世,从来艳福擅庸奴。汉宫尚有毛延寿,毕竟
何人见画图。

何曾真个隔云泥,雾琐烟扉路易迷。春带愁来花不管,醉扶梦去
月将低。新歌团扇从头写,独掩红绡背面啼。嘶马曾经芳草埒,人间
难道有辽西。

夜深独自拜云阶,多少生平未了怀。比似落花还薄命,况闻芳草
满天涯。明明指与心前镜,昔昔占符梦里鞋。欲唤嫦娥问消息,至今
牛女可曾谐。

九曲回肠曲曲灰,泥人憔悴费人猜。珠帘可要迎风卷,团扇终须
照月裁。曾托青禽传语去,不知赤风为谁来。洛川川上东流水,辜负
陈王八斗才。

梦影迷离总不真,觉来犹是客中身。曾经弱水千层浪,又涴京华
两鬓尘。薄醉未堪消独夜,异乡无计遣残春。汉廷新试红绫饼,杯露
何曾赐侍臣。

漆割膏煎香自焚,此中妙谛冀朝闻。空花幻尽疑无树,暮雨销时
不见云。欲与缑笙共缥缈,未妨海市任氤氲。客星已是随槎去,可许
仙凡自此分。

曲廊迢递掩重门,月隔帘栊风隔垣。未许莺儿惊客梦,生憎鹦母
学人言。藏钩射覆偏深细,莫雨朝云易覆翻。此际相逢何寂寞,夜来
可记笑声喧。

闻说蓝田玉可餐,遥遥西望碧云端。同心枉具如兰臭,半臂难消
中酒寒。梦斧不曾圆好月,乘槎便欲趁回澜。文园眉妩还依旧,只许
相如座上看。

曾闻海客说三山,面面烟波拥画鬟。瑶草金芝春烂熳,银屏珠箔
梦间关。龙涎烟结都成字,獭髓膏融总露斑。青鸟传书飞不到,闲情
腻语一齐删。

风信吹残花事捐,亭亭秀擢玉池莲。冰心一片泥难染,翠盖千层
月共圆。只许鸳鸯称共命,喜听鹦鹉说前缘。陂塘水阁无边景,目趁
云帆到远天。

绿杨影里马萧萧,春满瀛洲月满桥。去日陈王曾解佩,几时秦女

已吹箫。新撩婵鬓烟笼翼,窄画山眉翠聚椒。金屋银屏须共住,有心何必待琴挑。

霄汉翩翩下九苞,岂随凡鸟一枝巢。半留钗合心相印,绝妙筝琶手自教。花片衔来怜旧燕,冰纨织得傲潜鲛。昭阳殿里空相妒,未解明珰已梦交。

薰香敷粉不知劳,曾共娇儿馘雪桃。翡翠搔头调獭髓,琉璃合子蓄龙膏。眉痕窄画偏宜曲,髻样新翻不用高。尽日凝妆胜七筯,重楼阿阁绝喧嚣。

西池仙乐遏云过,拍手齐声附和多。争似唐宫传得宝,漫依汉苑想鸣珂。调弦促柱邀君醉,解带开襟听妾歌。莫道司空真见惯,不曾中酒已颜酡。

一丛芳树眼前遮,绿暗红稀是妾家。曾泛仙槎游璧月,每窥妆镜惜瑶华。柔情倦涴沾泥絮,润脸酡消过雨花。(嬴)〔赢〕得秋光犹烂熳,抝丝压竹不须嗟。

盈盈桃李斗芬芳,入市羊车误玉郎。谁谱新声迷下蔡,懒诊旧梦赋高唐。心和蕉卷还愁露,鬓似蓬飞易染霜。便到无花犹有月,莫将风景比沧桑。

大道青楼浪得名,葳蕤自锁不关情。卷帘为待迟归燕,载酒曾寻巧语莺。心似风波还动荡,身如云月不分明。晚妆莫怯罗衣薄,坐看良宵万象清。

秋河遥夜渡双星,十二楼台晓不扃。香气吹来兰馥郁,才情比似玉玲珑。相期未肯依王谢,独处还疑避尹邢。已擅恩波翻自叹,可知沧海昔曾经。

珠含光曜玉含棱,如此才容得未曾。自界乌丝填越曲,新翻花样织吴绫。酒经醉后斟偏易,梦到深时唤不应。生小娇痴浑莫改,受人怜处惹人嗔。

闻说今年有远游,听风听雨总生愁。未临别路归先约,算与邮程问不休。梦逐飞云迷远岫,眼随流水送扁舟。郎行若过长干里,看取青梅尚在不。

初三月下怅分襟,又见团圆照素心。日数锦帆容易莫,春归香阁自然深。双眉待得郎来画,好句何堪妾自吟。莫为天台重回首,碧云满眼路难寻。

一春好景在江南,晕碧裁红只自谙。中酒情怀长似病,惜花心事不嫌贪。中流击楫笙歌起,隔座催诗笑语参。二十四桥三五夜,清风明月尽容探。

迢迢良夜卷珠帘,数到谯楼第几签。风借竹声欺杂佩,月将花影压低檐。全消蝶粉容光减,细结蛛丝情绪黏。一度黄昏一惆怅,晓来又见鬓霜添。

银河闻说好张帆,何事仙槎尚隔凡。吹气氤氲迷晓镜,轻寒料峭怯春衫。将传密约眉先语,已织回文手自缄。满地缤纷花不扫,喜看双燕自来衔。

第二集第六卷　夜梵集

古近体诗共五十二首　附录十五首

秋　帘

晚凉日日上钩时，纨扇生纱见过伊。消得几回风共雨，更休隐约著相思。

秋　帐

渐闻虫语透窗纱，四角红珠厂九华。手把玉钩还自问，梦魂来去不如遮。

秋　簟

桃笙最好展秋床，何事今宵先卷将。寒士莫言憎热恼，今番病到怕新凉。

秋　衣

半臂还能待小宋，遗袍几欲付范雎。春来洒泪都难认，何况经年粉与脂。

听 雨

> 敧枕听雨声点滴,有僧寮揽鬓,忽念高楼罗帐,断雁江天况味,挑灯挥管,率成此篇。

右军一作誓,遂若神鬼知。已逝万情水,悉被回风吹。今愿宁不实,往事非足嗤。方寸有根柢,掩覆何所施。行行入曲径,幽邃非所期。乍觉所期左,忽忆曾来时。花丛隔层障,不目而已窥。此中久风雨,秾华非故姿。关心念手植,一一同化俦。坠尘入泥滓,霏蒂辞柯枝。憔悴岂伊劫,摧败皆我为。无声亦呼吁,见影增凄其。忘身阻奔救,乐死期追随。吁嗟情网隘,乃久鱼雁羁。天倪欲飞跃,形神浑接离。处真莫忘幻,诊梦莫讳私。迄今殚涉历,自诧某在斯。

《南社》第四集。此题所作,稍有出入,并录以资参证。编者识。

右军一作誓,遂若神鬼知。已逝万情水,悉被回风吹。今愿宁不实,往事非足嗤。寸心有根柢,掩覆何所施。行行入曲径,幽邃非所期。乍觉所期左,旋忆曾来时。花丛隔层障,不目而已窥。此中久风雨,秾华非故姿。关心最手植,一一同化俦。坠蒂冒丛网,霏英辞荣枝。憔悴岂伊劫,摧败皆我为。无声亦于邑,对影增凄其。忘身阻奔救,乐死迟追随。吁嗟情海波,泪没乃至斯。天倪欲飞跃,形神浑接离。处真莫忘幻,入梦非言疲。燃犀久无力,内照无所持。安能息外物,转以滋群疑。百年亦已半,双鬓亦已丝。所思不可即,宁惜身奔驰。奔驰恐歧误,冥想无因依。身魂两无就,不死亦相遗。窗前雨如语,断续谁为之? 天问久无益,何况代以诗。

得艾女自东校寄书却赋

家庭促顾复,世界早驰驱。此亦人生幸,休将豪气除。学中有真乐,友合胜家居。太息金闺彦,惟求非议无。

琐琐历沧海,堪怜更可奇。家贫得良友,海外遇名师。刮目阿蒙小,端人孺子知。开缄忘病卧,如见我佳儿。

至性天然好,神魂病榻趋。凭他千裹药,逊汝一封书。头角逾侪辈,胸襟隘丈夫。中郎空有女,如我乃非虚。

远念诸尊郗,女来信询诸姑及舅氏寓趾。情真学行真。圣人扩胞与,猥俗失依因。况汝寡兄弟,兼予久一身。计年十六度,十载赖旁亲。艾生而育于外家,四岁还。至十岁而赴东洋,十四岁归。与展素黄女士同居越年,至赵氏姊处小住五月,随汪氏妹到湘。去年为算学、手工、音乐教习于醴陵县女学校。校散,乃归。又教读于吴陈二氏。今春承黄韵玉女士力邀,且代措学费,乃得复入横滨红兰学校。计家居只六年。而六年中,复在上海中西女校肄业一年半。

乞水面饼于伯渊舅嫂兼呈幼安兄八首录三

毗陵说饼旧推刘,持比随园各自优。刘四夫人以善制名,外舅袁公两如君亦能以匀薄见长,非刘氏之所及。时称两美。鸡臛十盘何足道,我曾饱啖到探喉。

自夸铺歠亦风流,属餍更番愧远谋。强饭不须求蛤蜊,君家御景定宜秋。

溲淘裹贴须皆合,满软匀圆未易工。莫道吴侬无口福,定教馋吻润眉公。

谢饷水面饼

伯渊舅嫂制水面饼十二枚相饷,兼双鱼豚脯之赐,诗以呈谢:"水面饼为吾常最佳,制而能为者鲜。前以诗乞取,不期乃大佳手"。

嫦娥十二团圞镜,尽被晶盘摄取来。雾密云轻擅双胜,意园近圃记前回。意园为外舅飏亭袁公所居,近园近属恽氏。昔为年丈刘公云樵所构。二氏皆以善制此饼闻。

刘制莹腴袁隽脆,谷生曾饫五侯鲭。不道更逢兼擅妙,清才浓福是天生。随园以"清才浓福"句赠席佩兰夫人,予常疑之,不知其所谓"才"者何如,所谓"福"者又何如也。生平留意阁闺才,固偏于一长者较多,福亦足于外观者为备。惟近年知舅嫂生平,则当此少歉耳!

花猪竹䉬殊方隔,莼菜淞鲈乡思阑。汽电于今通水陆,只愁蚼酱制人难。

江左一窝惭说项,仙源双札剖飞鳞。君家余事烹鲜技,分与郎君调国羹。

秋夜不寐,寄宁仙霞北京

佞人半朝野,蹇谔乃久羁。一朝破笈槛,鸾凤翔高枝。人生百年体,意想百倍之。君今落此境,毋乃久苦疲。高远忽卑迩,愈进愈多歧。纤维析无肉,淈澉因无依。愿君且以约,七尺将不支。我从一病后,悟昔慧乃痴。智虑大公物,独具将安施。还令散空际,逐物任转移。渺然一掬脑,据此宁非私。譬如植灌木,枝偏根必欹。又如三尺渎,水集将安之。昔苦不回省,冥想空四维。感情一灰败,寸寸自相离。悬布绝空际,黾勉习驱驰。世途窘吾步,岂无同心知。山居数日月,小隐吾所宜。惟君目如电,九坂驰如飞。丈夫一许世,绝裾谁能嗤。我欲上堂拜,乃病登阶跛。会当伸所屈,贺母宁馨儿。秋风卷帘幕,倚枕还披衣。忽然念去岁,与君未见时。促促卅六旬,双鬓应多丝。我病不报子,自视久行尸。痛苦警肤骨,才悟存躯肢。今欲为君道,百口穷为辞。伊郁忽梗臆,不使留须斯。走笔探喉出,拉杂为此诗。囊空负行易,何用奚奴随。摧烧固无暇,寄君未有期。

别

有叙乃有别,未合胡言离。奈我结奇想,无人独泪垂。怕闻归去鸟,愁看向前枝。此情最难遣,今欲尽残丝。

赠杨统领燮丞

君家住京洛,千载古战场。晋楚城虎牢,刘项争荣阳。两潢绝□际,群盗纷如芒。渐台莽鼠窃,春陵秀龙骧。大敌殪寻邑,中兴轶少康。此后百余岁,创痛民斯忘。健者肆焚掠,胡马丛㩳枪。拓跋混华夏,高葛互起僵。隋杨及二李,纷扰濒残唐。吁嗟九节度,终让汾阳

王。独扼洛阳桥,谗间生宫墙。再请契丹入,汴水咽北芒。国事壹如
沸,民田安可疆。坐此膏沃区,雕刓同雍凉。将军席雄武,匹马来潇
湘。左广待右乘,北戒通南荒。惟此足枢纽,六翮恣回翔。耆英待作
社,荣戟生耿光。

读《梅村诗集》

鹿樵先生笃性情,其为诗也如其人。芊绵宛转之思力,闳肆于学
锐于笔。仰窥骚些颃齐梁,摩荡乃及宋与唐。五言古体近鲍谢,律比
不在王杨下。就中歌行更擅场,香山难与较短长。公前公后为悉数,
宋元以来如公几。独步江东不易才,同时继起皆相推。我读公诗微
不足,风骨虽遒务含蓄。有如平远山,蛾眉剑阁藏雄关。又如纶巾羽
扇蜀丞相,盘马湾弓戒决荡。公如纯钢能盘旋,学者将病薄与孱。铺
成故实善位置,不然或类入肆市。就公能事索公瘢,凡所指摘皆所
难。吁嗟乎！读公之诗如公史,公心独愧不能死。兰成犹受滕王知,
罗隐为唐非以私。思陵未必公知己,科第功名等闲耳。况复堂前有
二亲,绝裾难学温太真。君不见洪家相与吴家将,尽是朱家得意人。
公诗往往惜驰骛,毋乃心惭笑百步。吁嗟乎！其为诗也如其人,遭逢
乃甚饭颗生。苦吟宁计貌瘦损,穷工未肯心灰冷。公之自责不少宽,
后人共为公长叹。国难家忧至公极,天所玉成在卷帙。吁嗟乎！天
所玉成在卷帙,屈宋膏(盲)〔肓〕岂忍说。

题天梅《花前说剑图》

霄深记倚双肩立,冷露无声万花寂。诉尽相思不忍眠,已为密誓
还于邑。又记围炉卅六梅花中,酒兵诗阵纷虎龙。谈天未觉稷门隘,
啸风不数长安荣。如今此事两歇绝,视口空存广长舌。相看桃李都
无言,肯为鹏鸟作太息。忽闻高君说剑图,剑光花色红模糊。耶溪之
水在灵腑,方山之铜在辅车。燕丹匕首何足道,冯欢长铗付一笑。肤
懵毛戴花外人,恐有霜锋破花到。人言大冶千载亡,高君何处逢耶
将。手无寸铁作长啸,不平之气如虹长。高君叹尔枉喋喋,人间万事
无可说。丰城狱底绣且顽,茂先欺世志博物。不如猗难乐与群,坐作

围幎卧作茵。任君倾尽肝与胆,我只看花不听君。吁嗟乎! 不听奈何遣长日,胸中任结血如铁。

题钝剑词人《听秋图》

为怯秋声诗酒停,掩关终日诵黄庭。卷将淞泖千层浪,惊动长沙一点星。按志书,长沙为落星。长沙,星名也,故又名星沙。蝉咽蛩鸣浑不是,漏沉籁寂总清醒。休题作赋欧阳子,落尽吴枫何处听。

春嘲莺燕夏嘲虫,到得闲时耳有风。寂寞江湖吟远碧,萧疏花草诉残红。坐看斜日人无语,数尽飞云雁不通。本是无声偏说有,知君息息证虚空。

雕檀枕畔划金笼,还记年时小阁中。早泻银河洗兵甲,肯摧羯鼓搏沙虫。悲风匼树吴钩挂,泪雨淋铃蜀道穷。蜕似灵均禅谓钝禅。似宋,双吹愁泪过江东。

上下五陵存一剑,举杯白眼听秋声。胸中自蓄辕驹喘,腰下常闻佩犊鸣。百战还余不平气,六通待辟未忘情。吴江枫落湘江冷,万里愁心一霎生。

忏　　诗

少年绮语都成忏,垂老多情只似痕。叱咤风云消暮气,缠绵花絮系春恩。终怜坠雨丝难续,悉数前尘日易昏。断尽回肠无可断,自憎残句又纷纶。

志　　梦

似闻绿鬓换黄绝,何事人间竟不知。传死难消仙客恨,招魂忍说少翁痴。云深纵杳飞凫影,春尽还寻恋蝶枝。地久天长非我日,相思只望有完时。

又

有梦都为累,无情未是空。为谁甘忍死,笑我易成翁。豪气失许汜,禅心愧长公。残灯亦似病,相对怯秋风。

偶　　成

卞家小妹最堪怜，卞德基元文妹，继适刘孝廉。艳福生成刘孝廉。错道西山帘隔雨，终疑洛浦路迷烟。花枝有托偏成误，云影分明却不前。情死难酬鹣与蝶，秦嘉何意有余年。

又

空谷传声事更奇，天然遇合自无疑。黄姑独宿隔河久，紫府同游望阙迟。未识庚明为二宿，岂知缱绻是双丝。于今转悔执袪误，狼顾东西渐不支。

又

长生原誓再来身，却遣临邛觅太真。柳毅未终卢氏聘，陈思忍负洛江神。欲为问析如刘谢，已入相思似肇晨。生负田横死负汉，情场难得作完人。

莫言诗酒误禅机，心有菩提足解围。佛力远饭祇树下，前生曾著水田衣。黄绅倘尚人间在，赤舄终能天半飞。未必膏环难两合，言情谈道证幽微。

怀 灵 隐 寺

灵隐韬光之胜，不寓目数十寒暑矣。胜游难忘，诗以志之。

少年十载住西湖，双桨芙蓉兴不孤。乐水未如苏白智，登山曾与阮嵇俱。笋香远透千竿竹，饭熟偏甘一味蔬。自落尘埃过五十，清游以外总模糊。

前生疑是此山僧，一入山中涤万尘。岂为桃源能避世，更非勾漏可修真。林峦初到如曾识，猿鸟无情亦与亲。太息当时轻作别，白头终隔似湘秦。

小隐山居是素心，怡园曾共子瞻吟。谓怡园看芍药，赋诗道意事。少年未许天台住，末路翻知磐谷深。惆怅白云谁与寄，萧条秋雨梦相寻。胸中尚有匡庐瀑,争怪琵琶泪满襟。

萧疏蒲柳未秋雕,衣带日宽路日迢。悔不为僧常占领,还因多病误招邀。两渡至浙,有邀游者,皆以病误。负他草檄事如此,到处蓬飞魂已销。过去现前都浪掷,除非笙鹤附王乔。

寻僧访腊说东坡,壁上诗篇泐未磨。远谪还能偕慧婢,行吟未免惜春婆。嗟予一失湖山趣,去日同从愁病过。浪说平生遍海岳,西(冷)〔泠〕风景隔吟哦。

悟　　情

玉京何用进柔柔,月没看星愁更愁。愿共微之托修道,已迟小杜得杨州。是真并蒂花千一,能了今生世有不。倘得相逢共诗酒,蜕僧原不讳风流。

《南社》第四集。此题所作,稍有出入,并录以资参证。编者识

此乡谁与号温柔,一到情深便是愁。谁使微之托修道,可怜小杜苦求州。是真并蒂花无一,能了今生世有不。怨绿啼红因底事,白头还自说风流。

寄文渠醴陵

端阳一别又重阳,岁月还如人事忙。百日病中常梦见,廿年长尔已形忘。新词留赠人偏去,旧事思量情更长。还忆登临相约否,疏花病蝶互扶将。

遥闻风雨满三韩,一纸飞来墨未干。为固东偏存许易,不连衡约御秦难。降王已入洛阳盖,求道今亡薛县冠。从此榆关风鹤近,况闻两大已交欢。君以闻韩事有感,诗见示。

正期杯酒畅清游,一洗胸中万斛愁。槃散我惭行汲笑,驰驱君慎附棺谋。君以葬大父回里。人殊去住嗟花水,佛说因缘似电沤。自有神交金石固,身身世世不须修。

爱晚亭边叶又红,题诗遥寄渌江东。任教久示维摩病,不隔相思心眼通。蜡屐阮孚须暂待,舁舆陶令竟能从。西山是我低徊处,难得

今年无雨风。

赠采崖三首

难得诗知己,斋中礼蜕僧。笼纱遍四壁,下榻及三旬。予去年寓君处一月。生死交情见,浮沉直道伸。从来无一语,在醴日久未见君,作一诗一词。然评骘极当,见解极快点定属斯人。

已分今生诀,偏能别后逢。一回一惆怅,百梦百音容。幸有长相忆,惭无久驻踪。西山正秋色,何处看芙蓉。

劳怨非分任,从来集事难。谓君去年办醴陵女校事史臣评葛相,刻论出桓宽。何况今悠谬,谁能免击弹。闻某女校长有刊,单诋君事浮云看世事,随意弄僚丸。

庚戌九日饮采崖

一年五九节重日,古来记念人能说。最难风雨避重阳,登高十度九不得。还记去年约傅刘,文渠今希。十日淫霖苦不息。已过所期念四时,十二日始晴,同登岳麓。才到龙山看红叶。今年二子去何处,况我祭散病行汲。拥衾卧醒只苦吟,便漉醇醪懒独酌。西山采蕨翁,翩然来自湘江东。茱萸胜会辞不赴,自携甘酒就蜕公。可怜相如四壁立,得此豪兴如虎龙。烹雏剥粟节常馔,万钱日食安足风。举杯未饮已心醉,千波万壑罗心胸。长歌当哭为君道,欲语不语还矇眬。屈平沈江作竞渡,宣武登临成故事。愧我悲欢五十年,春秋都有伤心处。寸心得失知者谁,差幸薄言不逢怒。惊魂动魄纪念时,欲避无从忘不去。恨不换太初历,恨不改长春节。一年三十六旬六,少此数日何足惜。狂言未竟君笑叹,笑我百死心不寒。西山曾记瘗魂魄,遗蜕又起波与澜。不如且尽杯中酒,明年何处作重九。有君一日君不忘,便是天长与地久。悲身悼世代有人,何用后来知尔我。君不见汨罗江上金鼓阗,投湘一赋二千年。又不见秋山遍插茱萸草,遗臭流芳置半边。

邵　阳　叟

邵阳叟,计年逾七九。豪谈健啖能周旋,家有贤妇日相守。

翘胡对云鬟,曲肘偎蟒首。自忘其老诚足怡,不厌此翁亦佳耦。我与同居已七旬,但见欢娱未闻诉。无端官里去十日,此外印钜不分走。吁嗟乎!田中樀饷却缺妻,庑下赁舂梁鸿妇。恩情既笃誓不移,贵贱死生一如故。昔闻鲁白起,杀妻求将不知耻。又闻贾大夫,射雉一发博莞尔。本无相爱而相俪,夫妇道丧遂至此。何如邵阳叟,不识人间有余事。当炉未忍累细君,涤器懒著犊鼻裈。和风春色满颐颊,鹣鹣鲽鲽人还羡。蜕翁感此长太息,多少家庭生荆棘。中年得志厌糟糠,列屋藏娇竞容悦。枯杨生稊恩不专,安怪冯方女于邑。大妇凄凉小妇憎,并计其身为三失。可怜若辈不自知,独拥如花擅风月。譬如乔木方盛时,萝蒫遍冒欹柯枝。积年累岁渐拳曲,匠石不顾公输嗤。况乎积戾天所恶,家不能齐又奚务。种衰国弱姑莫论,可惜聪明终自误。请君且师邵阳叟,妻孥得所在汝乐无斁。

分 明 两 首

分明颦黛隔河看,欲诉离愁水线拦。屈指秋期秋已尽,定知心地到冬寒。

销魂还是有魂时,更不销魂事可知。佛说色空犹浅义,最愁空处著情思。

自 慰

梦中曾遇蜀君平,许我桑榆收此生。老已空心谁匠石,世皆捷足一天刑。何因遗肉细君喜,岂有然灰田甲惊。聊复云云为慰藉,未堪委弃说离群。

自 嘲

分束情澜与死偕,未划余栬又生谐。譬如昨日延今日,终到前崖望后崖。一息半存犹病误,百句三过竟长斋。莫愁身著昆仑麓,青鸟联翩阶上阶。

自题《夜梵集》

经春病卧又秋来，一卷重然死后灰。六月病亟，尽以残稿交史君采崖。此皆病后作也。未到能工穷已甚，更愁成谶句常裁。懒因失韵为勾乙，讳说言情具别才。何处再寻一南董，谓采崖尾声只合付蒿莱。

附录十五首

《南社》第四集，选蜕诗二十三首，云自《残宵梵诵》中录出。按《残宵梵诵》视《夜梵集》存诗较多，而两集多互见之篇。标名词意略同，不知是先写夜梵后更残宵耶？抑本为两卷别存耶？《残宵梵诵》存傅子钝根、史子采崖处，仓猝不可得取。今所刊《夜梵集》为蜕手录之稿，先后次序，均仍其原。而以《南社》录自《残宵》各什。除《怀灵隐寺》三首，见本集本题一二五。又《秋帘》一首，见本集首篇。又《最愁》两首即本集《偶成》两首。又《悟情》与《欹枕》二首，各次本集本题。余十五首，并附此卷之末，且缀《残宵梵诵》自跋于后焉。编者识

原　　病

情愁积久都成病，病去情愁又别生。绿满池塘雨后草，碧荧帏幙梦回灯。茂陵笑尔捐秋扇，垓下何人作越声。欲待饮冰销内热，侍臣昨日赐金茎。

怀　　古

人间何处是吾乡，只有温柔未易忘。淘尽胭支红是泪，著些粉黛墨都香。玉钩梦觅横斜路，响屧愁过宛转廊。锦赗绣褫千万卷，个中检点几情场。

和《渔洋秋柳》用原韵

春魂不尽剩秋魂，白下风流度玉门。色减卢家螺子黛，文添汉苑

蠹余痕。愁听絮语偏宜道,羞照丝腰却水村。摇落年年谁得免,和烟和雨总休论。

早辞雨露不经霜,肯到清秋照镜塘。若许残丝经素手,还能长带系青箱。风流曾似惊鸿后,孱弱今如副马王。总为多情易消损,秋花秋草尚坊坊。

不染朝衣染醉衣,只怜宫锦色全非。尚余猗难无知乐,未改猖狂青眼稀。过马暂因前路系,惊鸦容易见人飞。细思莫为轻惆怅,春梦秋吟两未违。

暮带斜阳晓带烟,奈伊生就教人怜。玉妃憔悴羞离帐,溪女低徊倦击绵。便道杜娘非少日,未忘张令在当年。春风惯看三眠起,吹到西风又一边。

读《南史》有感

南朝俊物数桓刘,三史余灵乞李欧。处仲可儿何足道,茂宏仲父亦堪羞。山河空置新亭屐,风月常存北固楼。莫说汉唐足先后,英雄只此许风流。

题云溪外史《山水行看子》

画征绘鉴征姓名,南田先格后寿平。少年曾读桑门典,能于八法神而明。初图山水师董巨,尚书适与右军遇。瑜亮同时厄两贤,萧曹位次误一顾。翻然不向山中行,从今只在花间住。岂真不共戴此天,胡为竟让一头地。西田多少古烟云,石谷填满溪壑盈。羽翼既成终独举,半席虽分已同尘。譬如虬髯弃此局,东海犹有夫余国。又如班生揖管城,列侯未必皆经生。赭山封松让秦政,尽围花柳擅季伦。似闻久贮梅花雪,一滴能留百年色。燕支夺取塞外山,螺黛研来西方石。倾城巧笑妙摹拟,况更铅华彻肌里。一朵名花四面看,不知何处曾著纸。写成持赠乌目山,山灵张壁石不顽。夜深留宿松风下,忽起挥笔如挥镵。婉娈不吟金谷句,潇洒直逼山阴路。仲圭黄鹤含精神,弇州麓台渺风度。江东独步石谷子,眙愕但言有神助。奉常赞叹成长篇,唤作画中李谪仙。绢素烂然无余白,百回展看神怡恬。中有一幅似待诏,丹青疑有烟云绕。金焦并峙江流中,帆樯远者如飞鸟。最妙当窗平远峰,柳枝袅娜离亭东。神似倪迂更绵渺,规摹刻画嗤庸工。我曾悉看元四家,寓工于写藏英华。当其得意不自觉,与神相会凝机牙。国初以来萃半壁,太仓海虞悉称绝。四王名满寰区间,那知翁有藏锋笔。避人三舍为成人,专精一事偏兼精。艺通乎道洵非谬,如翁岂不神乎神。此卷流传二百载,玉躞金题几完毁。终留光焰照艺林,道气佛心宛人在。闻翁生平重闺阁,闺中才女如冰玉。荀灌十三解父围。里乘传闻南田翁尝作一画,醉后误著红。叶冰如女士时年十三,四题诗幅。尾云杜鹃啼血处,莫认是霜痕。见者益宝之。中郎万卷有人读,吁嗟韵事今谁俦。东园草满花枝愁,茂陵玉碗竟何在。余昔藏磁碗二,白质蓝绘,皆折枝菊花。怪其笔致生动,不类画工。及见碗底“园客制”三字,乃知翁所为也。蜀道花钿孰与收,苏公达者早留语。烟云过眼鸟感耳,摩挲此卷不忍离。难道他年共坏土,君不见渭城风雨昭陵荒,右军玉版落何许。

《残宵梵诵》自跋

今夫水流花谢,嗟绮语之难删。即至矢尽弮张,岂豪吟之随辍。气短不短,情长更长。桓子野辄唤奈何,曹孟德解忧何以。故曰“诗以言志”,能教闻者销魂。况蜕庵七尺,沧瀛海十年。管宁但坐绳床,张融更无船屋。虽潇湘吾土,谁识懒残;论建安才人,最怜公干。彼少陵垂老,犹有浣花旧居;岂浔阳谪居,长此天涯沦落?然则诗人之厄,末路之穷,以古方今,于斯为极矣!嗟乎!庾兰成平生萧瑟,赋江南以言哀。张平子望远咨嗟,赠琼瑶而莫致。世之览者,当有知音。我所思兮,岂惟并世。缀之短跋,以稔后来。

第二集第七卷　蜕僧余稿

古近体诗共三百七十九首

赠陈汉侠女士

　　陈汉侠如侄,巾帼中之迈德也,与吾女吉芬交垂一年矣!仆初虑其为世俗交,蹈儿女习。不意二人之相得日彰,竟获切磋之益不浅也。为之深喜,赋长句以赠汉侠,并勖吉芬,保其岁寒松柏。

　　少小袭娇痴,如花好风调。深情钟女伴,旦旦誓永保。古有陈与雷,又有管与鲍。彼为奇男子,佳话式交道。何况巾帼流,具此岂不少。吾女幼愚直,母弃此儿早。依父如依母,不复习窈窕。忽然逢素心,药石互攻讨。吾闻喜且惧,负剑相诏告。勿为世俗交,切磋终期好。老夫双掌珠,幼者甫离抱。长者及笄年,是我擎中宝。两男性顽钝,惟此女表表。期为第一流,幸得倚光照。进德日千里,绳愆相检校。老夫拭目望,此心勿中槁。支那女中杰,舍君复谁蹈。长篇勖令德,谅君勿听藐。

以下戊申

戊申正月廿六日纪梦

怜才巨眼今红拂,宜有虬髯作阿兄。垂老自惭犹落拓,生平谁似

60

梦中情。

宛转温柔得未曾,若教真个更消魂。梅花沁入胭脂颊,肺腑镌恩定有痕。

分明亲见语冰人,越是离奇越是真。莫道情缘由意造,可知有果始成因。

梦中疑梦亦堪怜,雪里梅花色更妍。留得一丝香气在,寻卿只在袖襟边。

定情记付指环日,刻骨深恩只自知。窗下泪痕窗外雨,桃花新涨正春时。

收拾平生未了情,完全魂魄付卿卿。帘前多少辞春树,吩咐东风自主盟。

秋　　感

春秋最佳日,感慨却偏多。醒夜因听叶,吟寒怯涉波。所怀不可接,之子近如何。宋玉一为赋,潇湘掩泪过。

绝世妙才少,飞尘去不回。既教生瑜亮,应便合陈雷。丝断未成久,星随银汉才。卷帘忘漏尽,风烬几炉灰。

客子衣常薄,寒来忍自披。砧霜如未化,帘月隔同窥。远寄岂无意,催归耐转思。明明一水隔,何故不相随。

梦里相思句,推衣尚未忘。只因太惆怅,有意说荒唐。花影隔窗乱,灯光为雨凉。频频数残漏,却怪此宵长。

深种情根处,追思却自怜。纵横难一往,翦伐总无边。况已迷生死,何从忆断连。情田原妙境,深入乃忘年。

脉脉看云树,频频步草坡。已忘盼来雁,莫更倚庭柯。风露为谁冷,烟云向我多。江淹尚吟咏,才尽又如何。

访　　菊

年年风雨盼秋期,帘外栏前觅所思。衰草一丛迷蒋径,归鸿千里讯陶篱。扶筇几度重阳近,萧瑟平生好梦迟。莫恨隔年才得见,为君已贮满囊诗。

忆　菊

药炉经卷苦淹留,盼到重阳转更愁。霜满东篱迟旧约,风回阊阖记前游。水中宛在人同瘦,画里呼真谁与求。见说河阳开满县,独怜难觅去年秋。

种　菊

春分夏摘费栽培,露后霜前次第开。点缀最宜幽僻处,扶持也算懒残才。滋兰九畹都成梦,覆土一杯是再来。五色十光都已备,秋罗不用剪刀裁。

对　菊

调琴何处觅知音,寂寞秋情付独吟。不道寒姿偏易近,应怜傲骨自相寻。无言却有香通气,入暮尤宜寸惜阴。若许花魂来梦里,定能为我吐深心。

供　菊

萧然四壁傲封侯,独有秋容不厌愁。为我辞枝偏烂熳,伊人在水足清幽。琴书左右心双印,功德沉浮香一瓯。若是无根能久活,岁寒风雪不须愁。

拟闺中杂咏六首
画　眉

蹙损双蛾久自怜,一经郎画又如前。何须更问深和浅,合得郎心便是妍。

刺　绣

买丝不为绣平原,要报心中未了恩。碧水红栏虚倚处,尽人猜想尽人言。

焚　香

沉檀细末和龙涎，心字炉中手自研。曲折印成偏不点，怜他一霎化灰烟。

弹　琴

曾记帘中窃听时，弦弦掩抑声声思。自从学得勾挑后，难遇知音妾始知。

挑　灯

光华敛结并头花，默祝当如侬与他。为恐小鬟轻扑落，宵深还自拔金钗。

问　卜

宵来便见两眉颦，道是相思又似嗔。略解芳心只一事，占鞋问镜日频频。

自　笑

游神欲遍界三千，得失何为论眼前。温厚风人之本旨，纵横豪气有巾边。不轻一物原忠尔，竟爽双心肯怨天。难是用情求是处，覆揩扶抑两都偏。

生灭都由物有诚，欲为天学总非精。言思任著皆偏倚，因应无方异老横。强肆弱争观自在，耳存目寓意须经。试从恒语为平反，看似难辛却易成。

有　感

水浅方能渡，言高岂有成。莫轻平喜怒，何易息从衡。恒在无为有，止由曲作诚。通家孔与李，子弟自纷更。

百 年 二 首

百年三万六千日，一半已从愁里过。垂老逾惊光景速，今生只觉别离多。

檀奴白发愁难悔，玉女红颜醉更酡。我欲凌风问天帝，可容精卫堙银河。

以下己酉

上红拂墓四首

巨眼当年识俊才，可儿不共此间理。锦衾角枕青山久，细骨轻躯马上来。环佩魂归阗氏冢，钗钿梦断玉妃嵬。红颜命薄终如此，愁绝南征独凯回。

寂寂春原土一杯，鸟啼花放尽堪愁。便无名字还惆怅，况忍才容竟死休。当日知卿除是侠，可怜得婿只封侯。山前空勒征南像，不画天人恨虎头。

忆昔沉吟苏小坟，西湖鸳水两难分。苏小坟一在西湖，一在鸳湖。或言皆出附会。征南道出留遗迹，西山有磨崖卫公像，其下永福寺为追荐而建。扶病军行补阙闻。只借汝南传碧玉，肯教阳羡葬朝云。另作："竟同海外葬朝云"风流最是人间少，华表休题开国勋。

文推房杜武褒鄂，难定萧何第一功。丞相堂前有天子，美人见惯似司空。春心自为前因动，浊世谁堪侍者通。若说早知专节钺，本来节钺属杨公。

爱 河

爱河泛滥似天河，处处风波可奈何。涸到鲋呼还雨集，远从鹊渡已秋过。恒沙填遍灰都死，山石衔来崖尽磨。梦里几回寻渡口，可怜风雪满江沱。

侠 少 年

紫锦新裁短后衣，轻弓匹马去如飞。金丸不惜抛千弹，粉镜同看

杀一围。滟滪滩前浮急水,燕支山上立斜晖。归来自带幽燕气,不用
奚囊贮翠微。

咏 李 广

下中李蔡已封侯,猿臂将军早合休。射虎北平今石在,犹龙老子
继风流。数奇幸免淮阴醢,力战难酬宣室求。另作:"数奇未等诸君狗,
力战终为孺子牛。"卫霍本因胡虏重,肯教一箭落旄头。

春 雨

冰雪消融万木晞,商量正好典寒衣。天心不放花开早,土脉初添
雨后肥。山客分兰簔半掩,船娘趁渡桨双飞。莫愁一夜惊残梦,已隔
重帘况细霏。

听隔院弹琴
以下五首己酉冬间作

中散知音何处寻,隔墙隐隐听调琴。分明弹出相思意,莫漫平分
顾误心。便使琵琶成别曲,未应勾剔著双吟。鬓边风露何曾惜,只恨
明窗入夜深。

残 菊

傲霜到底怅雕残,著屐扶筇意忍阑。秋蒂纵堪埋土净,花魂渐觉
恋篱难。千丛堕叶承尘黯,一片斜阳照影单。为问陶家长醉客,不求
甚解可能安。

醴陵许真君祠题壁三首

不觉霜枫又一红,江山难辨色和空。孝廉五十未名老,君子八千
等化虫。暂寄僧寮刚听雨,因惊法鼓始知风。当初许椽升天路,锦帐
何缘堕此中。

客中何处庇欢颜,况值霜风岁欲阑。砚匣笔床都失润,琼楼玉宇
不胜寒。梦和天马行空去,身似云鹏一息难。莫道武夷山尚远,幔亭

便在此间看。

六识何曾一一忘，不忘不助足〔倘〕〔徜〕徉。谈流第一求同趣，国士无双是吃狂。袖上石华思赵后，春前玉蕊会唐昌。层城缥缈知何处，可许星辰摘袖藏。

落叶五首

春愁只为落红多，万树萧条更奈何。遮断前村飞石燕，铺来遍地剪秋罗。经霜便碎难题句，坠雨同飘委逝波。任说看山无障碍，从前佳处尽坡陀。

昨夜西风过橘洲，江湖冷落倦登楼。当时只叹阴成早，此际方知秋是愁。卷地随尘何处去，打窗和雨几时休。芙蓉落尽桐花实，已过扶持便不留。

读罢离骚怅落晖，窗前栏外已成围。招魂难返声声咽，寄远无凭片片飞。残蝶来疑同日化，啼乌绕借一枝依。尽他松竹经霜雪，翠箭青针也渐稀。

萌芽记得入青时，嫩似含黄润似脂。谁信飞黄迟暮景，曾吟新绿畅春诗。有人常共飘零况，乐汝岂无㹠难知。一树年年有枯苑，肯因霜冷愿辞枝。

莫将轻比絮和花，拾取还堪煮酒茶。疾下空中争集隼，纷翻高处乱归鸦。暂分宵壤难平视，一落河山总可嗟。最惜霜枫枉渲染，几人爱晚更停车。

忽念汉史人彘事惨然久之赋此自嘲

芒砀山下匹夫耳，何事天教得美人。东海降封应不忍，昭仪僭礼早宜均。易储积议徒招忌，少子偏怜未是真。笑擅安刘借箸者，几令吕氏代嬴秦。

生前歌舞博君欢，种祸遗殃线代安。但令周昌傅如意，竟忘吕雉嫉明纨。戚夫人小名明纨处分后事能明见，忍使佳人为爱残。世界烟云今久渺，笑侬几度为汍澜。

断　　肠

断肠情事断肠诗,比似春蚕宛转丝。铁箧缄藏终出井,瓢瓜飘泊岂分岐。欲教思妇今生见,直待吟窗将晓时。最是蕖残须检点,寒蝉咽断夕阳枝。

自题《题襟集》

年来烂醉泪痕多,浼遍人间凤尾罗。灯雨赚醒孤枕梦,旗亭待付曼声歌。缄藏铁匣休珍重,裹入天风任荡摩。陶谢雕虀郊岛死,此中精气不轻磨。

已瘗精魂傍美人,(有瘗魂红拂墓之幻谈)情根休更出埋尘。思量终有蟾蜍在,检点浑疑脉望真。垂死枯枝生意暂,回流潴水荡心频。从知绝大如来力,第一先忘过去因。

偶　　书

花发当阶燕子飞,梦中情事尚依稀。罗帷半卷因何故,恨煞风波涌钓矶。

黄姑织女事堪疑,天上人间怎得知。不是红尘便碧海,除非鹓鹊解诗词。

山海谁能读一经,云为楼阁海为城。只除鹣鲽无飞跃,亲见神人遍体晶。

锦帷车毂坠云端,料是铢衣不觉寒。一瞬飞行九万里,淮南鸡犬死还丹。

叠　韵　两　首

人间谁识梦痕宽,都被修罗一笑瞒。我已现身和万族,不须更说大同难。

西鹣东鲽海天宽,斥鷃枋榆尚自瞒。任是法身休执著,摩登原为爱阿难。

题 画

一样两纨扇，秋风在眼前。浓姿偏雅淡，秀骨自清妍。未许妆台隶，遂甘放笔眠。平生草草意，不辨米家颠。

悼 梦

梦伊青鬓换黄绸，何意人间竟不知。传死难消仙客念，招魂忍说少君痴。云深纵杳飞凫影，春尽还寻恋蝶枝。地久天长非我日，相思只望有完时。

又 二 首

胸中不断泪丝丝，随手抽来即是诗。比似鹃啼还有迹，欲为蚕死尚无期。呕心莫笑李长吉，薄幸终为杜牧之。点定吾文收赢骨，蜕盦原许后人知。

前身同是蕊珠仙，一谪尘寰今几年。握手相看成怅惘，择言倾吐已联翩。别时翻觉无身乐，病里轻消有限缘。垂老文通才欲尽，愿君珍重此诗篇。

又 四 首

十载重论愧白头，不添识慧只添愁。衫襟已涤江州水，诗句犹题北固楼。如梦旧情还作呓，登场小剧待谁酬。留心自认前边路，多少风帆在上流。

庾信园中春到秋，云飞雨卷一番愁。已迟九日黄花醉，正看千山红树收。惜叙不教轻易见，旧题似为此来留。灯前坐数悲欢事，岂有人间万户侯。

见便欢娱别便愁，争如常在见前头。兼葭一水迟洄溯，杨柳偏西惜逝流。灯雨梦筹来日约，篱霜寒待晓风收。明知最后终长别，把袖携樽未忍休。

夏虫沸尽已深秋，一榻轻寒动客愁。风漾帘旌魂泛泛，雨催檐铎梦休休。到无我见情偏在，能得卿怜福要修。莫道已经离别惯，眉头移恨到心头。

又　二　首

暮云春树隔江天,啼遍红鹃梦黯然。原有题诗寄流叶,却迟放眼任飞泉。念年憔悴青衫泪,三楚苍茫紫玉烟。倘有双鱼通讯到,仙源应在白云边。

才过重阳雨共风,瑶池西海竟无踪。定知为我月中去,难道他生地下逢。襟酒犹疑前度泪,吟怀应寄五更钟。情天历尽恒河劫,淡到无言总是浓。

又　二　首

一夕东风便是春,岩光鸟语慰征尘。白云乡好匆匆梦,红麝花飞处处茵。岂独邮亭有传舍,可知满世尽羁人。何曾博得缠头赠,扇板登场苦认真。

漫欲穷愁阅历多,一身干橹却群魔。顽风刺骨吹无影,浊水潜流不见波。到处豺狼谁解问,满空燕雀遏高歌。不须更恋梁鸿庑,卜宅还须学孟轲。

又　二　首

一羽飞扬万羽轻,知君负重此长征。春风万里传咳唾,最是关心识者名。

欲典春衣赠一卮,思量留待隐居时。杏花燕子前村路,小饮归来两不知。

又　一　首

二十一年堕尘网,神光离合精诚爽。春兰秋菊齐芬芳,湘灵双瑟还相傍。嗟予未识昙华姿,南华虽诵都成痴。一朝忽然悟因果,欲持秋水依君肌。雕词琢句相追谇,情深情浅终由慧。杜鹃啼血疑分飞,双凫一起误生悔。岂知幻影虽参差,两峰同峙互合离。一误再误不可说,君今再死还相依。死则能灵生转滞,朝夕终当偿君死。犀心一

69

点通幽明,为鸟比翼树连理。颇闻赵璧重连城,他日相如手定秦。神枯泪涩不复哭,相逢一笑怡双魂。

以下庚戌

好　香

小阁深帘细细焚,神伤岂便罢氤氲。麝脐龙脑腥膻尽,沉水游檀功德分。玉贡扶南雕作枕,尘铺金谷印成纹。吴泾冷落章华琐,不是佳人不与闻。

异　草

苎萝十步妒东施,辟尽榛芜见石芝。血镂朱丝茎九节,掌分碧玉秀双歧。南方谱载纷僵荫,宰相笼中半卷葹。自是人间无净土,不留根柢只留枝。

古　树

绝非腕肿和拳曲,却住空山数百年。欲作龙飞根不拔,久为鸟舍盖常圆。椅桐梓漆同声应,苔藓藤萝一碧连。闻说元明经阅历,南柯还比国家坚。

奇　石

爱石平生似米颠,湖山看到海东偏。星经坠化一卷小,松到飞腾万古传。峰以中空谐律吕,矶由水蚀亘云烟。颇闻雁宕尤奇绝,眼界初开一线天。

别罗君涤衫两旬,忽闻来城,约晤未果

潦倒今罗隐,能将万事轻。联床忘漏尽,把酒笑愁生。别后侧身望,来如避道行。岂为期约误,离合见交情。

元夕团圆月,凭肩共看时。不知身是客,还忆旧吟诗。西岭窗含雪,南华墨洒池。蒋家三径在,可道结邻宜。

陋巷颜曾在,临河卜所居。流连烟水趣,陶写古今书。风雪迟君

久,琼琚报世余。白云卷天岫,相见两开舒。

次韵答钝根

到处新知接古欢,循环纠缠两无端。菩提慧可知非树,(嬈)〔瑶〕席阿难异达观。自得风流忘物竞,不求寂灭是居安。云蓝写寄相思字,春镜何年倚手看。

自 题 画 梅

我闻孤山之麓有一亭,都种梅花围作屏。客来呼鹤鹤解迎,自许醉世能独醒。独有一语令我嗔,乃敢先我呼夫人。此翁一卧数百春,此花岁岁犹芳辰。为此我愿改姓林,不然便改林逋名。媚花爱花与花亲,一日百拜不厌频。花神感我愚且诚,梦中诲我言谆谆。林逋呼妻非其真,鬻子一树用一句。三十六树供饔飧,旨畜御冬妻御贫。无子锄旧更艺新,对客高卧恣啁吟。何逊东阁遂延宾,广平自许铁石心。狂者狎我如风尘,矜者交我如相荣。惟君能妒为至精,妒不相怒能知心。我岂草木遂忘情,与君誓共死与生。折枝归供宣磁瓶,非君所折息睹闻。魂从君去君何颦,明年非复今年魂。我闻花言泪满襟,一生所遇皆如卿。见时辜负别分明,才见开花又落英。波迎风卷分潏茵,傀然剩我飘零身。吁嗟乎! 傀然剩我飘零身。

半春风雨,别蕨园忽忽逾月。偶阅《梅村集和王烟客西田杂咏》八首,西山风景,正有似处(蕨园在西山下)。吟触感生,依韵赋柬园主史君醉祥

望断清明花信稀,催春新语枉书扉。吟成自觉诗情冷,愁醒常嫌酒力微。苔满回廊沈屟响,波平远浦簇帆围。去年此际君应记,已尽轻寒换絮衣。

云罗一片漏光稀,不放骄春进世扉。黯黯花魂眠雨久,垂垂柳影步波微。闲居翻喜园亭寂,懒起常教书卷围。布谷山中鸣日夜,水田

新涨润禅衣。

十日沈阴客到稀,蕨园亭午掩双扉。山居积雨忘春历,帘卷飞云损翠微。情话罗浮惊漏尽,涤三时寓园中。梦因渌水向门围。知君未便闻同病,醉粿寒疾,予亦久困。久待传诗望白衣。

浅醉闲眠得句稀,苔痕接砌藓缘扉。养花时节寒偏重,带雨风帆力自微。树失渐知暝烟合,岫沉惟见远云围。宵来又听檐前滴,梦里生愁到枕衣。

曾共园居迹久稀,己酉春寓园中一月。兰橑芷葺隔云扉。山容偏是迷时媚,波折转于涨处微。向午暂晴千鸟啭,含烟新绿一村围。遥知畦畔分花客,草笠棕蓑入画衣。

山中几月过从稀,莫讶新诗不到扉。长吉呕心才尽久,少陵病肺息存微。淡因茶荈消情障,机息楸枰避世围。堪叹渌江桥下柳,已含青眼待沾衣。

揽镜休愁鬓影稀,一江烟水敞窗扉。纸鸢暂趁雨丝断,梦蝶迟来花气微。问渡几惊江岸减,禁烟还藉火炉围。相如留得鹔裘在,却叹文君典嫁衣。

慢惜高吟听者稀,每忘旧句叩君扉。迟寻载酒劳存问,想对笼诗念式微。蕨园壁上蜕盦诗独多。话剪残灯生眼缬,醉粿蜕盦诗于案上,常共友夜论之愁萦宿草减腰围。醉粿为故友杨君移葬致疾朝来卷雨春寒重,莫为看山懒著衣。

春　宵

纸阁绳帘里,居然有好春。近窗便听雨,薄帐易知晨。梦醒吟残句,时忘问隔邻。揽衣推枕处,无复忆前尘。

一刻千金抵,何须罗帐中。静宜灯火小,懒喜起眠同。吟倦书堪枕,人遥梦可通。果然似船屋,只少晓帆风。

巷小更声远,春深夜气宜。无花不惊雨,有梦似催诗。爱暖衾常拥,忘眠颐久持。门前一溪水,幽咽几人知。

梦绕江南北,红楼处处深。酒阑花月恨,香冷雨云心。题叶灯前泪,寻箫桥下阴。莫吟少陵句,青断旧枫林。

雨　　眺

独立雨中久,知时已湿衣。云连山黛损,舟过水花飞。最好斜桥外,遥疑碧槛围。鹧鸪啼不住,可是唤人归。

人在尘埃外,山如图画中。寻声得泉石,待客摘园菘。野性宜蓑笠,吟怀适雨风。为怜苔翠满,屐齿只斜通。

众　　人

众人之遇众人报,国士还因遇合成。我自存真忘佛相,世虽欲杀奈天生。情怀多在诗中见,哀乐无关身后名。任是消磨还自信,元龙意气近纵横。

桂阳何君春鉴,司铎醴陵十三年矣,邑人无议之者。处浊世而能清,守闲曹而见重,意必有道。介张君见之,学在儒老之间,能不藉修饰而完边幅者也。三月四日值君初度,赋此以为之寿

二十余年苜蓿盘,以光绪乙酉拔贡用教职。名心销尽性能完。江流门外如心澈,学斋在渌江边。花放春深历岁寒。何逊久忘官阁住,王尼忍见海疆残。曾从军闽海,未久即归。相逢莫道神萧瑟,太璞从来最耐看。

名场骋鹜早飞扬,东揖将军北觐皇。辛巳从军丙戌朝考。喻蜀未传司马檄,相齐谁建盖公堂。归看松菊清秋趣,行遍潇湘寒士装。历一府五县学官。四十补官原未老,鬓边渐著渌桥霜。

门前桃李几成阴,开阁看山负手吟。官似留司足中隐,学兼内典自精深。不删草长春迷经,为爱溪流夜理琴。能琴。莫道相逢两迟暮,最难沦落遇知音。

初度刚逢上巳过,自应气宇得天和。近牵船屋邻江岸,时蜕盦亦寓江滨。偶共溪堂听棹歌。老氏无为宜寿者,君于老学深得旨趣,于自寿文见之。苏公早醒笑春婆。宾朋莫负南楼兴,恰好庞眉对画蛾。

病 后 自 述
蜕叟倚几草。庚戌七月二日。

　　夭寿五十平,何况逾其一。蹙蹙多苦辛,于理应轮息。朝来稔微喧,问俗正佳节。客中亦一乐,感慨久不说。搴帷顿自惊,履地欲踣蹶。左股胫以下,非我昨日物。致此审无由,确信不久踬。奈何神采衰,偃卧迫内热。同怀眷衰兄,(时寓幼媛妹处)筋我起疲恭。诸甥竞候问,不乐一面璧。予亦久亲朋,会时自怡怿。岁岁节客中,客中那复夺。病候根已深,强起竟无术。自兹抱足眠,一榻四十日。始惟痛在股,继且毒上逼。中宵发昏吒,无历辄有忆。了了廿年前,早曾示此疾。略醒辄自笑,旋迷复来集。至闻呻吟声,并见偃侧骨。今之一转吁,皆与昔相合。惝恍伤次还,详溯复不悉。如是浃旬辰,微茫益欲绝。幻尽渐无念,一缕任游曳。灾期至此回,瀛医洞垣隔。金刀剖死肌,悬罍注败血。一泄上下通,肠胃写瘀积。如泥续如腐,臭恶众掩鼻。年来妄自清,惺然淬情膈。谓此七尺躯,不蜕已如脱。岂期绝续时,身心仍辖结。人我未相忘,遗身亦何益。相知慰再生,亲宾为欢溢。欣戚感当前,哀乐近者切。达人了无垠,堕趣转黝匼。

又

　　一肢忽拘挛,早悉必开涤。积忍为奇思,天机倘洋溢。疹疬潜消时,从容弭溃裂。一病具体微,起伏有密率。或言奏刃迟,转觉时未失。抱此臃肿时,相摩复相惜。一窍决百毒,恤然尚自惕。砖砖血肉躯,我亦世一物。追惟昔所期,常以血食未易改良欲筹电宰佛陀早先说。佛陀蔬食,仅守其徒。知凡事不及众,知共著而言,无益也。恻隐斯未充,仁术不容躐。丹白鸟相羞,等夷豸相食。大化未转旋,人为始所呕。痈瘭证切肤,义说转确凿。

又

　　病卧以来,距十旬只三十六时矣。每漏四下即不能交睫。明日何日? 盖八月十二日,亡妇以是日生。岁丁亥,为设三旬悦。二十余年一晌息耳，波波劫劫，犹存此身。虽大病之余，耳目聪强未甚减。赏秋霜，揽春雨，世味虽淡，非无可遣。念逝者一暝千古，及时行乐，无负有我时，胡为乎中无所感而眠不酣也？方书有血衰失眠说，或者衰耶？然古人秉烛夜游，不令岁月寐度，吾安可负此失眠时耶？

去年今日渌江滨，著屐看山即此身。何事今教行不得，澄心自悟病来因。

真人入幻笑年时，泪在衫襟血在诗。泪血如今都已尽，是真是幻任参差。

南朝道子尽通神，一点龙睛便作真。究竟真龙在何许？叶公还是梦中呻。

已悟人间皆大泡，不堪凿空学张骞。西山明月东溪水，诗酒相逢便是仙。

庚戌九月病起

情愁万叠都成病，病去情愁亦暂轻。回念一身如两世，不期十死有余生。茂陵雨忍捐秋扇，垓下风疑作楚声。与我始终同寂寞，晓来诗卷晚来灯。

病时正唱水嬉歌，疑是灵均起汨罗。不为投湘留谪宦，岂因吟越释情魔。东篱已负白衣酒，西日还挥青海戈。却悔多愁常却药，定知芝术得年多。

叠韵两首

未能竟禅寂，于世定难离。玩物志易丧，端居意更歧。不如洽群汇，且学乐无知。蒙叟空千古，儒家别有师。

亲爱半雕丧，何须重别离。西窗一剪烛，杨子又临歧。但有相思意，都堪觌面知。莫过寒暖度，和缓是吾师。

赠兰皋时由滇南还湘

轻装万里趁秋风，病榻观君似一龙。定为渡泸思葛相，早能逾蜀羡唐蒙。赍巾犹湿香林雨,洱海曾看蟆吐虹。带得海南珍错未,荒厨负腹待郇公。

欲 寄

为听莺声又种花,一番开落枉咨嗟。人间岂有长春树,河畔愁看无定沙。橘社待传龙女信,柳溪重认泰娘家。宵来白尽相思鬓,怕听窗前噪暮鸦。

西长街见菊

我无给孤独园祇树十万本,又无金谷山隈遍种河阳花。平生嗜香似蛱蝶,秋深风雨还横斜。至于愿飞荒草夕阳寂寞处,名坞旧圃不回顾。至于眼看春秋残,坠蒂飘英任来去。古今天下无心人,悔尽从前说怨恩。只期镜树一无有,网丝非网尘非尘。收视返聪不可避,梦中往往住罗绮。断真断幻总一般,悉因悉果云何起。朝来访友西长街,霜蛾素女凌冬葩。但道一声树如此,归来眼底生云霞。云霞消释只一霎,一霎正如历百劫。分明早换阿难身,无端更饶文殊舌。吁嗟乎! 无毛铁鹞飞参差,狮子追寻力已迟。

犹子士鸿以饥驱,将请谒其舅父王壬秋先生闿运。先生予父执也,自光绪丙子相见,以私淑弟子自居者二十余年。先生固未知,士鸿请予书,乃赋七律四章,为士鸿饯。即呈先生

庚戌九月寓长沙

阮籍平生青眼少,阿咸何事更疏狂。若能略似何无忌,岂有虚称马幼常。此去借观子长史,归来为检少疏装。相逢正好黄花笑,可忆当年侍举觞。

相逢初记百花祠,孤负南楼玩月时。十载重逢采香径,扁舟暂系向南枝。赵州禅语都成偈,蜀道奚囊满贮诗。轻别难逢思去后,本来无意再求师。

飘泊无家已十年,不为人谅不求怜。偶过歧路同朱泣,长望高楼笑许眠。落拓还愁彦方问,驰驱终信茂宏贤。近闻诏到千山上,持赠白云恐未然。

一纸书来誉阿戎,生平珍裹比清风。丙子伯兄捷京兆而予落南闱,第先生与令子书有令子高魁三郎尤胜之语。莫言此日惭人鉴,未尽今生待化工。敝帚凭君将远道,知音为我抚焦桐。狂来不觉西风瘦,了了还能似孔融。

壬秋先生以十月十六日由湘潭抵省,士鸿走告。翌日趋谒营盘街寓中,归赋四章奉呈。录二首

三十四年一晌过,蕣华朝菌又如何。幸瞻南极今犹昔,未觉西乌去已多。旧识门庭通德里,难挥身世鲁阳戈。葛陂昨日才投杖,予病足百二十日,九月廿三始杖而能行,昨日始释杖。入坐披风气渐和。

髫绍垂髫远侍亲,(光绪丙子年十五,侍先子来湘,寓先生所)论诗谈道见情真。南翁北叟一分手,湘水吴山万里尘。死诔生书存箧久,(先生赠先子诗,及卒后诔诗,予一一检藏)摧根落叶遇风频。(先子亡后,家变屡起)先生夙有山阳恸,应为遗孤襟泪新。

病后重到醴陵感赋

九月廿三始以杖行,渐乃去杖。至十月十八日,然能独行半里许矣。久欲至醴陵,至此不能再迟。十九抵湘潭,二十抵醴陵。晚间探庚,往还里许。明早偕周至西卡,又约里许。晚间复探庚,归即不适。翌日起步甚艰。卧半日,今早稍愈,午后仍痛楚。自念卧病百六十日,幸得生存,何至跬步之劳,即复如此!慨然赋此。

与之角者靳之距,物理家言此最先。奈我生平难坐隐,问天何意教行塞。不因捷足跨超乘,岂料康衢后著鞭。一笑摩挲创尚在,肯将辛苦博长年。

嗜 好

氤氲花气胜兰吹,制作精奇谁所为。能使愁城失呼吸,只除白骨尽支持。不辞年耗中人产,转笑世无高卧时。佛火蒲团同此味,夜深剩有鼠来窥。

十五年来伴此灯,烟云销尽见光明。浊流只有还丹镇,恶石终输美疢精。莫道嗜痂成俗癖,未能志肉亦同情。马肝鸡肋须分别,却笑纷纷惩一羹。

箴时五首

意气薰天作火山,万人咋舌看云间。前峰才息后峰起,北道将通东道闲。冰化犹存原有水,鸡鸣终出五更关。空驱一世为诪幻,荆棘应从根上芟。

榛莽于今遍九洲,绮园花月目前收。寓言齐物庄生笑,普渡慈航我佛愁。入世深时添变相,化城开处少回头。若听说法无顽石,岂有秦鞭万古留。

因果相乘千百年,棼丝今似一团绵。淘沙无奈金难见,攻玉还输石更坚。避世只寻花好处,中宵起看月移天。人生忧患由知识,一任烽烟耀九边。

全力经营注一人,果然恩怨尽无因。柳丝枉避东来雨,花片先随西去尘。天地樊笼同尔我,幽明磨蝎等魂身。少年懒问君平卜,何况于今幻作真。

身世何须苦为留,鞠躬还似执鞭求。余殃谁谅池鱼及,使过空劳驿笔筹。久避人纂长冥冥,莫为予毒自休休。将军便遇高皇帝,未必平阳有二侯。

感《梅村集》中玉京道人事,长歌写意,尚未尽也

花枝正好不忍折,留与枝头擅香色。忽闻风雨夜来声,色褪香消只一霎。恋蒂空余几片红,向人含泪背人滴。玉京仙子如花姿,每顾

吴生若有思。前生合是伤心侣，却恨重来见又迟。成名未嫁几回误，
辜负深情两不知。尚书绝世风流辈，置酒迎花按歌待。座客回身向
一人，悬知雨滴蕉心碎。湘帘棐几日相亲，轻轻一别便成悔。千言万
语拥心头，还恐相逢只泪流。才听当关报车到，引睇凝眸久不休。妾
心原与郎心一，辗转思量辗转愁。此身枉自为君谪，此时相见亦何
益。更衣托病尚踟蹰，入内登车渐决绝。传将此事到前堂，萧郎座上
无人色。一时宾主默无言，共说双文已绝元。憔悴为郎偏不见，再见
除非入梦魂。绿鬓青蛾为谁老，彩云一散人间悄。柳枝长念玉溪诗，
太真生乞神仙岛。可怜一树马樱花，不见花开只见草。未消真个住
蓬莱，斗室翻经万念灰。门外忽来谈道友，相看疑已一轮回。竹冠棕
拂绝尘俗，新咏还应记玉台。身身世世无情好，修到鸳鸯是烦恼。旋
看双宿又分飞，何况风波苦相扰。一回见换一回愁，不道换愁亦须
早。梦落红尘再醒时，天风一起榴仙杳。从此情澜永不生，报恩应学
血书经。吴宫难觅西施骨，错认鸱夷一舸行。花开花落千金价，说到
看花泪先下。吟取销魂一卷诗，可曾持向坟前化。

寄钝根即和原韵

蝉咽蛩寒强作声，不平鸣尽更难平。河山举目都非景，哀乐残年
愧说情。春去偏存千树绿，夜阑只见一灯明。凭君洗我尘胸后，药债
烟魔可渐清。

以下辛亥

自客冬移病醴陵，忽忽三月余矣。
老态惊春，闷怀锁雨。二三知侣，
相见日稀。然各处一方，吟梦相
接。乃昨闻漫庵将有桂林之游，
赋赠四首，不自觉搁笔沾巾也

桂漓寂寞久无闻，题赋江山今属君。初日芙蓉王俭幕，夜光玄圃
陆机文。倚床灯忆三更话，入座衣经几度薰。自是吴兴识才俊，桂抚

沈公招君入幕。枉教任昉聚还分。

客中词赋莫从删,八咏楼开节署间。岂有江关总萧瑟,好生天末去看山。搜寻待续方舆记,幽秀多藏烟瘴间。不负此行无别嘱,灵姿奇气贮胸还。

渌江前事愿无忘,回首烟云未渺茫。花发菖蒲寄笺纸,梦醒杓斗念溪堂。天生元白惟诗合,夜诵骚些把酒狂。莫叹相思了无日,为君点染鬓边霜。

一春无事闭门居,此后新添望远书。别路红霏庾岭瘦,吟情碧黯楚山孤。蛮云瘴雨迷蝴蝶,细马青衫听鹧鸪。重到洛阳嵇阮在,驱车先过酒家炉。

谢 赠 裘

延陵雅意,假以轻裘。君真有杜老大庇之情,我敢恃季路不憾之愿。昔齐威御狐腋而讶不寒,楚灵被翠裘而忘民困。君今者勤于念友,知异日三立之业,必能四海共之。非以私感,赋五言一章志谢,兼以勖德。 一月九日三鼓蜕盦书。

赤子但啼寒,不解觅缯絮。必其所傍温,寂止不复响。或谓恶之倪,我道善之素。推此扩智慧,立达忍私据。舍广而即狭,始以毫厘误。譬之导泽流,稍下乃夺注。徒责为我杨,而乏济人具。黾勉矢前途,曲折失初步。我闻慧能言,菩萨本无树。自心有福田,教我作何务。卓哉至人诣,学者苦不悟。戒惧屏睹闻,盖以助驰骛。贼父而盗子,骨肉自防护。与君勤论久,脉脉两心喻。相期艺芸膏,毋使素书蠹。

元月二十三,霰雪交下。寓窗面山,酌浊酒以赏之。兴来放歌,真阳春白雪之遗矣

入春逾句又六日,凝寒犹胜三冬时。晴光淑气似潜蛰,徘徊不上梅花枝。夜来拥被蓄笼火,如有冰雪布四肢。仲卿僵卧耻相泣,东坡斗险待撚髭。已将入梦忽惊起,纸窗翕缩声嘶嘶。玉龙一飞黑龙死,

搴帷伫看姑射肌。却愁晓风罢吹絮,未觉老病寒难支。呼儿先问煮茶具,摇妻商典沽酒衣。一番呓语还自笑,客中谁是妻与儿。与同甘者可同苦,温酬婉慰非无词。此时风霰益横恣,诗翁所喜天已知。似促滕公助豪兴,未许袁安起卧迟。雪光渐共曙光耀,定知堆积平阶墀。隔江更喜玉山崎,孤塔丛松相拥持。渔舟系岸低蓬掩,鸟飞无路空巢欹。斜桥一角罨烟雾,时见笠盖风中移。推轩拭眼看不尽,敝裘破帽忘饥疲。若有元龙在人境,高楼百尺当追随。琼花玉树尽收览,蓝田瑶圃何足奇。兴酣拍手自歌舞,道旁见者疑翁痴。可惜谢公不行过,所吟之句古所稀。世间知己惟雪月,伴我呻吟总不辞。但恨一年久隔别,不与明月共四时。年来足迹贯南北,江边海上皆题诗。一生有似雪花舞,随风不管云与泥。今年行李久安顿,对此还忆前崎岖。冲寒夜渡汉江水,连天一白迷平陂。甲辰丙午两除夕,舟中痛饮忘流离。满江风雪拥孤客,此时情景何凄其。遥知行迹所经处,昔年今日都如斯。江山不解将人忆,重来谁与话相思。题诗未竟雪欲止,言长境短将焉施。君不见天山冰海积不化,人间瓜李游南皮。笑我暂时扩眼界,区区何异窥管蠡。时韵重。

呵冻毫自录。时寓醴陵渌江边。天涯游子,当有见而蒙訾者,然蜕殊自乐也。蜕识二十四日雪更久,自夜半至晓,积厚二三寸。飞扬尚未已,续赋七首

天公有意起诗翁,驱向云中万玉龙。白掩群山作瑶岛,鲜凝百卉失苍松。拥衾寒讶风声息,隔岫遥疑云气通。谢氏絮盐穷比似,终嫌起撒势难同。

直下半空疑有力,斜飞数点似含情。昨宵只道消谈屑,过午还能起化城。可惜琼瑶难久白,若成咳唾果然清。蜕翁沽酒还烹茗,坐看销沉亦自惊。

莫道无风亦自斜,劈空涌下似排推。枯枝未分生琼蕊,茅屋还能咏玉台。空说围炉原自冷,终为碎璧亦堪哀。明知诗思消沉久,已报

投琼一再来。

眼前万境尽成虚，玉宇琼楼著此躯。泛滥恒河沙莽莽，并吞云梦浪如如。常存太素知无日，暂涤腥闻已有余。莫更托心怨明月，任他洁白也沟渠。

宵来寒气入重衾，侵晓偏能脱帽吟。痴祝平陂从此失，暂为消长亦求深。光华一片迎人眼，连络千丝贯水心。枉却庭前防屐迹，爪痕轻著已难禁。

飘洒飞扬遍太空，不因隔地已全通。偶沾裾袂疑花落，初著尘埃讶玉融。泣尽琼瑰天转笑，积为缣素路皆封。儿童争筑狮和象，欲避新晴莫向东。

银海翻腾玉龙舞，折枝烹茗自闲闲。郊寒岛瘦诗兼有，尖险叉难韵尽删。夺得燕支无地著，留将鸿爪在人间。莫愁晓日来相扫，最好残脂浣翠鬟。

自冬至春，剧咳不止，每日晡更甚。 夜尽二漏乃得眠，赋此自遣

五官之用已殊前，那复胸中积不平。寒尽春深迟鹤梦，香消夜半沸龙涎。自知病肺非关酒，疑是回肠有突泉。笑语隔邻请酣睡，老夫咳唾比枞传。

知 己 说

古人有言，得一知己，死且不恨。蕨园述大一之言曰：知己一为多。噫！古今人思力，愈推愈进，即此可见。然二者言知己之难，未言何以难也。夫知己者，知所长，并知所短。知其臧，并知其否。短而可略，否而可念。鲍之于管，知己也。短而不必略，否而不必念。诸葛之于李马，亦知己也。有长与臧，短否等以弃瑕，世共目为知己矣。无片长一臧，深斥痛诋其短否。世不论斥诋之当不当，必曰此已敌矣。究何异哉？桓宣武曰："不能流芳百世，便当遗臭万年。"彼其意求有可知己耳！目为枭雄，非心知也。且夫人有可知，岂易言哉！行为见解，同者亿万，知我

者亿万人之知己也。同者千百,知我者千百人之知己也。得一知己尚易,独为一人之知己,岂不更难耶? 得一知己在人,独为我一人之知己,岂不在我耶? 夫至我有可以与人独知之处,然后可望独为我之知己。世动曰知己知己,何操约而望奢耶? 宣尼曰:"如或知尔,则何以哉?"岂非于莫吾知也之叹,自笑已久也。三子所言,皆非与人独知之见解。虽一生未竟所用,不可谓已得知己。然闻者信之,不似曾氏异撰。虽夫子与之,后人终尚莫解也。至于世无一知,而实世无不知。行安乎心,不知不愠。心周乎世,即人即己,则又非知之说所可刻求按稽也。其非夫子门下诸贤,洎汉宋儒子,有望洋而叹耳! 蜕盦说已,更系以诗。

当春复继夏,旦夕萦花枝。心期爽因沸,识界淆于歧。忽忽尽佳日,安得似旧时。飘坠难归树,残褪宁费辞。无臣谓有臣,造化将焉施。澹然求忘趣,偶得辄书之。倘更此乐失,世界何所支。

题梅花画扇

红心绿萼擅风华,闻说江南旧是家。春寄一枝辞树去,月明千里隔窗遮。冰霜胭难夺脂色,泉石能消陆海哗。何逊诗篇宋璟赋,花边谁与笼轻纱。

十年迟问故乡春,坠影流香化作尘。文字通灵疑入梦,画图隔面欲呼真。凭谁代撷相思豆,还拟偕寻避世津。昨夜小楼风雨里,不知何处著花茵。

每度逢春唤奈何,山居与我等坎(柯)〔坷〕。寻诗偏恨才先尽,问腊谁怜梦已过。竹外错看人倚袖,樽前还唱曲回波。河阳莫惜惜花泪,环佩无声恨更多。

一湾流水小村幽,驻马舣舟处处愁。魂就只防双梦隔,夜长还望五更留。落红万点迷眠径,褭绿千丝指住楼。风信明知吹不断,他生难待此生修。

题自画梅花帐眉

才解寻声便唤卿,十一岁学诗,首赋梅花。定知结癖自前生。年来人与花同淡,画此还如影肖形。

鸳鸯湖畔隔湖看,雪艳冰清不厌寒。何事芳菲吹落后,成阴结子也心酸。岁甲戌,赋梅花诗于鸳鸯湖。

从来草木爱春光,葵藿还知向太阳。天为此花偏酝酿,冷中教见热心肠。

海东初见倒垂枝,疑有飞红著柳丝。日本有倒垂梅。孤负樱花千万树,灞桥风雪独寻诗。

题诗纸帐抵销金,欲与陈髯赌夜吟。若使云郎化天女,消他浅唱与低斟。

梦棠陈女士往岁晤于西山,承以诗相质,许列弟子行。别来逾年,闻以病归。顷传逝世,赋此遥奠

愁来身在有无中,用君句。早识伤心怀抱同。曾吊孤坟嗟命薄,同至红拂墓己酉三月事也。竟移噩忏到棠红。乞种红棠,当篱落开时,便见泪和魂。予吊红拂后,赋呈史君采崖、李君少塘、刘君今希、罗君涤三句也。亏诸君护惜古艳,不期谶入君名。生前尚隔死何在,梦里如逢意待通。切嘱云尘都莫著,著时便是可怜虫。

听 雨 有 感

罗帐灯昏不觉春,借他点滴数前因。常时生怕惊人梦,此夜谁为入梦人。芳草定知存泪种,落花何处托香尘。风风雨雨年年似,只异山河不异身。

闻故人杨君秉书丧过,予以步履艰,不能奠送,赋此志感。时辛亥二月上旬九日

惆怅春来宿草生,君先以去冬厝为形家山向之说,至此由厝所移窆。难凭一吊尽交情。酸肠未虑回车恸,老泪何堪挥手盈。范式素车惭往日,去秋君卒于宝庆,防次以病未能赴吊。徐孺絮酒异兼程。儿童传说宾亲盛,未许相偕执绋行。

倾盖何由情契生,翻因死别见交情。推襟送抱都成错,检箧存书尚未盈。寂虑早为枯井水,深居真怕上山程。薤歌门外如来诀,千里相随只一行。

自　　遣

顾盼何须示据鞍,气充志帅在心安。春风隔帐忘聊峭,晓雾笼山任浑漫。醒自寻欢愁到梦,待人过访见应难。世间情种惟明月,隔了窗帷尚许看。

采崖以四月十八日至星沙,旬日聚处十之七八。度平原十日,未有此畅酣也。行将别矣,为后约疑于竭欢,留余地以听气数。作此奉赠,藉伴行箧。老蜕拜志

西流一水赠潇湘,用去年代作楹句。未若深情别后长。绿树听莺山窈窕,珠帘卷雨梦昏典。临歧只觉无来日,独处常如在异乡。江左风流王谢事,自惊身世已斜阳。

漫数江湖载酒期,酒痕和泪半襟裾。残云犹被风西曳,梦句每从醒后书。才褪眉愁偏又别,待传口信莫教疏。山花山鸟应如昨,常记山中相见初。

隔江红树几人家,不独山阴有若耶。乍见翻疑风景改,相逢莫记岁时差。一生遗恨存残稿,垂老多情似落花。脱腕难倾千斛泪,凭君检数墨横斜。

钝禅问于何春舰君,迹予于曲巷,相见欢然。出视近作五言,远规汉晋,俯视齐宋,而精意自摅,多古人所未道者。赋赠此章,君方致力,审辨淄渑易耳。藉君评骘,如以物付权,勿靳言也

清风澹泞郁,自君怀袖携。把之不先读,得意始玩辞。君以数月作,我用月计时。譬如艺花草,罗致非一期。开径搢游赏,香色靡所

遗。故人赠我心,惠爱逾春丝。<u>丝丝</u>贯胸臆,尽此一卷诗。白云自怡悦,来去谁能持。相愒比相附,并哂岂不宜。

丁仪属曹植,沈约期范云。望尘非及拜,击节未易闻。所贵知音者,为惜蒿兰纷。苟同三百竿,何以慰离群。识途岂在我,承问忘不能。卓哉郑生言,(君以郑君叔容规辄律专古)贱子继有陈。长城古工作,后世无等伦。同制而殊服,勿务师形神。请登湘绮楼,闻声如见人。

盛暑无可自遣,赋诗以去
内热(闰月初一日草)

伊古澹灾法,首重避寒暑。巢处与穴居,萌智达橡柱。寝皮而结草,乃继有缯纻。所惜普济难,万力奉贵富。然而职燮理,意想尚无住。箕子述九畴,虚实将换步。误以创为奥,感召神余绪。倘任饥溺心,亦减冰炭吁。奈何丙吉少,但有霍光惧。隆杀惟呼天,焦冻久盈路。武履非敏歆,世衰始延伫。京焦述机祥,聊以儆朝宁。三公罢水旱,徒足愚聋瞽。是亦水火耳,死此岁无数。严霜畏日下,生亦减志趣。性情乖迕多,积受由久逾。徒笑寒热带,独非智种土。返证东南美,睿圣不经睹。傲末别较甚,远上阻风误。我思竞质学,植基始黎庶。公普无所偏,吐茹力相互。世界遍池台,山源酌棉苎。供求务两平,消长策兼顾。人厄既理除,天行进智御。盛心励精想,大力去气蠱。惟辟光重学,探计感觉故。近日器拒散,远日器摄布。置与亭埃同,法宜广大护。尚其致精微,毋谓语诞骛。试看风雪中,盛爇任袒露。试看汗喘时,临冰乃游豫。宁兹冰火用,不能充履负。寒暑既平节,祲疹来无处。民将自德智,一洗吸受污。治此哮颤身,安得天人度。

五洲智竞,一方崛负。守素者蹈常为固,昧几者视疾为雄。老夫无学,寸心有知。世不同趣,披发何舟。壮不如人,丛矢将的。然而口众虽强,岂其德孤遂死。远道终达,曲折枉为。黄河必清,咨嗟难俟。可以信心,无待悬目。蜕识。

惮暑闭户，知好疏逖，感赋一章寄兰史

秋露久藟泻，炎尘不时止。衰庸况惮暑，解衣疏杖履。寸怀睠交亲，十步比千里。澹然学坐忘，闻睹辄跃喜。兰老十年交，今不隔一水。徒愧失豪狂，涩语复病耳。凭藉五十年，先此怠驱使。所幸还能诗，掬心告君子。

宵深闻车声口占三首

鬓香偏到晚凉多，织女嫦娥妒奈何。若似齐东城不夜，一生帐底拥红罗。

味莼别墅为秋风，颠倒炎凉十日中。亦有倚栏过夜半，遥情低语不轻通。

宝色珠光夜更殊，阿谁不是万金躯。为郎夜夜消风露，比翼连枝誓有无。

自　　叹

久欲离尘去，身心大网罗。支公称遁误，谢傅得安多。过去都非我，当前尽梦婆。山花随处放，可叹又如何。

有 感 四 首

料量平生事可休，一江春水泛盟鸥。彩鸾未必忘瑶岛，飞燕何堪葬玉钩。桥断还惊罗袜渡，砚穿尚有石螺留。算增算减湘娥瑟，莫为哀音便与投。

张融未肯寄人篱，岸上牵舟亦可嗤。尚志岂因车笠见，蒙尘还有主宾时。蓬庐天地蜗蠕共，世界沧桑倏忽知。试问平津开阁日，故人去此欲何之。

名花开落总从容，记得来踪是去踪。誓冥一灵长隐几，梦看群玉侧成峰。再休言必夫人中，岂有情惟我辈钟。今日至诚皈佛说，尽销错铁铸晨钟。

秦皇一火绝根株,何事偏存巫卜书。千里求师甘拥彗,十年待诏出无车。只除博士有弟子,未许通经号大儒。不是孔融为起里,窗前带草绿谁除。

忆 苏

因诗及史好非阿,人尽如公世太和。浙颖惠民著南国,循琼异俗念东坡。论才恰是行空马,生世偏输曳落河。一任谈禅还说鬼,时时斫剑有悲歌。

早知寿命不坚牢,见公虚飘飘诗诗卷何如付一瓢。石室名山任天意,纶巾羽扇逝江潮。禅参玉版终皈佛,归遗传柑异解嘲。自叹聪明愿愚鲁,果然愚鲁早声销。

(哦)〔峨〕嵋剑阁郁岩峣,井络天彭结窈窕。偶得寸珠照前乘,每飞一风骇群雕。文章莫数扬和马,位置当先曹与萧。上溯九朝下千古,诗魂一去竟难招。

把公诗卷当华严,曾坐旃檀对掩帘。句到忘时存梗概,韵从险处记义尖。诗成莫逆疑先有,礐效难工转自嫌。今日灵光如未散,招真沼畔觅吟咠。

> 辛秋旅居长沙,时蜕盦入定已久,
> 不复知天人有可感动事。朝来眠醒,
> 忽酸风一缕,直贯胸臆,此何为哉!
> 人性如水,潭蓄之则漩洄,壑纵之则
> 泽肆。佛有慈悲,岂名不动。随动而任,
> 心作不意。泌沸奔腾,过则息焉,但
> 日日自看水源清浊而已

秋风酸刺骨,贯骨乃入心。热泪欲夺眶,道塞还停凝。此时如天马,纵控两不承。纵则嗷声哭,万念恣搜寻。搜寻无所得,力尽乃止声。倘于回肠中,微见枯荄存。乘时捷萌达,一瞬恣纵横。惩此为控制,磐石皆荤苹。岂不快夷旷,魂梦滋纷纭。澄然听流衍,勿与为含

淳。静观所止处,推助毋将迎。回验一泓在,悠然欲披襟。

怀　钝　剑

一卷诗如万顷波,淆之不浊奈君何。身魂已著人间世,意识须名无定河。手麈掷时霏屑坠,心犀通处辟尘多。倚栏脉脉湘江上,澹雨轻云秋半过。

读何人诗句若有感触,时辛亥七月次长沙

入亦不得语,出亦不得语。问君愁叹为谁故,此心一似山中泉。山尽还流向何处,为泾为渭不常清。何如洒洴道旁土,不然汽化霏虚空。在春为雨秋为露,捣衣石下空洄漩。不浣美人之泪,名士之酒,但令愚夫呆妇试腥污。偶然流过红桥边,柳丝一拂已东去。闻说东边有大海,汇淮合泗共趋赴。纡徐屈曲远不辞,洌洌甘芳化咸苦。况复樯烟舵沫相纠萦,况复老蛟腥蜃恣咽吐。行尽人间悉如此,却羡桃花潭水十二万年尽延伫。聚灰曳木尚行止,照魅烛犀费燃铸。风吹懒起绉亦平,月映旋空影不住。劝君由此得旨观,作如是观即如是。不见渊明醉醒时,忽寄遥情契遘素。巾裙枕簟有合离,终久相思不相顾。胸中万有一不著,来从来处去去处。

湘抚某以父八旬征诗,为人应五排百韵

天宝星精瑞,春秋小八千。门庭容驷马,簪组侍神仙。拥曜长沙路,移云华岳巅。捧舆迎寿者,跻酌小春前。霜过花常好,旬更月永圆。民讴接江鄂,乡望数乔仝。吏隐三行省,牧良久乘田。溯当投笔日,才过弃襦年。宛马饮宫沼,郑人穿庙堧。三公慎切责,百姓踬拘挛。柱辅中流镇,棓分五色悬。横刀一士健,高枕万家眠。威重金吾佐,行参骢马先。贤王感回鹘,强项詟殴鹯。莫谓官须贵,但知职所专。君看执法正,势抵守城坚。事定角巾退,名辞荐牍宣。岂伊忘鸟石,为自愧鱼餐。北道旋于役,荆州识此贤。余怀同澹泊,严武切招延。军实纡筹笔,府刍觅系船。挽输期急就,旁午檄飞传。心计张苍

密,家财卜式编。旌旗新壁垒,袍泽固金钿。大将行增灶,虞人往召旃。论才宜介胄,求吏为迍邅。增秩如通守,之官异备员。流离灾燹后,浩渺水云边。夙有其鱼戚,谁为此豸蟠。官贫惟借俸,帑绌不名钱。累请裁征榷,通筹计堧埏。秦渠开郑白,禹绩入伊瀍。利尽憎枨阆,心长慨局蜷。至今一方恃,不待万囊捐。田祖歆苹藻,波臣让陌阡。攀号因礼去,卧拥假途还。治行吴称最,功名祖著鞭。驰书起墨绖,行李具鞍鞯。匹马穿丛桂,征衫荐木棉。用戈仁者勇,悬橐贼中搴。曾著安民略,还吟诸将篇。进阶酬赏薄,勘乱慰情拳。一搏贲崛负,常看瘴水跕。催归鹃宛转,化梦蝶蹁跹。草木南方识,江山庾氏笺。耒阳惜庞统,彭泽待陶潜。尚以迟屏署,仍前受部铨。符分花县侧,舟溯贡江沿。悍俗殊雕刼,矜情转巧儇。官轻多喏喏,语大亦詹詹。拔薤誓惩恶,悬蒲勉自悛。一朝去蛟虎,兼并诫渔畋。草偃风知转,流平水渐涎。居之何陋有,所过亦神焉。翔宦筹归久,思亲况道绵。芝田税骏足,锦树息鸢肩。洒遍人间雨,携还塞士毡。莼鲈羹自捧,兰玉秀堪怜。民爱留朱邑,官钤肖郑虔。自然明达继,比似柄魁联。郑里延通德,苏坡学老泉。中丞名岳岳,家世旧翩翩。望慰巍科掇,言依经训诠。殿前叱安石,命下屈公权。本以忠为孝,终知直异悁。珥簪还玉荚,撤烛赐金莲。中外回翔久,江湖迎就便。人知贤者后,路拥使君轩。逮养非虚贵,当官称屡迁。更今值艰巨,宁止起颠连。波衍源流拓,树丛枝节研。间阎谙利病,民吏悉纯愿。奉膳承謦欬,牵衣请韦弦。有时追往辙,回首蹙狂铤。依古臣社稷,常闻试管弦。独难早清贵,一出守南偏。自此振奇翮。前程快远骞,可知沿作述,终见展回旋。鹤泪销秋警,蟾明入夜娟。版持纷锦绣,座列满貂蝉。唱叹闻春雪,潇湘话墨缘。贾生祠宅古,江令赋心妍。言溢万间厦,叩通千里舷。深恩云梦水,飞藻九疑烟。盈尺装褫赙,庋橱接栋椽。岂惟辉国乘,便欲丽星躔。况有暴公子,今之方百川。纪群双领袖,瑰颀万幪帡。猥以越吟者,方如楚累然。韶吟因景媚,醉舞为香涎。敢望行回眄,难为座入禅。响沉琴待抚,力弱缟迟穿。拜手前为寿,推恩空自天。诏从长乐写,名付太常镌。今见三尊达,久知百行全。显扬盛觞舜,濡染微埃涓。顾误歌听郢,兼收石识燕。自忘非药物,宁敢比蹄跧。翼轸光华亘,仁风阊阖扇。琳琅千万轴,寓目待相鲜。

偶兴三首(辛亥十月在长沙作)

霜风长日扑人寒,野客山翁受最难。未得先时斗青女,肯拼烂醉沽新安。峰尖隼共飞腾意,棚下虫知言笑欢。便是衣单休自责,貂裘也罢倚琅玕。

浃旬寒雨不心惊,心与鸥波有旧盟。打屋淋铃趁花尽,破云暗月逗窗明。已从泛滥过三峡,岂有净淙醒五更。却笑翻檐残树叶,借风也作卷涛声。

振衣便拟上层楼,随处看山随意收。王粲多愁惟我解,桓伊辄唤为谁谋。遥天已合风云日,浊世原如电露沤。枫树庭前红自在,逍遥不托梦中游。

偶直言于友,事不见从,
慨同心之希,赋此自广

人生所居地,便如所立朝。于意有不合,勿匿勿复嘲。知见既不广,举一赅其曹。侃直非为美,再数何辞劳。微者愧勉俟,甚者甘愣忉。苟其致疏阔,转以增矜骄。巧令为面说,疻口比鸱鸮。吁予何自小,用此梗不消。江海自渊含,山岳自岧峣。两美尚异趣,何况殊淳浇。貌合辨淄渑,意附投漆胶。此中有至理,千里差厘毫。譬如圭与璧,方圆因所遭。强比而相刮,已后初刊雕。又如宫与征,清浊不相淆。弹者为抑扬,非律难径调。同群不同意,何用为哓哓。此似进一解,自慰为优高。抚衷爽初意,还与风翔翱。

哭刘协统玉堂,保定定兴人

早为慈恩欲退飞,此邦义重忍相辞。挽留宏济艰难日,八月间湘事未起,君以川鄂之师,恐太夫人崖念,欲辞差归慰,予与采崖皆留之。慷慨初膺寄属时。光弼正期新壁垒,骠姚原誓夺燕支。一军草草扬帆去,已分疆场唤仲思。君行时有必死之志,约采崖同行。盖老成硕画,早知以新募

当危局,无全理也。

安危难得出群材,风雨惊魂大树摧。冉闵奋身当一队,渑池垂翅肯生回。君初四抵汉阳,即由舟次排队径趋战场,力战两日夜。兵不前驱,奋身独当火线,参军史陆劝以暂息,不听。以初六日死于汉阳城东。将军共讶从天降,烽火终迟三日来。君死后汉阳始失。箕尾沈沈休怅望,待垂光焰扫昏埃。

原知青眼到寒微,此泪还兼为众挥。柱折一时愁共压,舟争半渡骇纷飞。君死后部下溃回,多渡江而溺者。三湘子弟归魂共,湘军四十九标死者九十一人。十月十九为君开追悼会于教育总会,九十一人皆列。万轴歌些并世稀。愁绝沪江人倚望,老亲弱息理征衣。

正逢鼙鼓噪荆襄,一战如何肯后亡。杀敌从容挥骑士,君临中枪前尚一发毙敌,回语马兵勿浪掷子弹。横尸收载笑犯王。既临戎马死何惜,便葬衣冠土亦香。我自沉吟为比拟,乌江气魄足相当。

寒宵睡醒偶成

香烬更沉梦转初,只除未得袖中书。已多去日愁追忆,何苦深宵费卷舒。泪咽肠回仍我相,绿窗青琐异今居。几回悔后今番又,语不分明意不如。

读 杜 诗

造意遣词不苟同,知诗然后许知公。速驱九坂骏姿警,遥隔三山蜃气通。歔欲风雷胸万窍,评弹将相腕司空。后来杜自相追步,未具神灵是画龙。

规模干局诊气脉,总在先生无意中。春色婵妍秋澹荡,云容奇幻雨冥濛。性情含到乾坤尽,吐属来从山泽通。亦是诗家亦才子,最高比拟只天工。

辛亥十月感赋

如何好鸟唤山僧,忘却寒天到小春。懒起还防茶待热,高吟常记酒初巡。孤衾偏易添缠裹,百结何能免绉皱。早悟韶华非我有,人间还剩几多身。

用杜韵赋辛亥旅怀八首

闻道江皋旅若林，围炉煮酒亦森森。大河待洗山原净，碧月常逢风雨阴。满壁萝苔都减色，凌霄竹箭岂无心。高冠缚袴看成庆，孺子休教莞宰砧。

我似霜林挂日斜，难凭锦瑟数年华。梦魂原近如来座，身世久随不系槎。高兴同飞云外雁，惊心欲掩耳边笳。负他岭上江头意，减尽诗情怯看花。

拥衾未觉有晨晖，炉火销沉暖意微。塞鸟似传瑶海讯，卧龙迟共翠云飞。自因懒散情随减，不费思量愿岂违。老病漫言须药物，还能米肉致丰肥。

五十年中几局棋，不消欢喜不消悲。螳蛄未暇吟庄舄，陋巷焉能用夏时。著眼人间如是住，闻韶三月未为迟。胚胎结我偏顽厚，莫负光阴久自思。

曾经过海看三山，一线中分两陆间。风气先从耳通入，波涛似借臂联关。十年汗漫结奇想，一息存留皱满颜。点火团蒲还自问，可能洗净鹧鸪班。

玉管金箫置两头，青山红树趁清秋。酒乡莫便醒长醉，江水知曾卷古愁。闲数归林余倦鸟，远疑破浪起群鸥。荒唐邹衍今吾免，海外何须问九州。

千年青史罪和功，一月圆亏晦朔中。谁为伯升挥泪雨，况闻公路继歌风。汉南杨柳如前绿，塞北胭脂欲再红。真到人人化精卫，招魂难倩李仙翁。

蚕丛鸟道徂西迤，悦骆哀斜洞北陂。天马未来空赠策，神鹰旋转吓争枝。香霏密昔炎方志，绿上多罗佛国移。欲问最高风景异，秋宵承露莫轻垂。

咏　红　梅

一著春光便不同，寒窗冻圃尽和融。后来桃杏迎人笑，输却温香才许红。

玉女琼妃绿萼仙,胭脂不夺自鲜妍。要知色相因何著,须读南华第二编。

又 一 律

万口争传冰雪肌,归来忽地弄胭脂。已教粉黛无颜色,肯让夭桃独入时。天上莫轻和露种,宫中应更效朱施。若非先驻丹砂色,便落含章见者谁。

咏 古 剑

丹凝碧蚀竟无余,割让铅刀薤逊锄。谁使含光贯星斗,还能出水鲜芙蕖。长埋未共英雄骨,卧隐曾偕石室书。沽醉宁教裘马尽,一生轻易不相除。

感时兼自述二十六韵

怀抱烟云满,垂髫最胜时。三旬衰鬓发,十死剩居尸。人事频繁早,文章敛就迟。折腰轻仕宦,断腕恸流离。白帽非辽左,青袍异洛司。易为枯井水,犹唱隔江词。泛泛浮鸥习,翩翩退鹢奇。卷心蕉异石,顾影柳梦丝。院小日迟上,篱疏霜耐欺。自宜遗世立,谁谓畏人知。何处行空马,重为照乘蛇。披肝逢按剑,画足枉持卮。花蜜亏须瓣,草深妒蒹葹。徒闻射天狗,未见锁毋支。羿日云中隐,能波夜半驰。乐池三日哭,剑树百年思。古有娲能补,今无凤可骑。蟫灾先秘笈,蛮语集灵祠。动荡恣虚籁,回旋慎托辞。沁牙酸耐咽,错节蘗从掔。邀月消杯酒,藏春碎枕瓷。转回千万过,朝暮四三歧。已付浮云矣,无妨集矢之。潇湘卅月客,丛菊两秋期。虚语褒堪惜,菲材恋亦痴。死生有定所,明哲莫相规。

感 怀

辛亥十一月初六日录出,此下五首皆旧作也

九十韶光事,昏昏醒后思。月中桃李误,暖处燕莺痴。莫讶祝鮀佞,终非盲左欺。水流花又谢,高阁客何知。

竟去西乌后,兼肤北箧时。渐诊尘梦异,还悔此生迟。远岫趋云切,中天射日痴。负春春不语,百转结深思。

已矣今吾在,风光百不如。难忘知己最,直到万缘虚。恼唱迥波曲,停看系帛书。思量无是处,留骨觅同居。

又赋二十八字

关心一舸乱江流,烟树苍茫吴楚秋。最记榜人摇橹唱,润州东下是通州。

次日自题前作

杜鹃啼血亦何为,幸只诗人解泪垂。梦断西川原恍惚,气凌北斗总参差。河流万古无平日,天陷共工是圣时。况道求州杜御史,已名薄幸莫名痴。

晓　眠

晓拥寒衾似入禅,夜来怪道不成眠。梦痕耐忆拼忘却,诗味常含总淡然。驰骤九朝空鲍谢,沉酣千古任聃钱。自从自解情丝缚,笙岭箫楼未是仙。

喜　惧

喜是无慄惧奈何,著从身外便为魔。能忘天地心空暂,易起尘根意扰多。佛火蒲团还控制,柔声曼色善销磨。平生起卧多罗树,要到飞扬看下陂。

偈　意

佛说嗔痴尽,圣从谨惧生。人心是何等,世法久无成。率性先明性,忘情必有情。自观方寸地,一息不曾平。

秋海棠（追录旧作）

风风雨雨一枝斜，还借春痕晕脸霞。卿自酸心酸已透，任人持比艳阳花。

偕文君钦明熊君守良散步江边

洞庭飞渡趁双轮，回首星沙已渺然。从事衫轻中隐士，酒炉履接暂时缘。江山似在闲中看，词赋休教内热煎。若比此乡作圆峤，路边相笑有金仙。（余与二君同随大军驻金口镇）

卧隐山中百事遗，偶然星动起支离。戈挥落日何人见，掌辟奇峰早梦知。公等莫嗟相遇晚，水流未尽是佳时。渌桥云树休招我，别后风华只减诗。

耳畔纷纷似未闻，相携终有一时分。情肠生就难成佛，眼泪干时便是僧。当笑陈抟多呓语，更嗤宋玉失行云。如何绝好眉山翠，误被人间唤大军。（江边有大军山）

不见烟尘便道无，果然消灭又何如。眼前多少苍生在，古往丛残白骨余。兴到自名投笔健，行来又与好山俱。□□□□称书记，得意陈遵据案书。

侧身旋看四周围，不似山河似障帏。草绿未消知气暖，帆归遥想步波微。同游便是君情□，轻咏将忘鼓瑟希。此际诗成□凝想，一星已逐大江飞。

同旅七人，两日内行者几半。浮鸥之聚暂而已，异莽华矣。感吟二首

一树枝岐出，风吹忽似交。比他南北斗，输我燕莺巢。况已逾旬月，今非隔壤霄。落花吹满院，开谢又谁教。

旷荡襟怀客，都从憔悴来。天倾无石补，松直易风摧。壹付长流水，能消万劫灰。不然尘世著，岂复可沉埋。

旧历改岁，新纪当春。予以一身，
驰驱吴楚。忽在军中，忽在旅舍。
寸心波沸，既撇还丹。道味咀寻，
有时弩末。顷三日独处苏台，
检数诗囊，益添怅触。古人有言，
秋士多悲，春女多思。兼此二性，
为时所移，亦可愧矣

少时习惩窒，垂老岂放心。胡为一寂寞，方寸生层阴。足知素所伏，纤悉坚如金。譬之墨在纸，又似泪着襟。一朝与洗濯，去浅乃见深。忍情为磨削，表里奈彻侵。喟然独叹息，辛苦久不禁。便欲听消长，薄卷乃寡伸。枯荄栟春暂，宁复遂成林。

吴门访钝根不值

酒狂词艳傅文渠，别后曾来一卷书。空向沧浪亭畔问，脚跟无线是吾徒。

残荷删尽剩枯茎，烟水凄迷负好晴。到处酒帘招客饮，却愁醉后独诗成。

自椽曹不辟而无贤吏，自采赠为诟
而多荡姬。上流所讳，趋度有归，
理固如是也。偶感此意，率题两律，
有知罪者矣。退僧寓苏台旅馆

灵香飞去几何年，只说吹笙鹤背仙。还幸瑶池有王母，可知忉利是情天。英华不列班家表，政彻都忘神女缘。我梦钓台曾尽醉，蛾眉曼睩半长筵。

书史犹存秦汉前，西风未许柳全偏。可怜渐渐蟒蛾瘦，但见沉沉贔屃眠。情海千年成涸浊，化城弹指幻腥羶。飞琼绿萼存高趣，懒到人间只在天。

恽氏坟感怀(忆梦楼舟次漫吟)

泡电归何处,伤心说陆沈。竟难留夕照,未忍信朝闻。力尽山谁拔,情多丝自梦。此行休草草,莫负月三分。

偶 书

为有蛾眉江上来,题诗作画暂舒才。如何两度碧鸡叫,不见西飞青鸟回。一线残丝情易尽,半生绮孽梦还催。今番更柱援琴意,寸寸相思寸寸灰。

自 题 日 记

园叟纪花史,还须择异姿。生年同俗浊,趋步半追随。屑墨和尘染,垂豪觅露滋。有何可说事,况望世人知。

晤芙女后赋此

不道今生重见汝,只怜彼此感苍茫。倦游东海抛离久,老病余年惜别长。辛苦何堪到娇女,飘零转自愧中郎。愁来自解无他法,曾炼肝肠作道肠。

女习英法日文言,卒业专科教育两年。余有霭然无所厌倦之致,是可喜也。再赋一首

霜雪不披靡,因欢更益怜。娇痴依母日,纵爱笑耶偏。岂意别万里,遂能读十年。精纯已成器,顾复逊书篇。

己酉春偕采岩、漫庵谒雪吟先生于南竹山中。信宿之留,三年之别,相逢海上,彼此惘然。赋赠十韵

忆昔山中见,山公暂隐居。竹迷门外路,先生书楼在万竹山中。芸护蠹余书。楼中庋书万本,多世间不传者。渴酒酬醽醁,题词报玖琚。醉

后题词,承公倾许,呼豪写楹笺见惠。沉沉别后意,惘惘久如初。息羽惭鸿鹄,求巢拙鼠鸳。公行尽南服,先生挟家藏磁铜古物,得优评于南洋博物会。我病故人疏。分佩今生玦,前岁蜕庵得绝症,不意复起重携大路裾。万言杯水竭,短鬓镜霜梳。尘海菟裘远,灯窗贝叶虚。情怀且游写,身世一华胥。

别行严七年。君学海外,仆伏草间。不意相逢,赋赠三首

谁道余生在,逢君又此间。不愁髭鬓异,转觉话言悭。潇晦昔□晓,回漩今出山。江侯真有笔,莫信梦中还。

恍惚闻踪迹,常疑把握难。终军弃繻远,董相窥园宽。灯月江春旧,潮流水国残。依依忆畴昔,一劫了悲欢。

莫叹黄炉过,生存有故人。水流花落处,云破月来因。入道诗如呓,安禅交亦神。暂兹携对地,回息一轻尘。

题　画

寒花清茗懒调停,却润枯毫写作屏。心上思量画里供,客中无处拜冬青。

儿时笔墨应还似,腕底清香却是空。记取家家祀事过,蜕庵壁上尚留供。

自题画梅

不著梅花笔,时时增俗尘。为求情味减,转喜往来频。爱暖憎冲放,医狂学老横。若将前纸看,必道两番人。

以下壬子以及癸丑

黄花冈革命七十二杰死事纪念日感赋

十二万年谁免死,死成民国一何雄。常嗟魑魅喜人过,竟诉玄黄真宰通。摄土自成娲氏石,化身待采首山铜。君看夜夜冈前月,纪念与之共始终。

99

梅生三兄相见海上，
出诗三巨册，见示赋赠

与君兄弟五十载，聚合今为第五回。家有大苏诗乍见，客中二陆意同开。一春正好听莺柳，此地聊堪话鹤梅。寄讯少游还忆否，谓秦子质妹丈。海天吟啸挟风来。廿余年前，与子质同看日出于海舶，赋诗。

三月十一日雪夜半，寒
窗灯坐，感赋一首

去年此月此日雪，正记荒江卧隐时。哀乐寸心忘检校，挑灯停梦意丝丝。

偶成集唐句（时寓海上）

连云芳树日初斜，柳巷当头第一家。阆苑有书多附鹤，春城无处不飞花。岩边酌酒和清露，江上诗情为晚霞。三尺屏风隔千里，每依北斗望京华。

喜晤石子率占

万里闻君名，不期见今日。握手如昔知，推襟互无闷。念我少年时，纵酒能谈说。前岁历死生，盛气存九一。逢君愧已迟，心长竟已绌。会当勉振衣，梦游峰㟅侧。

海上遇潘兰史君占赠

与君九载别，踪迹常不知。夙昔重恩意，忍此长相思。炎风驶海澨，握手倾佺期。遇沈大侔君京邸，知君在上海。道君近岁事，得意在奔驰。北逾秦城关，君游居庸关外。吴江先题诗，未北游时先有《山塘听雨图》。豪游轻万里，岂患无所之。春江花月多，才人居所宜。君由香江而吴而燕而塞外，复折而南侨上海。值吾还南辕，一旬四相携。倘皆此乡老，来日长不辞。

亚子以久思乍见，彼此欢然，承邀饮酒楼。归赋两首奉柬

清湘迟仁久，今挈早春来。风物惜衰老，客心新转回。拂襟尘乍尽，含意语多裁。此是曾经处，新知共故杯。宴杏花楼，昔常饮此

最有相逢感，难忘未见时。悬心随月落，入梦逐云移。一寸春晖过，三更灯火知。翻疑暂聚散，说有亦名痴。

赠　亚　子

自是词人有别肠，相逢相合复相忘。君多含意因成吃，我惜余情未忍狂。拼为河山通梦寐，况今编简共文章。记当醉看湘枫处，往秋偕傅王龚三君自笑浮生又一方。

先读君词后读诗，才情肝胆两能知。转旋天马行空力，料量春蚕化叶丝。玉手携从挥尘罢，花奴催为隔栏迟。君两宴，予不召紫云，殆深知杜扬州今昔殊矣。两峰清瘦人谁及，想见吟窗并倚时。修到身为才子妇不辞，清瘦伴梅花、罗夫人诗也，君俪佩宜有诗才。

赠　曼　殊

人间无地著相思，划海分风杖一枝。那悉密花簪帽日，贝多罗叶写经时。诗中早见维摩病，世法难消大士慈。君自沉吟侬自笑，不同哀乐只同痴。

海上送太一入粤

君行常万里，一顾乃云别。人生如飞尘，聚散非足惜。但怨华年催，临歧意相诀。回念去此时，惘惘无所适。十载仍生还，朋侣悉遥集。后岂殊前观，挥手又倏忽。

拟寄钝根五首并示楚伧亚子

晚载枫林酒，晨搴菊径衣。如何一为别，去住两难依。梦醒憎时早，诗残怨路违。眼看双燕子，容易向君飞。

大造抟人我,谁教有别离。镜中双鬓换,门外万风嘶。一角停萍岸,回文写叶诗。泪河从古弱,岂独此生痴。

臣朔能饥久,易牙辨水迟。西风吹瑟瑟,微雨隔丝丝。梦是何妨寂,心知枉自疑。与君共遥想,初上玉轮时。

荡桨乱湖水,休教似此心。流荇迷辗转,搓蕊付销沉。数日乐朝茵,知音愁素心。回情念沧海,清晏待求寻。

悲慧不名佛,能忘一一忘。钵中咒龙毒,袖底散花香。岂有功德水,从无意识场。是谁说兼爱,我自证情肠。

钝庵脞录于蜕庵诗后并自跋录之,而谓为一字一咽,因寄一首

病榻虿吟咽,凭君响未沉。当年文字狱,此日故人心。老愧丘灵鞠,生传马意林。潇湘流不断,一叶送焦琴。

题南社入社书毕口占

白发皱容一病夫,问年已是日将晡。湘吴两处同乡认,却笑居庐一尺无。

嗜痂傅柳同心癖,谓钝根、亚子。强赠才名与此翁。毕竟胸中丘壑小,有时蔽塞有时通。

北上留别少屏楚伧亚子

相叙何曾觉一春,半消波劫半吟呻。当筵自寂桓伊唤,挥扇今无庾亮尘。楚伧亚子赠诗书扇海水天风偿别恨,珠光钿气逝前因。悲欢过眼休重记,几度临歧剩此身。

抵　天　津

听过江南饧市箫,轻衫来立杜鹃桥。梦楼十四年中雨,自戊戌来京,迄今十四年。弱水三千海外潮。荚尾未残红芍药,卷心初展绿芭蕉。行吟还似潇湘否,不读离骚读反骚。

小　极

忽尔茶铛间药铫，客窗卧对更无聊。心经酸痛伤三境，梦并去今来一宵。风露向晨荣挺菌，云山随处托团蕉。从来多病维摩诘，不似相如渴待消。

叠　韵　两　首

自被皮囊裹入时，灵光无处漏丝丝。心因动体分甘苦，梦为迷因系怨思。珪璧方圆三日雪，棠薇开谢一春诗。嘘空欲与天仙接，不见星圆见月离。

春尽人间又一时，缠绵枉赠柳丝丝。能空色相因何幻，绝大风波起所思。渐信病深须止酒，已知才尽莫抛诗。拼侬日诵销魂句，不愿教伊有别离。

到京先后晤天石、太侔，皆能饮。而予近以病渴戒酒，偶一兴起，小勺二三进，陶然卧矣。感赋一章

我亦高阳旧酒徒，逢君应倒百千壶。次公不为狂辞饮，老子曾言智若愚。病渴常教茶荈解，行沽回忆舌喉枯。腔中只许诗心住，滴滴蒲桃入得无。

民国小乐府　有序

自争路风传，异军突起，遂恢大业，未假岁时，亦已豪矣。顾懔懔于民不忍伤、兵不忍用，而阛阓见萧条之象。干戈以橐戢为难，岂有他哉！教养亡素，德敝而生瘁也。贱子自春尽夏，由楚之燕，凡所感触，未能忘怀。为民国小乐府二十首，所举多微琐，非天下所瞩也，然比之衢歌壤击已异矣。

涕泣登车去，匆匆便嫁郎。彩舆与冠帔，福命不如娘。
两郎好身手，相遇不相逃。夜赠枕边钏，朝挥腰下刀。

武安尊汉相，隅坐屈尊兄。富贵何为者，谁能重所生。
开阁平津邸，无端逢故人。心知故人外，一一皆恶宾。
杨朱惜一毛，李陵循胡发。种种何能为，揽镜惜颜色。
驱马鸣千钲，未及一回愿。哀哉新将军，断头即称故。
负隅莫敢撄，此亦一时杰。抟之不在勇，先视口中舌。
上林多白鹿，惜无卜式牧。羊鹿与民殊，乃使相王国。
朝暮互三四，狙公出至诚。我闻反复言，天魔伍仙灵。
燃烛照中渚，光怪两相搏。但惜温郎犀，燃尽谁与续。
倒乱图谶书，读者乐迷冈。伟哉袁李刘，谰语博心赏。
江环意窈窕，山秀眉婵娟。但留江山在，美人隔九天。
江楼遇穷士，绝似芦中人。幸汝来不早，早来莫惜身。
声色壹相注，岂谓非交亲。署门翟廷尉，毋乃但能伸。
长离宛宛飞，一往欲万里。万里无桐笋，且欲啄菰米。
龙媒脱羁绁，绝漠驰天骄。无如宛贵人，未许来葡萄。
高车与高椆，亦足惊四邻。下堂息华烛，妇稚交嗟呻。
蒙马以虎皮，胥臣偶儿戏。不如上头来，千乘与万骑。
南内念七夕，烦恼高将军。难得方外士，辛苦行朝云。
银河泻大半，倏忽销欃枪。将军百战死，不死存冯唐。

燕市谣八首

复绝百级台，四顾谁缱绻。勿复生天家，生生世世愿。
一手快总揽，大川无津涯。汉祖勿治疾，恫哉厌世家。
我闻古重华，无为垂衣裳。富贵共天下，何者非明良。
为问西飞乌，何为鸣不息。岂其忘所闻，乃公马上得。
山中木石居，葊下巢许拜。笑骂由他人，复成何世界。
不共蜈蛉居，胡为惜蜾蠃。先民亦有言，非我焉知我。
谈言中非易，愧少十年读。我本山中人，人间久流落。
燕蓟多红尘，与众共洒扫。凉风西北夹，秋序苦不早。

寄怀海上社友，即用楚伧、亚子赠别韵

抵得相逢只有诗，诗情惬在未逢时。春风暂合年来梦，杯酒深添别后思。一片飞帆填石海，万重护树太平规。待将南北相思意，尽付成连慰所期。

一夕谈诗胜十年，莫教别后两茫然。是真情种难长叙，能暂相逢亦夙缘。花月春江添一梦，兰亭曲水念群贤。黄尘著处迷青眼，休记猖狂骤阮鞭。

东西南北去来频，垂老还为可笑人。才擅文通因别尽，病偏季重借愁均。浣花种竹居随便，刻烛题襟意忏新。为问酒楼吟啸处，是谁为我最伤神。

偶　　书

曾抛心力作情痴，岂有人间事未知。笑煞东风无倦意，一春二十四番吹。

寄怀雪吟

万转人天未了身，海东衔石渡天深。蠹余自检平生史，犀尽难寻入梦因。云掩月华诗思透，酒浓花气道心沉。蓬莱晓色扬州夜，不解伤春解送春。

八　　月

相看才过月圆时，薜荔山阿兰芷思。犀不通人休与照，蠹能食字更难知。遥听长笛桓伊唤，学驾短辕王导驰。八月灵槎何处是，一分情买一分痴。

纪元夏仲，旧历春莫。泛浪海天，由南而北，征衫甫卸，情绪犹惘惘也。见某社纸刊有杨花诗五首，又叠韵五首，继知为番禺沈君、和阜苏陈君作也，依韵赋此

秋风吹过又春风，眼底何曾著点红。系月未忘芦岸外，吟烟空记

柳桥东。飞扬莫便憎江路，缱绻还应忆汉宫。尽日帘钩拼不卸，花栏草砌看迷濛。

飘泊情怀枉代怜，输他云路俯层巅。几经野渡乘题叶，直过离亭谢钱筵。说法定回霜女袖，成团可抵白榆钱。自惭雾眼经春损，近道飞霙远道烟。

柔丝曾共系春光，春去花飞未是狂。此日断魂忘路远，前因回首记情长。泥中拈笑千仙手，草际寻吟半梦塘。一为思量休止处，最宜随水护鸳鸯。

曾画垂杨六曲屏，屏间帘外两冥冥。是谁空际挥谈麈，为尔远随过驿亭。九十韶华余点屑，三千世界等蓬萍。莫将轻比残春雪，便著青衫不共青。

自存洁白任云泥，想像因风过极西。一瞬海天嘻尾附，半空云露约魂栖。千回万转都空相，燕认莺追各怨啼。尘起不轻挥扇障，知君暂未起沉迷。

一日夜雨不止，有秋潦之患，奈何

十年不到今长安，远闻国光已可观。水红山翠忍辜负，海帆如鸟车如丸。九衢双阙尚高远，鲛宫龙湫亡踠晚。刮目长看雾里花，八骏何年取环瑊。闭门拥帚避缁尘，一雨乃在江之滨。苦尘苦雨只游子，千门万琐居沉沉。君不知夜来帝醉骑从散，雨清风洒且稍缓。

夹竹桃雨中如孙，寿啼妆尹似村诗。
自与情人别，怕见雨中花。
予心恻然，为赋两首

生汝柔姿媚风日，可怜今在雨中看。十重步幛谁能借，只与河阳护牡丹。

一枝红艳倚青筠，谁道凌霄未是真。呜咽浔阳江上曲，果然名士误佳人。

苦　雨

　　阶水漫溢，檐溜不停，所居已宛在水中央矣。念四方多难，民叹其鱼，居高者无以绥之，犹吾据一庐谓足蔽风雨耳。登堂入室，孟诸之神，监河之侯，容吾揖谢乎？燕巢幕上，乃作危音，倘有闻而知警者否？

昔作澹灾篇，盛意御寒暑。上焉愧空言，次乃及旸雨。胡为民国初，冯夷抗干羽。徂岁星沙居，霖潦泛汀溆。今兹渡漙沱，复值金天虎。吁嗟郑内翰，蚁死咎无补。所居皆高原，蹜踧不能舞。处堂欲望洋，陟步藉负弩。仰视浮云多，断续雷神语。悦其天有恒，砥石一漂杵。桑田沧海间，宁得固吾圉。朝来或叩门，邻家有倾堵。近忧缮葺迟，远虑岂吾汝。迢迢江与湖，行梦迷处所。寄言赠万家，因风想邪许。

喜　晴

既雨晴亦佳，杜陵当久暵。况今苦沉霖，宁不仼卿缦。亭花病起初，山鸟远来暂。我亦一花鸟，推帘展顾盼。颇闻临水居，已有微禹叹。安得一登楼，遥看万炊爨。吁嗟吴楚间，烟云莫帷幔。

七月十七夜，咳甚，不得眠，倚几倦不支矣。才觅卢生枕，迨晓犹惘惘也

已过星期日似年，轻风吹到尚薰然。邯郸怨瑟弹何处，知是清虚第几天。

玉妃岂有下瑶京，一夜窗前风雨声。珠箔银屏都拥卧，移将莲漏赠孤灯。

雷　响　潭

我曾踏云登仙岩，岩顶立石遥相衔。澄潭覆中窥半面，一隙之外皆扃缄。游人投石岁万计，古今增积应平地。细如指顶亦巨鸣，若有

107

骊龙定难睡。我闻五十年前曾到飞将军，磊石万仞驱军民。须臾不知何处去，春城三日殷晴霆。可怜盘古到今闷光彩，地维井络不能改。共工一触不周崩，已令虞书列四罪。解衣脱屣乃得上，既上翻因更恺怏。神州民气深深埋，八月仙槎定遥想。砉然长啸应四山，我亦如潭作雷响。

仙岩雷响潭，投以石，无大小皆作雷声，故名。距瓯城不十里，然拾级数千乃得上。前此六年，未得足疾，尚能袒肩喘息与同游争迟速。偶一忆及，追赋其事，犹为神往。而沧海可越，神山不可接矣。蜕识

无 题 五 首

斗草须斗香，折柳须折长。柳长系郎马，草香御妾床。
昨夜约不至，今宵不约来。早教颦黛展，难博细心猜。
最是微嗔好，空留别后思。春宵香雾重，谁见海棠丝。
夜夜烧高烛，何如醉且眠。罗衣都湿露，立过五更天。
可惜汾河棹，年年逐雁飞。武皇教习战，箫鼓渐声稀。

忆录旧作游仙诗三十首之四

翠微山半接天都，芷葺兰橑是所居。拾级千盘云暧嘘，镌门三字小华胥。玉笼鸟唤风辟户，金谷春深花拂裾。共老此乡疑未许，怪他还问意何如。

为语卿卿棹漫飞，相依惟恐又相违。百年本是如朝露，此际还宜爱夕晖。愿作鸳鸯同一水，借来花叶下双帏。低鬟浅笑浑无语，笑指前头近翠微。

一刹那间路几千，芬陀利利渺诸天。楼台琢月原非月，帏帐凝烟未是烟。败叶枯秭皆化蝶，微波勺水倏生莲。通明面面无些隔，但见星何自转旋。

第一仙人隔座招，手如白玉语如箫。眼波醉客何须酒，魂梦通星不用桥。蕙衩荷衣风瑟瑟，红蕤碧络雨潇潇。从来臣玉微词惯，转向

108

东方乞解嘲。

寄　亚　子

炎窗暂卧避,偃然死四肢。忽焉酸中心,如有人致词。亚庐苦念尔,南北忍分驰。岂其未梦梦,有此不知知。振坐摄内照,沸血千万丝。草木□托根,萎败无动移。飘泊吾与子,安得忘伤悲。伤悲亦何益,人生本别离。叙合偶然耳,所贵长相思。

题江上外史诗

蜕盦夙未读江上外史诗。李君鹤巢所藏,有其自写诗草八十页,略逾二百首,装为两册,至可珍也。顷以见示,题此志之。

鹤巢李君风雅姿,好古好画兼好诗。皖南别后此重见,发装示我绝妙词。岂惟绝妙词,作者还写之。何人不识笪江上,况复两绝观同时。未许庾鲍擅清逸,岂止钟张免十劣。锦贉绫装八十笺,为诗略逾二百什。想见拈髭得意余,此诗那付他人书。探怀自看生花笔,坠须落瓣任卷舒。我闻如皋水绘园,迦陵百绝手迹存。不知今尚人间否,比兹完好恐难言。李侯乡里近冒氏,巢民之巢近何似。十度空经江水游,卷中才见江上史。

自　题　画　梅

画梅近百幅,幅幅有题诗。少者一二首,多或数倍之。前后总相计,千篇未足奇。造意不再复,命藻无庸肤。倘其悉装集,敝帚亦自嗤。惜乎尽散失,无复能追思。邱公竟学退,江郎才不支。即此亦小劫,能令心神疲。

又题小幅五七绝各一首

萦花开向小园中,撑壁横扉似不容。此纸正如园□隙,画时难放笔如龙。远近宜分墨,高低须异枝。蜕翁不耐细,掩拙待题诗。

题吴介子《春波遣荫后图》

倚遍栏干十二曲，琼枝蘦落更难留。不留香色还留影，报答慈恩红上头。

醴泉芝草源根处，辨不分明便道无。试立春波桥上看，年年流水可曾腐。

不生不灭原无是，随了随添未便殊。他日孙枝菁郁处，传流应写第三图。

为汤磷石题《女士图》

春来曾纪卧含章，只许人看额上黄。唤起真娘因底事，依然纽短柱情长。七芗先生绘半身睡美人，题句其侧云：丹青非是无完笔，画到纤腰已断魂。

心中情事手中丝，随了随生毕竟痴。漫睐蛾眉容易老，画中禁得几多时。

题陈万里《云程万里图》

真有刘书记，兼能用五官。翩翩空浊世，森森共安澜。（与君北上同舟）此亦风云壮，还闻天壤宽。开胸罗百氏，他日探囊看。

更画天风趣，逍遥庄子篇。鹓鸾飞素手，星斗接华颠。晴倩吴郎点，衣从织女寨。从来泛槎客，到处遇神仙。

意有未罄，再题二十八言

万里云程万里图，展图自笑愚公愚。白头沧海偕君渡，笑煞山中吴老癯。

题《沈纪常君传》

朱素华女士适沈纪常君两年而寡，又十年乃为夫作传，征题于四方贤达。予悲沈君所遭，嘉朱君之志，赋七言四绝。

吴江之水碧于罗，十度春波愁里过。太息朱家女学士，茹荼终吐为情多。

器毁岂其还惜鼠，屋倾何事缓驱乌。沉沉天壤消风雨，早听鸣鸡有益无。

不到推翻专制时，小弁有怨也无辞。君看重耳奔亡苦，还说申生死最宜。

乃翁侠义定非诬，传言沈君父行侠好义子信其亲妻信夫。华岳还教云气蔽，最难清楚是朝晡。

再题《沈纪常君传》并序

　　沈君事不易传，由伉俪传之更不易。然素华女士，以夷犹淡宕之笔，性情德行遭际，一一写出，使读者感叹而不生愤激。益世之文，非粹质亮怀不能有此。予已先赋四截，邮达祭所。再读再题，倾倒之意，犹未罄也。

孤孽每因操虑达，颜回早死德常师。请看婺室千言传，都是穷居八载遗。号泣谁闻虞舜慕，内行赢有大家知。拟编君事成新志，警铎能醒龙象狮。

史班纪述无他妙，不在文章只在真。我羡玉台拈素管，居然碧海净红尘。可观何必还可怨，立己无惭自立人。十载茹荼存殁共，秋风荐爽待兹辰。

　　民国元年八月三十一日，为太初历壬子七月十九日，距沈君亡日十年前一星期矣。蜕盦氏敬题，时寓海上。

题李今生女史《水墨鸳鸯芙蓉》

解叶鸳鸯作怨恩，今生留取画中魂。营丘谁识有李永，元宰终能继董源。水墨因缘情可叹，女史题句有水墨因缘语烟波身世事难言。锦褫玉躞收藏处，莫作蟫灰爇火论。

题潘老兰《出关图》

君自南人能走马，燕台以北看秦关。囊中诗句应殊昔，夺取胭脂塞外山。

未能鞭石到扶桑，今日诙谈笑始皇。却借万千黔首血，后来容易说边防。

曾记摩挲一片砖，钱王墓下认遗镌。予曾于吴越王坟得铭砖半片羡君鞭指斜阳堞，看数刊题到汉前。

题潘老兰《山塘听雨图》

山塘烟景逐年新，笑我离家觅远春。却喜吴娘惜孤负，棹歌迎到老诗人。予虽楚旧，然家吴四十余年矣。近岁泛游转让，君独听客舟中，未能共剪烛也。

载酒江湖三十年，迟今买醉到吴船。打篷绝似明皇技，摧放江花分外鲜。君前有江湖载酒图。

题汤磷石《鸳湖垂钓图》

烟雨楼前烟雨霏，鳜鱼应为酒人肥。竹竿花桨休言隐，应让蓑翁住钓矶。

陆海风翻处处□，垂纶可有最高坡。酒楼莫听醉人语，月满鸳湖倚棹歌。

别鸳湖数年，复得春游。遇绝艳双姝，故以题《鸳湖垂钓图》，竟复成感怀二首

鸳湖记我少游时，风雪深深折一枝。三十八年经底久，镜中照见白吟髭。岁甲戌，居湖畔。尝于风雪中，强舟子渡，登烟雨楼，索饮折梅而归。

别时惆怅为鸳湖，酿酒方壶尽百壶。重到正逢春赛日，衣香过处见罗敷。

题《汾堤吊梦图》

楚伧以前岁得才女叶小鸾墓于汾湖叶家埭，其远祖明虞部天寥公女也。天寥恸明社墟于异族，出世入释，号木拂。小鸾工诗，以嫁前七日卒，人传仙去。二百余年，墓湮水莽，碑蚀土花，

一旦发见已奇矣。适时则汉土将夏,人则为其裔选,灵异至此,当时传说,岂谓无藉。敬赋一首,即题楚伧属曼殊所写《汾堤吊梦图》后。

灵光一霅井星聚,生死荣哀两无取。玉骨冰肌销尽时,才见人间一坏土。汾湖堤外天水连,年年寒食墟无烟。红鹃啼断野棠落,此中蜕隐仙乎仙。江东健者谁,时流唤伧父。熊熊肝胆悁悁心,午梦堂空怞先绪。《午梦堂全集》,天寥一家唱和之作。文采所萃,闺才不弱。陈迦陵所谓"汾湖诸叶,叶叶交芬"也。残碑教见非偶然,告尔光复启尔宇。苏侯画笔如有神,展看恍在湖之滨。含豪欲共金波吐,照见三千蕴一尘。往古近今两禅悦,坡公吟瓢寥公拂。胜事流传各有缘,更宜郑重新题石。才女坟,妇人集。疏香殊异桃李华,莫使神人黯冰雪。

　　女子当乱离,死节者多,死国家者少。死虽以疾,心乎国家而因以死无疑也。旧碑才女墓,未足尽琼章。琼章小鸾字,疏香阁为其诗榜。蜕识。

杨君道根寄诗赋此奉酬

渌江边上旧烟云,回首西看夕照曛。随处行吟存病我,尺书远问更思君。野麋山鹿人间世,北雁南乌何处群。还记去年今日事,一秋一月又平分。

贫 女 行

吁嗟乎人何不幸女子而复贫,令我一日为百呻。胡为尚信豆棚话,废才绝智终从人。忆昔初嫁时,阿母重叮咛。汝家大富足,车马盈门庭。红罗为襦翠幂面,琼蕤珠佩摇轻裙。郎颜冠玉盈盈拜,洞房青琐烟氤氲。同心日日叩明镜,殷勤宛转随郎心。吁嗟乎奈何韶华转瞬异今昔,嫁衣典尽不忍惜。年前一纸飞红尘,良人慷慨轻离别。拔簪去珥资君行,家中米粮不隔宿。送郎行后不自怜,黄金许我寄络续。屈指计程五日到,十日教卿开口笑。晓风敲竹开户迎,夜雨打檐秉烛照。忽忽心惊春暮天,楼头看月几遍圆。邮书只说相思意,王郎绝口不言钱。相思原是妾心语,却奈妾身无二主。自君行后倚四邻,束茅斗米相劳苦。眼前儿女饥呼娘,牵衣挽颈泪两行。叱去还来况不忍,暂作慰遣开空箱。西家有病翁,贫与妾略同。偶然一回顾,恃庑居梁鸿。患难之交不可负,短鬓为柝衣为缝。吁嗟乎奈何书来相督过,人人怜妾郎不怜。开书欲读泪先堕,吁嗟乎开书欲读泪先堕。却恨当年误娇女,君不见船娘赤脚春水船,又不见健妇前肩白木镵。得钱便令合家喜,阿侬何况才如仙。

送 楚 伧 北 行

君送我行三月前,君行我送暮秋天。海风山雨能知否,此是人间李谪仙。

莽莽燕台十丈尘,况君有意逾新秦。风云已异长安景,昔是藩臣今是邻。

九日雪,实太初历十月朔也,柬文雪老

十月朔日雪,天随新历移。旅窗多拥卷,集霰阻联诗。寒念君衣薄,归迟世路歧。三湘盼来雁,不自惜相离。

仲冬九日,公言出版诗以颂之,并视钝剑

笔花散处作云霞,腾布中天世共夸。莫道江郎弄狡狯,河阳未有此繁华。

万言杯水却因何,屑玉翻澜半是讹。手把公言窗下读,横风斜霰隔窗多。

赠 鹓 雏

解脱层层法不留,君因论佛诵梨洲。我曾自悟无根法,不读楞严识净修。

学术岂分出入世,枉抛心力觅灵因。穿衣吃饭寻常事,了当何曾有几人。

读十五国诗偶及集注

取喻雎鸠因聚处,更无他义待推寻。挚而有别原非误,负了鸳鸯鸿雁心。有诋东坡春江水暖鸭先知句,曰:鹅也先知。予此意无乃与类然。沉吟玩味此四句诗,何等融和、典雅,实用不着挚而有别四字之诠释。深于诗者当不谓苛责笺注家。

怀人念旧无忘法,岂有人间草号萲。何术竟教无者有,更谁树北比慈恩。

此亦淫奔只四字,莫须有狱较虚心。先生史续春秋后,一往闲情如许深。

见鳏夫而欲嫁之,无题竟被后人知。锦瑟一篇空想像,何妨武断学经师。

不具诗心却注诗,幸而所注止于斯。汉唐若被先生坑,吴项淫威未足侈。

附祀两庑千载矣,如今鸣鼓有诗人。不消更问余功罪,我是姜庸再世身。

沃土民淫沿说久,东方灭尽小巴黎。此言不向先生道,只怪看诗替撰题。

自　　责

攻讦古人亦忮愤,要知忮愤最宜除。况今学术方多竞,何暇吹求到注疏。

赠　钝　剑

少小自适性,未觉此是狂。与世渐多涉,动辄相角张。屡经乃疑惕,情返终相妨。生今而异行,不死身何藏。颇思习呕哑,亦欲消跳踉。束身已弥苦,十九仍呼伧。衰年意气铄,不复能回肠。朝夕但眠食,春秋罢游筋。前辰见高子,磊落殊寻常。恨我逢君迟,心力动不强。譬如臂韝久,形质存鹰扬。但堪伍凡鸟,岂复盘高苍。举头羡同翻,恻恻自惋伤。人生金石质,凡火销中光。国人等颀趾,因时共抑扬。愿君抒双腕,盛年幸未央。醉来语益健,青莲何足方。

怀 钝 剑

江南暮春时,正好共悲喜。天意不可知,相隔一重水。自忘流离身,偃蹇负余暑。行远思逾长,中夜为谁起。北来未五旬,南风送三纸。展函开尘颜,环诵自倾耳。洒洒汗波飞,路路千山峙。笺天庶尽言,尺幅不得驶。侠情悲慧狂,劳苦高夫子。

又 赠 钝 剑

莫认高阳作酒徒,眼含双月气吞湖。从今夜夜松江梦,不为莼羹不为鲈。

吉芬吾女偕婿赴蜀,诗以送之

骨肉隔山海,眷怀无已时。波回得团叙,岂昔意所期。观颜后抚体,喜汝存躯肢。十年患难中,颇具峥嵘姿。同心勉嘉耦,万里求贤师。欿然自视情,知汝将有为。

父子天性笃,况复十载违。彼此忧患余,有泪非轻挥。依依宛孺子,宛宛怜高飞。此去几千里,蜀道闻险巇。忠信涉何惧,夷旷在襟期。愿汝扩令闻,莫怯违庭闱。

岷峨凤厚生,乃叹久兵革。轭重脱独难,辛苦乍自立。边警接悬燧,劳师驻西徼。晴云向雨飞,令我心恻恻。从兹盼西乌,感感逾畴昔。山中好竹多,远寄计时刻。

自　　跋

　　庚戌之夏，天降诊厉。一肢之病，等于荀莹之疡。百日之挛，几于郤克之跋。濒十死而不死，谁为乞和缓于秦，分先生而偏生。时竟有越人在楚，左家妹质珥营医。忘无家之怨恫，僖负羁盘飧馈食，怜末路之英雄。藉众维持，二竖焉避。于世何补，一老愁遗。顾积习难忘，有余年则有余稿，况世情久淡，在蜕庵终为蜕僧。虽食肉东坡，扪腹不皆笋蕨，而墨者夷子，放踵未改衣冠，花猪竹鼢，杂蒲团禅杖之间。贾岛、孟郊销湖海风云之气，续沧波听雨、梦楼续雨诸集，得毋更形衰飒。或者转逊冲和，曰蜕僧余稿，自映雪轩初稿。（原稿初作自庚庚集乙，去改此）后为第七集矣。

陈蜕盦先生文集

赋　类

哀 朝 鲜 赋

　　海东有国兮，古称朝鲜。周封箕子兮，渺乎其先。秦皇并六合兮，商祀未殄。汉武置郡县兮，环其西偏。玄菟乐浪迄乎句骊兮，东西辽水之边。一脉所存兮三千年，几绝秦汉之交兮终以全。胡古国之不吊兮，忽地隶而君迁。稽方舆而浩叹兮，摄乎齐楚之间。待玉帛于两境兮，慨古制之久湮。凭天演以凌弱兮，执牛耳而蹊田悦。东西壹于平和兮，必涤瑕而攻坚。慑强俄之蚕食兮，幸明治之策先。悯此族之不振兮，遂琉台之同编。吾衡情而权论兮，宜伐君而吊民。入青盖于洛阳兮，何归命之足怜。翳其民何辜兮，当壹视而勿偏。惩天竺之奴籍兮，慨安南之牛鞭。一堕落而下况兮，责改进于何年。政则同而民异兮，长二戴于一天。泪浪浪而东望兮，忽由后而念前。彼冲绳之遥隶兮，又何罪而何愆。况台湾之剖畀兮，更牵率而颠连。懿共和之祖国兮，并巴宾于米利坚。慨时势之万同兮，有力者其谁不前。优胜有辞兮，劣败何言。冀真人之四出兮，胥优劣而相团。去雕题之习积兮，进智种于石田。纵众寡之异族兮，庶各有其英贤。渐民质于相等兮，何种类之不平。底一世于大同兮，何政教之有偏。吁其远兮墟无烟，泛一叶于东西海兮何边。彼待化之民族兮方瞑眩，生死未卜兮

121

况诉颠连。吁彼苍者曰天，运大气而转旋。需其时以潜化，毋我后而人先。嗟伊祈之文治兮，继武德于版泉。属舜禹以天禄兮，历殷周而勿谖。系我生于此土兮，实大造之骄民。苟芸生之不盛兮，或片壤之孤县。就民德以挈论兮，吾何望异于朝鲜。省大陆为十八兮，县州逾乎千。虽块土之相比兮，需人力以互连。譬森林之千章兮，曾无异乎孤根。输石过而攦斧兮，晌罗致于堂廉。彼猗难之无知兮，人何为而效骺。纷抟沙之难合兮，其道何先。人自为治兮，家自为安。比学俗以为基兮，去狙诈与矜狷。慑以律宜壹兮，导以理宜宽。薰宿莽以杜若兮，自薰莸之无愆。胥灌木而梗楠兮，何枝梧之有焉。横览前史兮，愿力谁坚。发鲁壁之丝竹兮，乞灵简编。行之自政兮，非以教传。迨竺景之西来兮，又猱杂而不专。民无教奚以国兮，吾东望而栗然。

叹　逝　赋

云冥冥兮风沉沉，帐空帷之眠斯人。笑言不可接，謦欬何时闻。嗟并生之异所，恨相见之屡左。一邂逅而如故，忽相忘于尔我。视无言而心相亲，愿结襟而交绅。蓄拳拳以待后，愧卒卒之无因。灯红忆话，墨淡代磨。隔肺腑而莫诉，畏简书而临波。见难兮别易，生短兮死长。唱骊歌于醉后，望云树而凄凉。恸琼瑶之易碎，欲号呼而无声。震椅桐之半干，疑所传之非真。悲哉逝者，已矣今生。胡不我待，而先我行。伊时局之桢干，何渗戾之不情。步庭阶而拟影，盼悬旌而疑心。闻落叶而延步，响空枝而停音。怀鞍马于旧部，抚弦轸于中庭。歌曰：流水不复西，疾风卷尘去。复见水与尘，一步一新故。泪汍澜而无时乾兮，命毫素而寄咏叹。

学　说　类

国　学　慨　言

以今而言国学，非具绝大魄力不可。稊秕易去，郛郭易毁，特无如珍视固守者，其生平馈寝于是。去之毁之，遂谓我辈废国学也。嗟乎！忍废之，故复有所商兑也。去枝梧而工师怒，攻肤液而玉人诤。不有所损，岂能存精。斯理昧昧，万象容容，觉而休焉，固其所耳。虽然，有作者起，导扬蕴义，钩摄沈音，岂胜取材。萌者达之，蒙者发之，伏者苏之，落者振之。东尽若木，西尽祇园，无能傲我以所无。嗟乎！无所不有，而致于若无所有。古之人博学而无所成名，后之人温故而好为人师，岂非同过哉！孟氏曰：尽信书，则不如无书。又曰：诵其诗，读其书，是以论其世也。彼所谓书与诗，皆今所谓经也。而秕稊之宜去，郛郭之宜毁，其言尽之矣。孟氏守先王以道，师孔子以时，无胶浅执一之说，故能存亡绝续有系于学术。况今存亡绝续，更亟于孟氏时。苟无虚公绝瞻顾诸君子，共起而力图之，国学亡而国亦随之矣。

读《淮南子》偶书

子与经奚以别？经贵乎大备，世变而不变也；子贵乎迭起，世变而战之也。子与家奚以别？家分而子综。专言兵、农、名、法之一，不足曰子也。故经不备者国亡，子不作者国弱。周秦以后，士无战世之志愿才力，可否一时，附和胜流，取悦之术异，要皆求容而已。以言作者，贾、董未尽可许，况其余乎？顾周秦间盛矣。纯守而不杂，坚而不摇，老、庄、列、墨、孔、孟以外盖鲜。迢递数千年，经不备而子熄，世何所资哉！爰考其故，专制之政，尊在一君，贵以所庸。学者自视于世，无必不可致之事。皇然以求，何有于战？求而不得，嗟咨盈牍，何有于战？夫怀才而待遇，与怀才而绝进，著书深浅必不同。非尽局量遂逊，彼袭君袭卿之制，与学者以无可求平，惟有战耳。战世之书，稔敌攻瑕。或为荡决，或为摧陷。欲取姑与，舍此守彼，皆必自信。援绝于后军，而终与世法并存，不为所灭。虽然古人战于其世，功有隐显，效有曲直，而悉已往之健者也。灵光无继，来者勖诸。

读《孟子》"不动心"篇

《孟子》"不动心"一篇，是生平学力所在。予就而诠之。同一不动心，凡分四近。告子不得于言勿求于心，即篇末所谓以为无益而舍之也，集注谓为冥然无觉似矣。然不得于心勿求于气，正揠助者之善药，孟子可之。集注又曰：悍然不顾，适相反也。予谓告子于是非不得解处而不内求。入于旷荡之弊小，同于流污之弊大。故孟氏斥其外义，近于仁。北宫黝视万乘褐夫如一，义发于内矣。然耻肤挠，死目逃，反恶声，纯是气胜，非由慊心返缩而致，近于勇。孟施舍量敌虑胜而为进会，先畏而后无惧，求心守气，渐进自然，近于智。然二氏一为大侠，一为大将，孟子只借以证不动心耳。故又曰：孟施舍之守气，犹不如曾子之守约。夫守约与守气，若照集注所守乃一身之气，及返身循理为分别，尚未喻孟子言旨，实则一为将才，能尽胜败之理决。一为学人，能尽是非之理决。由借证而入正论，是语气抑扬处，亦重视不动心返证过孟贲远矣之误引。曾子守约，近于三者之备，孟子所师承而宏演也。然玩守约二字，有黄河入海，回顾束行陆地时，不甚满志之意矣。浩然之气，集义所生，力得首在知言，与守约广狭不同。夫知言也者，内求之功澈。人物之性尽言，心融明，无息不通。

就其平日所言,动心忍性增益不能。万物皆备,皆其证也。既具此知,又益以持志。无暴气之内省,直养无害,驯致刚大充塞之量,知也。志也,气也,浑合而一。配义与道,从心不逾,岂夫待返知缩、循循率率、所可同语?学于孔氏者多矣,独辟胜境,自具天才。大乘佛旨,西土哲学,举莫能外。阳明之学,引绪伸义而已。

勿求于心,比之不耘。求于气则比之揠苗。先我不动心之许与,衡览往来,亦惟觉告子可与语耳。以其执著义外,一间未达,学术遂异。读孟氏此篇而盛诋告子者,妄人也。

心志之分,集注只曰"志固心之所之"。予谓心与气,实也。志者介此二实之通,用也。夫志以下云云,(止无暴其气)皆不得于心勿求于气之顺释。志至气次,由此介彼,不彼反举。公孙未解,又多一问。孟子又以气壹动志告之,且继以今夫蹶者、趋者是气也而反动其心,益见志由心气,交受力平。不得谓志帅气不帅心,更不得谓志由心不由气也。

平时喜读孟氏言,谓其一往无前耳。由此篇细玩,含敛处正复深浑,显豁处还由曲折,颇更有味。夫富贵不能淫,孟氏所谓大丈夫,已非衍仪所及。况事功闻誉所集,非止富贵而已。心且不动,更非止不能淫而已,何等学力!而问者直谓逾一勇士,且似弟子之惑滋甚者,孟子绝不介意,而曰是不难,告子先我不动心,何等和平!然告子好言性道,公孙氏有道之问因以起矣,却又别举孟贲所不及之二人,而以守气不如守约,使知道勇之分。转出续问,则更先由告子养气功夫,发出心气作用,留住自己绝大力量,使不能已于夫子恶乎长一问,然后一泻千里,更不隐挟。而告子之误,及告子已在气勇上两意,亦随而见。凡此立言,非第自述以晓弟子,且免后学误以卤莽矜傲为高抗,以寂灭枯委为玄尚。由此知圣哲之言,远计深思,时时以维系世道人心为重,非求快一时也。惜乎知者鲜矣,甚且置不思议,误解而滋弊者亦鲜矣。道何由明,岂古人所及料哉!

列《石头记》于子部说

《石头记》一书,虽为小说,然其涵义,乃具有大政治家、大哲学家、大理想家之学说,而合于大同之旨。谓为东方民约论,犹未知卢梭能无愧色否也。其意多借宝玉行为谈论而见,而喻以补天石,谓非此则世不治也。胎中带来,谓非此则人性不灵也。

见于行为者,事顽父嚚母而不怨,得祖母偏怜而不骄,更视谗弟而不忮,趋王侯而不谄友,贫贱而能爱,处群郁之中而不淫,临悍婢呆童而不怒,脱羁富贵而不恋。综观始终,可以为共和国民,可以为共和国务员,可以为共和议员,可以为共和大总统矣。惟诮贞姬为尤物,嗔慧婢以蠢才,为可訾处。但此是作者微旨。纯粹至此,不免受居养之移,足见率性为道,须臾不离之难也。

其于谈论,则更举数千年政治学说风俗之弊,悉抉无遗。不及悉数,取足证吾说而止。论文臣死谏,武将死战一节,骂尽无爱国心之一家奴隶;论甄宝玉一节,骂尽无真道德之同流合污;论禄蠹则恨人心龌龊也;论八股则恨邪说充塞也;论雨村请见则恨交际浮伪也。于秦钟则曰恨我生于公侯之家,不得早与为友,恨社会不平也;于贾环则曰一般兄弟,何必要他怕我,恨家庭不平也;于宝琴则曰原该多疼女孩儿些,恨男女不平也;接回迎春之论,恨夫妇不平也;与袭人论□衣女子事,恨奴主不平也;闻潇湘鬼哭,则曰父母作主,你休恨我,叹婚姻不自由;贾政督做时艺,则曰我又不敢驳回,恨言论不自由。至其处处推重女子,亲近女子,则更本意全揭。见得生今之世,保存大德,庶几在此。故曰怎么一嫁男人,就变的比男人更可杀。又曰我生不幸,琼闺绣阁之中,亦染此风,真有遗世独立之概!

其旨如此,而托之父母不喜亲宾寡洽者之口中,又自斥以天下无能第一古今不肖无双,意若曰:天下古今无能肖此玉者,有之,则亦父母不喜亲宾寡洽耳。

无论其于哲理心理学之抉幽阐微,此篇未及举也。即此行为谈论,岂他小说所有抗手老庄突驾董杨足矣。至浅见者,谓其文不雅驯,不知今日正宜备此一格也。又谓全书除宝玉外,无非名利声色之辈,争攘倾轧之事,骄谄邪诈之行,何足传世?不知蓬生麻中,遗麻何以见蓬?孔孟书中,尚有就时发言之处,何独苛责石头记。其体本为纪载,以其遗形取影,不能列之史部,故就其纲要,把其枢机,而子之。

谁曰不宜哉,惟必有为之评注者,如李善之于《文选》,刘孝标之于《世说》而后可。

梦雨楼《石头记》总评

《石头记》,社会平等书也。然梦雨楼则以男女平等评之:一以其意虽兼涵,言则侧注,就所注而涵者自见;一以警幻梦中,谓宝玉曰:吾不忍汝独为闺阁增光,虽系揭明兼涵之旨,却出自女子口中,感于其言,不欲令悼红心血,遍洒人间。

谓《石头记》为政治家言,非高想也。欲附会之,亦无不可。然皆道政治罪恶而已,其眼光思力,皆透过大政治学家。宝玉所谓最初一步也,况梦雨楼评既不肯夺宝玉于闺阁,尚何肯夺宝玉于社会。

《石头记》心理学最深。其于宝、黛,无故喜怒。曲尽变幻,事后悔谅,直达隐微,不得作记述看。而黛玉惊梦迷性情事,皆从心理曲达,真未易也。或谓为经验家,近似而尚非。盖经验家能肖一二人,不能人人而肖。能尽一二物,不能物物而尽。石头记圆通无碍,直是一片光明,即空即照。

《石头记》生理学最深。宝玉谓女子是水,男子是泥,一言道破秉受清浊之殊,足称大发明家无论矣。此外如以十二女伶喻脏腑,而药官死而蕊官来,以蕊代药,故冷香丸用四种花蕊。又曰埋之梨花院梨花树下,皆恐读者不解耳。"蕊"字从心,谓人生贪嗔爱欲,种种病根,以药治不如以心治也。至五十八回遣散时,宝官玉官龄官皆未进园,谓所存者形骸而已。性灵既去,虽生犹死。

《石头记》于声光化电之学无不知。黛玉病卧,觉园中无声不有,声学也。秦可卿为镜光,名其弟为钟以证之。史湘云为水光,恐名之不察于众,又署其号以枕霞水阁,光学也。英莲一名,而女伶中藕官为根,茄官为茎,(《尔雅》:荷芙蕖,其茎茄)葵官为叶,蕊官为蕊,芳官为花,荳官为实,艾官为残,化学也。潇湘梦怡红剖心,宝玉即嚷心痛,电学也。此外证多,皆列分评,兹特举一而已。

《石头记》善造名词。太虚幻境、通灵警幻、国贼、禄蠹、意淫、槛外人等,及其他园名,院宇名,寺庙名,人名,皆精心结撰而出。近世名学家,未或能过。

《石头记》又精于佛理,最妙是有如三宝通节问答;语语着实,语语凌空。此外随处停流,四面映射,不胜偻指。

《石头记》是大文学家,古今殆无可比。夫六经之文朴,周秦之文遒,两汉之文拙,魏晋之文衍,唐宋以下之文冗。而评者或曰,直是左国,直是庄列,直是史汉,意以崇之。起作者当曰:尔何曾比予于是?梦雨平情之论,庄列左马,偶一片段,有其综密散宕、起落穿插之妙,不能具体也,况一百二十回数十万言作一篇,岂么么余子所能梦到。

按:梦雨楼,作者所自署楼名也。此为总评。其分评觅稿未得。前闻史君采崖处有存稿,未知是全豹否。编者识。

论　类

言论岂以危民国乎

用瑶天号，刊元年五月十一日《太平洋报》

舆论者民意之表现，报社者舆论之权衡。然则征民意之的，非报社言论是属而谁之属？夫此主社论者，非由一方选举而来，何自而得民意？亦惟是富经验、具常识、公一心于天下。时其缓急，体其休戚，慎筹而代出之。故发言之时，对于注的，必就影响所及，受此益者若何，负其损者若何，权焉而致万全。如孝子诊衰亲之病而求方药，如谊士救死友之狱而搜辨证，又何肯存私臆？逞客气，自快于一时。夫赤子不能言，而啼哭表之。善为母者且不俟啼哭，无一息之不合。社论之表民意亦如是焉。

故夫负此责任，而处政府与民意最相格拒之时，遂有无可转旋，终出于武装导民之举动，非轻为此也。书生笔舌，何足以抗暴朝？一旦为制挺未能之国民下战书，岂有全理？记者昔于《苏报》主记，尝与同志互相谓曰：无可让避矣！瓦全宁玉碎耳！虽然，记者始固未尝无望于满政府，冀以国病民困警其私心，渐置国体政治于改进之地步。既必不能，则不能不用种族之说，振起吾民心力矣。然记者以言被祸，一蹶鲜振，未能从事于绞脑沥血诸君子之后，每用自叹。今必

129

不以追述曩事为自暴计,缕缕之忱,转愿同社暨各社同志,就一得之说而互酌焉。

今者艰难草创,民国初立。外患日虞,内忧未悉,而其伏积皆由前清,非今当事者所肇也。睹此担荷伶仃,当若何用其顾惜矜扶之念,此实国民正当公意,主社说者宜体而存之,决未可以前此上下搏战、指发张拳之状态,异响而壹趋也。夫弊积已重,反之不遽宁。习染已深,涤之不遽净。就鉴察所得而贡赠之,观听所到而纠正之,谁曰可缓。贡赠纠正之鲜闻,逆亿文致之发起,岂所望乎?甚且综诸往遂,布为罪状。使言而是,受者已几处不能自全之地,而言者为不诚视成。言而非,言者亦几处不能自全之地,而受者转失响听舆论之心。且夫生今之世,一人之作为,一人之能力所在也。就事为贡赠纠正,所以助其作为。逆亿文致揭橥而评定之,所以凭其能力,或且致其作为益出于不当,皆足危所事以忧吾民,岂小故哉?此非记者以前者所历之故,而抑沮谠直,消减忧危,为此说以弱我言论界也。且亦非第以时势绝异,今昔不同所适也。困衡以尽物性,砥厉以纯机力,期以交益,底于相孚,与凡同志共勉之耳。

而或者曰,所揭橥而评定者,固皆民党也,吾姑不执民意宜由现象时缓急体休戚筹而出之之说,以重其导师之责任。第试问此民意果为确定与否?对于重要人物,朝举而善之,夕举而恶之,此得为民意而表之乎?对于重大事件,内度而是之,外授而非之,此得为民党而表之乎?家有佣役,始事未善,不指示之,奚以应合?不求应合而漫斥焉,其结果止于毁弃僮约耳,非以益家政也,嗟乎!况其大此者乎?

恤 满 略 言

今国中兵争未弭,商工农矿未能振兴,人民辛苦奠隙,十居八九。吾乃独以异族失所,及此后之消灭,廑廑于怀,不几厚所薄而薄所厚乎?吾不自辩,独愿所言者行,则所未言者悉无虑矣。

合五族以建民国,表于中外矣。而蒙以独立闻,满以宗社党闻。

联合之难,吾辈早以心理决知,不待此也。虽然,广狭无执义,损益不偏受,以吾汉族,足以独雄。兼含并倚,非为自利。一以夙同国域,一以互赞共和,用是决民族之界水,疏同化之宏流。既迥别专制历史,辟拓版图之意,亦与英伦普鲁士必藉联合者有异。至于事实损益,属彼我之轻重,可共见也。乃不谓不谅于彼族,转思自别,夫四万余万之众,徒以受轭满清,外交承认,尚曰不易,况此数族? 别于我则属于人,更何疑义? 不为共和之新民,抱券籍而易主,岂不异哉!

虽然,蒙藏回非所难也。有其土,有其民,合我其利,别我其害。自为之,自任之,我无拒其来,以大保小之职尽矣。蒙曰独立,缺公德者恐失私有,忘远虑者幸致近功,少数自利及被诱之言耳。大局易见,智者战胜,终已翻然。回虽错居边内,而屯聚有常所,生业各占。且故土聚族,非无可归。独满人者,有居止而非其壤地,有人民而不能自衣食,筹之者曰任散处各省,曰聚之一方,吾尝将二说权之。

为散处之说者曰:彼驻京与各省,二百数十年矣,未尝思有所归也。性习既无甚殊异,则合之。合之所以益之,岂必为谋聚族哉! 且号称数百万,任农工商者鲜,专处之,无以相生,仍有所杂居,无异于不聚,而事实益多窒掫。此其言诚然,而吾愿未以为可。

(一) 散处则不成一民族 (近日北京筹备处法制股,因满人争选举,有汉满不分之议,此与五族之说不符矣!)

(二) 散处则无增长之团力,而有倚恃之傲心。汉人虽同视之,必难望其自振,且可决其彼我之见,不能化除。

(三) 政法虽平等,以少数间于多数,程度又或不及,必日即于凌夷,而终至于淘汰。

夫以满清据我土奴我民之前事,其种族致此,我何恤焉? 愿满政府之待我,我所痛恨也。各国之待我华侨,亦我所痛恨也。以我所痛恨,或使人转而恨我,可虑也。中国前此之待苗番,我所深非也。(此亦民国所宜急筹)英之待印度,美之待红夷,法之待安南,亦我所深非也。以我所深非,或使人转而非我,可愧也。然则聚之何地? 奉天不可,北京不可,择各驻防省会之一不可。似热河较宜耳,然亦不必执也。地足以容其居,田足以容其耕,土广而人稀,无迁主让客之劳,保护足以及。无他族逼处之虑,合斯四者可矣。或者曰:有其地矣,草创之始,能悉人给费耶?噫!此非彼族所当自谋乎?富者出其资,智者出其虑。有土有民,彼独无筹公益者起乎?皇室岁金四百万,不能自减所奉供之乎?苟自创之,而不紊于秩序,我汉族独无视同灾赈,解囊以助者乎?以吾计之,我公家殆可无问。近闻鄂督恤荆旗,叛则讨之,服则怀之,诚盛举矣!虽然,能暂拯不能久济也。彼误于其酋,而致于不能农工商。我灿烂光华之民国,亦无以筹之乎?夫升允之抗,曰尊君效忠,非族界也,汉人亦间有之。即宗社党,亦王党也,各国政革时多有此,大要亲贵主之。然满人主之,非尽满人为之也。锢见逞私,图损害民国共和,吾以公诚之心,正大之力当之,虑不摧乎?硁硁之见,独愿当事者及吾国人,以人道为重,尽求全之能事。据无上之高点,将见五洲万国,同我宏化,五族云乎哉!

论女子参政权

或谓蜕存曰:吾与子相识以来,闻持女权之说屡矣。今女子参政权沸腾人口,驳辩迭见于社刊,子无一言赞助,何也?岂前者以为必无事实而姑言之耶?蜕存曰:噫!是何言!夫事实有无,注意者识力足否之验见也。昔者沉沉,吾虽意扬之,而不为勉强之赞助,况今奔走呼倡者,已有建瓴迎刃之势,吾转攘臂于其间,是昔之过为旁袖,今之过为轻视,吾两无之,妄自诬耶?且吾昔持女权之说,义极简单,曰原人以力胜,女魄弱故失,故五洲同失。曰横霸之世失,文治之世复。曰无徒以兴女学为男子改良内助,无权有学,学无补。曰无待欧美,彼男子逆取而能顺守,非若吾国各事隳废,夺诸弱而献于强。且彼其取之,为失者留地,非似吾竭取,曰有学用而后有学人,勿虑程度。曰脑质轻于男子,譬锡之于铁。凡此数义,今不待智者始知。陈女士唤兴、张女士汉英,驳张纫兰及民立记者书中,已宏括靡遗,且精义更辟,吾所未及甚多,吾更奚言?

虽然,今子有问,则吾欲为吾男子进一言。各界之争,多由判别男女二界,则至结合,且至密切。欲为赞助,请自家庭始。弱者振之,愚者启之。无妨贤,无害能,勿苦以难而丧其用,勿导以非而隳其志。

家政共之,勿谓惟议酒食。家权平之,勿谓牝晨煽处。一门之中,妇与夫同,女与子同,则参政权之普通预备立矣。

吾更有言,民国此后智识女子,生育必有度也,妊期必减短也,体魄必渐强也。(三者皆资生理医理研求,而必在得参政权后)而缝纫爨炊洒扫之家事,及相夫事长育幼驭下诸端,非但不以得权而弛,必且日进于精简美善而无疑。谓予言过,请观其后。

女子参政之裨益

或调瑶天,子尝曰:人壹女性,世乃太平。今女子参政,尼者谓性不适。然则谓所以适,恐将壹于彼不壹于此矣。世其乱乎? 子又曰参政是也,何说?

瑶天曰:世以教治,以政乱。女性教,得参政,政将壹于教,奚不治? 适之云者,淑政以适性,非贼性以适政也。夫治天下,安有所谓政哉! 教不善,诿曰不率,则政之,烈山泽殴龙蛇之亚也。仁者忍,智者谲,至人怒焉。孔氏曰道齐,道齐皆教也。易德礼以政刑,譬治丝而棼,而曰乱者当斩耳。郁郁万古,乃今有女子参政说,治之萌也。

故夫女性之优美,当亟扬之。具者自保,异者自致。持此并进,性壹世壹。彼溯往衡今,则春风澹荡,犹炽薪炭,终必汗颜耳。倘转自削斫,渐移习秉,橘叹逾淮,雀嗟入水,悉尼之者过也。

瑶天,美女性至此,为确辨乎? 能公许乎? 曰:女性教吾国知之,以行于家。欧美知之,以行于学校。效著已久,吾惟曰法宜于教而已。子不谓然,则述先哲,罗史故。十吏不及书,子自检之可矣。夫忧世深,负任重者,皆能渐自致于女性。寡不敌众,怫而乱之,狃于暴胜,积非成是。嗟乎! 瓦釜击而钟吕伏,冀今渐寂。将播雅音,《关雎》师挚,伫俟纯绎,而犹曰和我则入,吾唤奈何。

然则女子遂无不善乎? 诼谇繁声,睢盱含态,胡珠咳琼睞者不免耶? 曰吾所言性,子所言习,西子蒙不洁,能谓不美乎? 且子所举,皆美质处刚制下所必致也。幽兰风雨,叶折花欹,吾独媚焉,子勿谓言之过也。设此世界,有男无女,斗杀相寻,视今何如? 再此世界,女皆如男,阋墙脱辐,视今何如? 反是以思,彼壹于此,善哉善哉! 同以剂其初,洽以化其深,昔也功域于闺阃,洎于晼党而已。民国始建,施及政治,甘露九垓,和风万里,同我太平,携欧揖美。

　　记者此论脱稿后,于《民立报》见译论(题为《论女子参政权》译《大陆报》十九日社论)而译者附案谓(某报言民立译《女子参政权论》),以注激吾国近事。然如……等词,实与吾女界情形,不相针对。从而言其不相针对之理,一若记者译此论,未能达固有之目的者)民立前译用意,(即英医埃氏论)本易共见。记者故曰注激而不曰反对,即民立此次译论,供赞助之材料者,亦可谓为注激也。至题为《驳〈民立报·女子参政权译论〉》者,记者就《民立报》见此译文耳。所谓"不相针对",对于阅者言,非对于译者言。还质民立,当亦释然。瑶天附志。

驳《民立报·女子参政权译论》

埃尔穆来脱《女子参政权论》,译登廿二廿三日《民立报》。埃氏就英国此案立说,民立译以注激吾国女界近事。然如所谓"英国女子多于男子五十万,本应遄赴海外,惠我好逑,乃公然谋参政,抑亦诞矣""上帝所定条约,男女不得互以武力相争""彼妇女以强有力相要挟,已非一日。饮恨之心,深入其中""试问此求选举之未嫁女子,俨然坐议廷之上,共筹改正离婚、私育诸法律,其能有良美之结果乎"等语,皆于吾国情事不相针对。盖吾国争参政权之女子,固非求嫁不得者,亦无所谓饮恨无所谓要挟,亦未有武力从事干犯上帝条约之举动。至离婚私育诸法律,则正以女子不得参政,故偏重而不能得良美之结果。即其分摘三等女子,亦绝不相侔。(一)中国女子未遽以武力为争政进行之方法;(二)中国虽男女极不平等,然发起诸人,决非因身受苦恼而始然,亦未必遂有归罪男子之心;(三)宗旨在变斯世为男女共主之社会。是矣,然决不能谓为天性汩没。盖吾国值专制革命之初,女子具此思想,为此要求,实其天性未汩没之证。为此之故,不佞对于其所指摘事实之诽诋,虽悉不谓然,姑不详辨,而首举理论不惬者相折焉。

　　埃氏谓"女子易受外感举动无定喜怒无节制",此就普通论,或女子居较多数耳。至发起此议,赞和其成,或组织法政女学,以推广通过议案后之造就,或构成党社报志,以扶掖一般女子之意志,而矫正其浅见俗习。始基之立,不为薄弱。凡此皆女子所为也。吾敢断言之曰:是必非徒受外感,举动无定喜怒无节制者所能。谓必效著而后力实,此原始要终之急责,举今男子所经营缔造不能任,且吾国男子,如埃氏所摘女子缺点,几辈得免。同一男子,或免或不免,其故在教育可知。吾方谓此后生理、医理大发明家,必有就女子现时与男子异点,如力弱体纤及妊育月信等,为之增长而消减。(此异点亦非遂不足与男子处于同等地位。不过女子为自省困累计,必当有以筹之耳)不图埃氏乃藉所学以助反对之众口而为之敌。夫医士就人身天然者充之,谓之发明家。埃氏徒执现社会之经验,仍不平之固论非缺点而谓之缺点,囿于俗而学亦恐因以囿矣。

　　埃氏又谓"男女共主之社会万不可行",而引牲畜牝牡相凌犯于同操作时为之证。此强弱之界说,而非男女界说也。埃氏谓"当世知医者不肯与女医士操刀共割",吾为互其词曰:试问知医之女医士,其肯与不精于医之莽男子、操刀共割乎?与埃说无以异也。故女子得权后,处于从者地位与否,(必处于从者地位亦埃氏语)视其能力何如。或竟能使男子处于从者地位,亦未可知。埃氏所摘女子缺点,既未足为定论,则此节悉武断也。至谓"女子不能慎言谦抑安能成大事,凡与人共同为事者,皆当受箴,岂独女子?"又埃氏言外,似涵有女子当以慎言谦抑求得此政权之意。不知女子既能争之,终能得之。既能得之,终能为之,抑之久则发之暴。英女子之用武力,无亦以屡争不得。埃氏今始以"实行仇视男子之心曾何和平之可望"为虑,岂不晚乎?

　　埃氏又就女子争议目中,摘出男女薪资一律,及夫妇同等两事,而分驳之。其言曰"男子天赋就使不上于女子,而其体力必非女子所能几及。急不及待之际,能出其余力以应一时之需,价值遂高"。析劳心劳力之用,政权以劳心为重,要无待辨矣。即专就政治一方面之武事言,或埃氏意主于工商佣雇,亦未为确论也。吾国革命事起,女子军即随而发见。虽少建立,以教练无素耳。然比之新募男军,无多让也。且黄裔历史,如木兰代父,赵娥刺雠,怀清富于蜀,若兰织其诗。今且吴妇能农,闽赣妇能为舆夫。凡男子所为,皆有女子为之。不与同等权利尚如是,况其充达,岂居少数? 至婚姻之故,埃氏则谓"我有所与必有所取。苟事事同等,我宁不娶",此言姑无论其是非,就而辟之,当使男女达于"才智相同财权同"乎? 抑当终使女子以"财政位置下降"之故,比夫妇于主佣乎? 度埃氏不能主后说也。有参政之权而同之易乎? 抑终遏其参政之权而同之易乎? 度埃氏亦不能主后说也。且今女子,即据议席,司政法,其于社会事业,必不遂以女子所不能,强男子能者让之。其于家庭,亦必不遂以女子所能,强男子不能者代之。相养以成,相扶以进,凡百皆然,何独于女子参政一事,深闭固拒,鳃鳃之虑,甚且谓"名为辅助男子,实足牵制男子"毋乃过乎? 男子以牵制为虑,因乃牵制其所争。事失其平,终必无效,非贤智事也。

统观埃氏全论,于吾国男尊女卑之陋说,无不吻合。其所指为人道默认之公法,殆亦此耳。不然,胡乃"掌捆巡警"不责以普通之法律,而曰"有干文明世界之条例"也,"世界之武权至闺阃而尽泯"是矣。胡不曰:世界人民足为吾敬爱者居其半,而曰"待保傅者居其半"耶? 为其弱而自任保护,胡又利其终弱。虑一旦"太阿倒持"耶? 以政权为太阿,曾亦思此利器,果女子持之为倒,男子持之非倒耶? 人类之公物,但据一方面,可为立言之准乎? 埃氏又谓"报酬相同仅能出于男子之义让而不根于女子之才力",此在扶植幼稚时代,诚不可无此心。然埃氏又何为而尽力掊之,将使承认而后为义让耶? 此必不可得之数矣。

本记者莅席之宣言
在《民主报》

维古三立之义,言次于德而尚于功,顾不重哉! 况日报文字,一纽万手,瞬发息驰。举凡德业事功,虽人自为之,我皆与有裁辅之责焉。记者忝厕本社编辑员之列,首自念职所宜尽,皇皇惟恐勿胜。夫民主者,以民为主观也。民政之平,民交之尊,民卫之周,民隐之宣,民生之裕,民德之进,孰非吾人审思明议所宜及,而内维才学识力,无以尚乎凡夫。勤勤自勉冀,达万一而已。莅席之始,为此书以自规范,冀览者勖正焉。

政府新立,举措多所掣碍,回旋鲜有余地。四方想望盛治,未即惬意,况居言论界,宁忍心非而口不道。顾必确知为非,必确知更有是者可为,而正论以祛之,详言以导之。上者先事,次者当几,苟非褊愚,奚至延诟?夫息灯而烛代之,谁怨谁怒。第曰光照不普,彼无所得烛者不能暗坐也。今当事一不惬于舆论,翩然思去,毋亦实有百思不得其计者,岂尽悻悻执意见,以为要挟乎?此对于政府,宜密切周确,而未可以不慎之谠言相迫也。

世界国际问题,日臻平和。而我国蹉误已久,未易即得平等之待遇。夫政府之外交在事实,国民之外交在感情。相期孚浃,奚待先施。稔前此之失,责言勿徒加于人。求后此之得,理论必先足于己。勿轻用逆亿,勿好为诈虞。夫警同胞以外患,救标也。恢吾人之心量,端本也。往者内乱外衅,保护难周。此次改革,用兵几遍全部,不闻波及外人。虽掌握戎政者之注意,而亦民智辟拓之征见也。当更推布,以进大同。此对于国外,宜有精识宏度,而勿动存畛域也。

满蒙回藏,既皆联合,当使感情日增,以副名实。夫流言公旦,兄弟不免。彼少数持己见,不遽同意共和者,固笔伐之所当及。然风闻臆断,而曰某某奴也,某某奸也,非但中有诬屈,或且快宵人利用之心,而使收渔翁之利矣。至为其全部之安危、存亡、旁筹、远虑,当同汉族,勿分彼我。此对于同国而称异族者所宜慎,而雠视反抗者之行为,勿以概其全体,漫加訾斥也。

同在报界,尤宜共进行之向,笃同济之情。虽攻错资于辨析,而学论政见之异点,不惮十反可也。倘执党私,或负意气,汹汹相尚,是各以所职为御侮之具,必致两失真理,流而忘反。任机开发达之说,日盈吾耳,记者百不谓然也。此对于同业所宜慎,而凡就党社抨击异同者视此矣。

至于国民,品性虽同,习惯各偏。若执愤世嫉恶之成见,快于用

137

吾人之嬉笑怒骂,何施而不可。然记者必不肯为者,固曰言之未易切中也。即切中矣,非所以为益也。积因之深,受病之众,大地砖砖,实进于道德。非斧钻能驱,岂笔舌所及。秦医曰:膏之下,肓之上,病不可为。夫病岂有不可为者哉? 医名和缓,其治法也。晋平酒女戕渔之躯,不及待耳。今吾国民不及待之虑,首在生计。德智者,国民之舟楫。今方陷于涸辙,何从理之。记者以为进言之要,在使得水。水者何? 生计也。或曰:非无富者,德智鲜闻,记者意在普通生计足,则普通德智进。富者之仁不仁,视普通程度何如。非欧美富者皆能为公益,中国富者皆性适于暴殄也。且商工农矿之盛,富者皆致以勤敏,非致以卑琐劣下。及暴虐贪诈,前后异矣。今论者或为政府破产之危言。实则国民不破产,政府不至破产也。外债之见许于四国,非以有国民乎? 国民捐内债不兑换券之踟议,非以有国民乎? 然以吾国民之众,而政府有此杌楻,则知国民将达于破产之域矣。危莫危于是,记者所注意亦莫切于是。

记者本此意以莅斯席,而调查报告,所以副编辑部对于事实之观察思议者,尤有望于通信员。至举记者昔在言论界之旧事,谓其风发雷动之今不如昔,揣为际困历险之消磨,皆非记者所计,而亦不愿读者以此属望记者也。

议员负旷古未有之重任

三月初吉,各省所举国会议员,联翩启行。民心歆歆,罄从来蕴结期望。无可自为者,一托诸君。噫! 此吾国旷古未有之盛举,诸君所负,亦吾国旷古未有之重任。记者亦歆歆中之一民,敬以意所蕴结期望者贡之诸君。顾诸君所受四万万民之公意,一民所陈,奚及尽览? 亦视其所言足与多数表同与否而已。记者本十年之体验,不敢谓悉得其意。而民所共习,与习焉而百不一安之隐,靡不察焉! 民所共欲,与欲焉而万无一遂之故,靡不究焉。思钝偶通,愚虑间得。言者似赘,闻者岂有损乎?

贪也,诈也,骄也,懦也,揽吾人类,谁能免此? 而或以此得,或以此失,岂道德诚无足恃,所以用之者异矣。夫进取近贪,运用近诈,自信近骄,知难近懦,善为者国且以强。慨自卫力薄而愈蹈于凶德,吾国民之困此久矣。五极之酬,非今伊始。观国者曰吾民缺公共心,此未易辩。然吾敢一言断之曰：五洲之民,易而处此。善者如吾,其不善者或更缺也,此非优之谓也。吾亦有所以维持者在,特慨乎维持之制,当以时进。而暴君伧师之迭作,一暴而十寒之,仅余几何,不绝如缕耳。发挥而光大之,使吾民充其知能,去夏畦赧赧之色,快哉。此民意所最急也,而或曰此属教育一部事。嗟乎！国何为而有政法? 非教育之为而何为乎? 自以政法为治术,而转曰济教之穷。民日纳于罟获陷阱,彼纳之者且执方策而盱食,稽经史而宏著,诩诩然以君师自命,而不自愧其暴且伧也。国会议员,君师之责也,愿毋忘者一也。

　　衣食家室爱敬之求适,贫弱颠沛罪戾诋毁之求免,民所有性也,非恶德也。民所有力也,非妄想也。胡以求适者未适、求免者难免乎? 处高者抑卑,有众者遏寡。性力诡用一赢万绌,横览滔滔,尚忍言乎? 制诡用者之求赢不已。毋使过其性,逾其力,岂谓损之哉! 用于私者限,则用于公者扩。处高有众者,皆知吾当有所代,更何遏抑之有? 此毋诡用以逞遏抑,彼毋诡用以避遏抑。性力两平,则性力互助。效果之极,岂第人人适与免而已耶? 巴黎大革命,胡为而王裔贵族僧侣,求贫贱而不得? 吾国专欲在一君。凡在臣庶,贵贱无常。虽然乱离之世,孰非贫贱操刀富贵被割乎? 毋谓常谈而忽之。宪法所以必有,国所以非此不能内宁而求强,岂不以此哉! 苟失此意,附名失实,何异狙公。体吾民之意所苦乐,与察吾民之意所善恶,无轻重也。诚求必得,勿奄奄于救标务末,而曰不中不远,愿无忘者二也。

　　今或曰兵警之干涉,曰宪法委员会之剥夺,议者什九,而吾于诸君,则愿其忘之也。人必有所忘,而后能有所不忘。既以民意为不可忘矣,而复以此无理由之干涉,不应成立之委员会,芥蒂于胸中。一前一却,势所必至,且非特此也。愿诸君之相忘者,尚有要于此请更言之。

　　忘所身处一也。诸君皆病家,然未必病之至而病之尽也。且今以国手为医家矣,诸君得勿曰吾医人非自医乎? 夫医者而有医人非自医之心,庸医也。黄帝尝毒,不忍使一草之用,有所偏损。越人洞视垣一方,不忍使万类之殊,有所独厄,故就吾病以察人病。视人病如己病,移用于代表民意,可谓恕矣。而彼其视之,直未能忘所身处也,此忘所身处之难也。

忘所意重二也。国困于行政之无法,二千年矣。立法部之重,无论为公理。吾且甚于五洲,岂待言哉!虽然,代表民意者,立法以防行政之妨民其一,而防所立法之妨民又其一也。诸君责任,岂第曰俾行政无妨吾立法权已耶?今或稍稍视国会仅为立法部矣。诸君而第以保存此权为重,或转忽保存此权之谓何?法必有未当者矣!此忘所意重之难也。

忘所情狗三也。此类最繁,久远之规,求协于累黍。重要之典,勿爽于毫丝。狗所学而锢,狗所曾言议而怙,狗所习惯而执,狗所等夷而偏,其大者也。事待决于俄顷,理待断于方寸,而或为畏惧、忿嚏、好乐、傲惰、亲爱、贱恶辟焉,其显者也。由此自核,心必虚,德必诚,识必定,虑必详。隐微纤悉,无可忽也,此忘所情狗之难也。

诸君负如此之重任以行,诸君所在,四万万国民心所在也,四万万国民力所注也,何干涉之能及?何剥夺之能施?至巍大之宪法,至适当之政府,至黾勉之民气,至富盛之国势,皆诸君直接间接所有事也。谓诸君所负,为旷古未有之重任,谁曰不然。

序 跋 类

先淑人遗墨谨识

先淑人所遗诗稿,不幸散失,未及付梓,深以为恨。尚有日记十余册,现存伯兄处。数年来到处搜取书画,冀存先泽,而渺不可得。亲党间有藏者,亦不肯相畀。箧笥所珍,不过账目函札,又皆残败,无可装整。今岁罢官闲居,谨加检择,仅得道光己酉年所临钟太傅帖二十九纸,时随外家住宜兴,先淑人方二十岁阅时四十年,而纸张完好,墨色如新,岂非慈灵呵护,俾示来许耶? 亟加装裱,并志数语,岁在强圉作噩。十二月初旬五日。男范谨识。

再修大成祀谱序

文君曰:吾一百八十九家之有此大成祀也。始于仁朝之季,读书入黉舍登仕籍者,皆谱系之。今为第二次增修,子其为我叙焉。蜕盦曰:诺,祀而能久,久而能修,所乐闻也。且孔子之教,时王遵之。二千年来,责臣以忠,责子以孝,责弟以弟,责民以顺,而自励于仁义。世以此别升沉,治以此辨盛衰,人以此系荣辱,岂不大哉! 近者科举废,暗见之士,以为教衰,是犹戴盆泛渚,谓吾向所利于覆载者今失之,而不知其量之靡所不包,今且日昌而未有已也。吾愿后起,笃思明辨,勿以一身所履蹈隘其量。嗟乎!虑吾学无以充教耳,而虑教囿吾学耶?朝意衡时推进。范围士习,必使有余。近者大祀配天,似吾人所以服教。惟典礼是视,子不云乎?礼云礼云,玉帛云乎哉!莘莘来彦,不究其极,而踬科第之见,是知戴盆泛渚者之陋,易一盆而戴之,异一渚而泛之也,则增修之意负矣。祀故有田四顷,列谱千数百人。凡数十姓,岁一会于圣庙,衣冠而祭。初入学有奖,赴官有助,基之勿坏,舍所由立。欧美且有尊孔堂之设,岂将学为制义,如吾前此用取科第者耶?诵其诗,读其书,论其世,学有待乎神明,道有藉乎衡絜,理有赖乎擘画,言有取乎研玩。知学堂未异于科第,体上意而造人材,则宜以奖科第者奖学堂,增修之是也。知学堂有进于科第,体圣教而扩知能,则勿以处科第者处学堂,增修之更是也。祀创于渌江书院肄业士,初谱初修皆有叙,蜕盦未之见。悉文君所述,文君名□□,民政部□□□□,盖一百八十九家之一云。宣统三年岁次辛亥五月,蜕盦陈蜚敬叙。

　　此篇以海冰谆嘱而为,固不足言文,亦自有其意。虽不旋踵而稿还,自证知解,无可更动。闻有某君亟赏之,聊以自乐云耳。闰六月朔日自志。

《半野一黍》序

　　吾友林君圣藩,年十六,以前清同治癸酉举于乡。越十年,乃赴会试。于国学靡所不究,既以庚寅中部试,复迟至甲午补殿,于台湾、新嘉坡,周历详审。盖其志在用世济时,不亟亟于一身显达也。予识君于上海,在十年前,则君以即用令河南被议南归矣。君以所著《半野丛稿》见示,纵横排奡之笔,精密邃挚之思,渊懿朴茂之胎息,时贤中不多觏。就文观之,已知实中发外,可以由言稔行,况更揽袖结裾,历更寒暑,自信知君,非同肤浅。别来六载,予犹存此患难余生,重来海上,而君已先一年奄化矣。嗟乎!事之可悲,孰甚于此。从其公子更索丛稿读之,一读一怆然,知君亦益以深。其集中如《普天丁输议》,及《治叩书》,皆若预见今日内政外交之所宜急,而当时则决知不能实行,姑存此说,以待来者耳。兹先择其中宜为今所借鉴,选抄若干首,每首附以鄙说,并叙君生平鉴略,弁之于前,名以《半野一黍》。至予对于君之私谊,若以浚配之责,冀无负我故人,则丛集中可传之作,不止十倍于此也。姑待诸后,倘见寸鳞。片羽者,有同好共擎之雅,尤所望焉。君字矞屏,旅沪时复字殁客云。中华民国纪元四月日。蜕庵序。

《塞上雪鸿集》序

嗟乎! 士既不与时会遣其年力于事功,则遣之非文辞何以哉? 杜少陵读万卷书,行万里路,初非为诗也,时有未可得自由以发泄襟抱。闻物惟言,言且不能直致,则为文言,为韵言,为寓言,而必非无所益于世。而世或委怀而读之,刻意而摹之,是直以诗为艺。以诗为艺,而言行无不可艺矣。嗟乎! 自世以言行为艺,事功中尚有性情哉? 夫欧西艺胜,人竞道之。顾吾略读民约、天演、群学、名学之译递,无不与吾作诗之意合,无不与吾读诗之旨合,而学者且推为万艺之宗。然则诗曷可轻哉? 沈君太侔,诗人也。少年诗于情,而其才其志其学以诗遣。中年诗于游,而其才其志其学又以诗遣。夫使太侔之学、之志、之才壹遣于诗,时为之,非情与游为之也。而仅曰诗人,若忘其学与志与才,是犹不免以诗为艺也,顾不幸而世以诗为艺。太侔乃独以诗遣,亦幸而世以诗为艺,太侔犹得以诗遣耳。予伏居二十年,始未闻太侔名。顷来京,闻其名矣,见其诗矣。又越一月,而得友其人,窃自幸不为宋纤也。太侔重听,见则以笔谈。五日两谈,谈必逾时。今将南归,太侔复示以《塞上雪痕集》。予检太侔诗近二百首,而和者将十倍,太侔一一存之。太侔平生重友朋可见矣。集中《鼠疫》《避火》两篇,予读之心恻恻欲涕。嗟乎! 太侔真诗人哉!

《碧庐吟草》跋

《碧庐吟草》,渌江袁君诗也。前此二年,予养疴长沙,君介张君□□以抄稿见示,且索题序。予题以诗,序以文,并和其《洙长汽车路作始及开行之作》,然未与君晤,而相晤乃在越年二月君还里。时盖

143

予以访友至渌江,君总长洙路局,以假归,亦匆匆未及再接,仅王君
□□席间同坐耳。其秋予复至长沙,寓旅馆,与君时相见。以寓中多
君同邑,君数至也。时鄂湘军相继起,予以十月望赴鄂,民国纪元第
三日矣。时湘事渐定,鄂警再厉,知交多尼予行。予以留湘久,欲一
观洞庭湖外风云,自此遂与君别。七月七日,乃复晤君北都,中间二
十旬矣。君曰子昔序吾诗,今诗失欲更录后作为《碧庐吟草》,子所序
能忆否? 予笑谢。君索予再序,并示《都门杂咏》,及《游颐和园》《万
牲园近诗》凡二十余首。未睹全抄,亦已足豪。君寓京仅匝月,游揽
吟啸,遂成一集。有风华抑扬之致,予虽不能忆君旧作,然似更进。
损君再至,敢辞不敏,幸勿以草草见责。国民纪元秋孟旬有三日跋

书柳亚子《磨剑室诗稿》后

杜陵才调,玉溪情怀。时而眼星气电,忽然花润水柔,无以喻之,
为诵释氏言曰:如来三十二相,即是非相。

庆　贺　类

文代耕六旬双寿征诗启 代

伏以花称寿客,杯澄菊水之泉。萸佩家人,帨设桑弧之右。世传令德,瑞霭方新。邑有斯人,清风宜颂。我醴陵文代耕先生,早放孝廉之船,曾揖将军之幕。夺万人于疫籍,二竖避和;旋旗鼓于榆关,一军恃范。况复家居不隐,杜密曾笑寒蝉。记当邑有流亡,冯妇不辞搏虎。热诚夙具,见义勇为;沟壑荷全,里乘待志。然则贤者今宰城邑,庭悬武昌之鱼。大德必有寿名,人愿荆州之识,可预券也,岂不懿欤!凡我同人,忝称乡党。或接襟裾于早岁,或承杖履于高年。抚臆扶髯,庆老友慰亲苦节;捧觞晋斝,奉先生式我邦人。用是赞以长言,奚啻陈之太史。悠悠渌水,流泽孔长;鹤鹤飞岑,声闻自远。固文以人传,亦诗不逮熄已。敬为此启,以稔同心。

醴陵县学训导何公六秩寿序

世称学官为司铎。仪封人曰:天将以夫子为木铎。噫!岂不重哉!粤稽上古,教以端本。以政齐末,咨尹命牧,皆以教民。自是洎降,迄于晚近,治之之心日盛,教之之心日弛。官以教职者,学官而已,而又教士不教民。士以外,桁杨威之,胥隶驱之,古驭蛮夷不若

145

也。民德之衰,岂不由此?况复并学官而轻视之。用之如束置,则就之如投闲。汉宣帝曰:与我共治天下者,惟良二千石乎?上之所重在此。士思效用,孰肯置及身之事功,而远计树人之利乎?今者弊积思反,风尚维新,而发振之始,秩序未宁。学官之称职者盖鲜,盖亦益难矣!

虽然,非遂无人也。始冀以世所重,行其心所知。终以心所知,甘就世所轻。观其貌恂恂也,听其言呐呐也。学不泥而意确,功不显而化行。若此者,我醴陵县学训导何公,足以当之矣。公籍郴州桂阳县。县在群山中,南迤五岭,北带三湘,东接江右,盖三省山川脉络团结处也。峰岭奇兀,林壑蜿蜒。钟毓既厚,英哲代生。公以诗礼世族,徇齐幼秉。光绪十一年,岁在乙酉,起家拔萃,朝考二等。以教职注籍,越十五年铨授今缺。前此历权长沙宁乡湘阴训导,衡州教授,新田安乡教谕,莫不士民交颂。来暮去思,临莅此邦,迄今逾纪。值学界新旧乘除之际,公维持劝导,众望允孚。□□里居时,过从无间。相知已深,游宦十年。遂听远怀,尤叹令闻广誉,有加无已。夫久交之敬,难于恒情,况具瞻济济,十余年无间言,非有道之士奚以能?盖居是官者得为之事无勿为,居是官者相沿之习无勿去矣。至其增修圣庙门庑,则对越之敬也。整饬节孝祠,则阐扬之志也。邑有荒赈,捐劝并用,则博济之念也。使公得所藉手,建树岂止此哉!

按公再晬失母,抚于继祖母欧阳太宜人。始就外傅时,家被兵燹,伏匿仅免庇积荡然。而贫不废学,至十八岁入邑庠,二十一以陪拔饩廪。及门日盛,始藉馆谷以丰仰事,然以为显扬不在此也。法人扰闽,投袂而起。法已就抚,留赞防军者数月,以无补时局归。就岳麓肄业,三年而名成。乙酉之拔,年甫逾壮。而重闱恩义,堂构辛勤,已不及报。公后道之,每用霣涕。当公以教职注选时,或劝就直州判,盖例得并用,听人自愿也。公以直州判分省差委,不能复赴乡试,犹是追念先志,未肯碌碌耳。贞志励学,自幼及壮,卓卓如此。今之所处,岂足尽公虽然。信其心所知,甘就世所轻,公之遇则困矣。就世之所轻,终为世所重,公之志则达矣。显扬在此,岂高爵厚禄,不举所职者,可同语耶?

今岁三月吉日,为公悬弧周甲之庆。□□远宦滇南,不克亲进觞
斝乡人之敬。翁词同意,属以撰记。自维谫陋,不足导扬休美。然既
知公一二,管蠡之测,未敢辞也。敬叙崖略,以将稽拜,足以导扬休
美,而未敢辞也。敬序其实,系以颂曰:

赫赫师尹,邦之望兮。谷我士民,天所相兮。介眉寿以春酒兮,
阻瞻拜而心长。祝康疆于逢吉兮,历百禩而永昌。

告 祭 类

祭刘协统文 代史良

祭有三义：或敬而祭之，或爱而祭之，或哀而祭之。良于公，三者皆备。明水庶羞不必具，拜跪涕洟不必致，道所敬爱哀而已。公以客将援鄂，鄂司令部属驻汉阳城中，战地距城十余里，未有军书促进也。汉阳之守，属龟山所驻炮队，公未有与城存亡之责也。然而楼船才泊，龙骧已登。径过重闉，遂趋前敌。平吞胡虏之气，足以上贯虹霄矣！前此湘军力战，以司令部命令暂息武昌。使公怯来锋之方锐，顿所部以旅进退，孰谓不然？然而怒发上指，握拳爪透，当其奋起直追，不复以此身为己有。呜呼壮哉！是可敬矣！至其当横飞之焰，从容指麾。枪必殪敌，而犹诫左右骑士，持满无轻发，使人闻之，如读《项籍本纪》《李陵传》，毛发俱动，涕泗不能下。呜呼！古今中外名将，如公有几哉！然其平日，待友以谦谨，御部下以诚挚。谈笑尔雅，无张拔之气。非然者，良一书生，将望而却步，而能互致悃款，交若昆弟哉！敬而爱之，不待其死事然矣。虽然，年未四十，志气确而学验足，与吾湘人誓共安危。可去而不去，方将长城今日，规矩后来，遽以一战，摧我哲人。罄潇湘不足比泪，佩兰芝不足喻情。以此言哀，岂第交亲，况乎老母异乡，孤寡飘摇。招魂之地未返，争死之城未降。

名成而功不竟,诵出师未捷之句,公不自哀,而后此知者,哀无极矣!呜呼哀哉!始欲无涕,副公视死如归之心。今不能制,乃始纵声。公如有灵,倘亦拊心。呜呼哀哉!尚飨斯诚。

追悼李稚芬君会祭文

人孰无死,死而与人以可悼。会者千人,口其名,如说肉之甘。心其行,如观水之澈,死者复何所不足。故夫悼之云者,为世悼,非为死者悼也。祭之云者,生者致哀,非为死者哀也。沉沉幕启,森森波深。如吾稚芬之年龄学行,奈何热忱毅魄,不为世住。嗟乎嗟乎!而竟死矣。死非君所惜,死于此时,岂君所忍。则悼世而因以悼人,哀生而因以哀死。回肠霣涕,又乌能已乎!当纪元前六年,留日学界,以其文部取缔之故,愤而归国,组立中国公学于沪上。君时髫年,泝川江数千里而下,值其成,遂入肄,已足见君之志矣。越一年,全校不直管理者所为,辨论起冲突,相约出校,为新公学之续组。然呼助不易,同学各以书告父兄,谪言多而伙继鲜。前此学金预入者,理取不得。僦屋暂居,膳宿几不支。然新公学卒以成立,停辛贮苦,吾辈实与君同之。君更年少去家远,无几微怯退意,为尤不易。尝记一日外贷集迫,内无可成,议悉举卧具付质商,无一人不踊跃者,得数百金,事遂举。其后终以费重力薄,新公学之寿命不久延,而君已先以毕业去,北游京津,入唐山路矿学堂。往岁南军起义,君以同盟会员任天津支部。暗潮激射,身当其冲。民意报社立,举君任选辑,鼓吹尤力。今难稍抒而事略定,君已用脑过度,骤得热症,入医院未久,以六月十二日卒于天津,年止二十有二。远旅重劳,心长命促,哀哉!亲属惟兄炳英君在前,君父家居。当北方阽危,屡督君归。君急国事,不皇瞻陟。今可归而君所能归者,一灵而已。同人议葬君于津,以君卒后之十一日,开追悼会于北京全蜀会馆。述君梗概,于君未尽,志一日之哀而已。

预告采崖史君、今希刘君、涤三罗君及诸士夫阆阀

倘邀众庇,得优游渌水西山之间,畅友朋诗酒之乐,然后命尽,可

尽去吾发,用极洁泉水,周身洗涤,不留点垢。著白细布单衣裤,外罩本色麻布僧衣,漆书左腕作一□字,右腕作一□字,使拳紧握。棺不必好,下袭龙须席,上盖花片沉檀香屑,衣用衾褥。葬西山之麓,围植佳花名树,碑镌"蜕僧瘗已碎之心、已断之肠、已枯之皮骨于此"。每年正月十五及死日,登山以清茗花果奠我。

传 赞 墓 志 类

吴江沈纪常君传赞

君名廷铭,字纪常,吴江大家沈氏子。父瀑生公一娶而三媵,子女十余。君行十二,盖少子宜得丈夫怜矣。然嫡母彭淑慎而先亡,长媵王亦卒,次媵黄继操家政,变宽厚为苛薄,一家勿堪。君母张婉劝逢怒,谮之瀑生公,母子皆被摈。君同母兄弟各一,出居五十里外别业。携具被夺,议赡中止。嫡子女虽一时皆受斥,君母子所撄尤酷。盖瀑生公衰病,黄据左右易炀蔽,而忌张处地同,勿力排之。子女所勿能达者,张或得有所匡正也。君以富厚骤荒逊,任樵苏茹饥寒者八年,省父不得见。盖兄姊皆去,沈也不訾黄矣。沈也亲,黄也雠。求亲于雠,岂能达哉!瀑生公卒,始以亲族公论,归诸子女。君归一年而同母兄卒,又二年而母张卒。服阕,娶同邑朱苏华女士,未两期而君卒。卒十年而女士为之传,以民国元年八月□□日旧历壬子七月二十五日追悼于里第,君以壬寅是日亡也,介余君天遂征题于蜕盦。嗟乎!瀑生公贤父也,据传谓其行侠好义,一惑于妾口,使所生悉困踬,几一一不自全,有家者可不慎哉!朱女士贤而才者也,阅十年而始克以不忍殁其夫、若姑、若伯叔而之惨厄贞。传焉孝,而征题焉,而追悼焉,岂非时有未可而哀有所蓄耶?为之赞曰:(赞阙)

151

高吟槐先生墓志铭

学者为人作记传志铭,必素识,或所慕,而后神注意赴,跃跃如见。数十百言不觉少,数千万言不觉多,此说是也。然画师取摄相而摹之,妙肖不别于图其十年之友,在所依据确耳。蜕于吟槐先生未一面,不同里居,无所闻也。未通问讯,无所感也。乃先生之孤旭,以其墓志铭相属,而蜕亦应之不辞,岂非以有行述在,知必见信,知必可信,旭与蜕两得之耶!按述先生姓高,名炜字吟槐。三岁父时青公卒,无同产。母顾太君抚育之,伯父近斋公督教之,其亲亲长长,皆难乎犹人,而太君由困而亨寿六十有六。近斋公爱重逾己生,诸从弟笃敬如同怀,非有纯粹真挚之性,能致此三者乎?既以坚苦早卓立,五旬后犹独劳家政,俾诸子力学。旭未告而东游,无所连,呈诗自吁,而复慰以诗。密白入同盟会,勖以慎。无所奢,归创健行公学、钦明女校,而助以资。喜诵报论,谭国事,处世深而益暗弱者多,如先生得不谓明强乎?至其得官不任,宁老乡里,排难解纷,倾欷善举,亦足风世之逐逐无所益者矣。先生在前清为附贡生训导,而生以咸丰乙卯正月十三日,卒以民国建元壬子四月十九日,得年五十有八。娶于姜,继娶于何,皆同邑世家。子三人,长旭,原名堪。娶何氏,次增娶王氏,皆姜出。次坚,聘陈氏,未娶。何出女子二。长适平湖朱鼎熙,次适华亭张井。孙男三,孙女二。旭之子曰镠,增之子曰铸、曰鉴。旭之女曰企罗、企茶。为之铭曰:

> 独子而孤孝养纯,致母寿兮几七旬。群从爱兮伯氏恩,同居和兮无间言。坚苦自立兮以善而尊,行修学粹兮不仕而荣。长君矫矫兮人中英,精悍坦白鲜与伦。友其子兮铭其亲,铭者何人,厥名蜕,厥氏陈。

书　类

与　某　君　书

　　前以燕巢将徙，雀使频来。柳枝结长带以相邀，桃叶泛扁舟而适彼。心知永诀，计及潜行。比奉琼瑶，深拜主文之谲。爰求侦谍，似闻入市之谣。矗影惊鱼，机声骇鸟。扬扬遂逝，冥冥何篡。虽过虑于未然，宁抚心而忘感。愧兹疏放，缅述因缘，冀以余闲，鉴兹颠末。夫楚腰蛴首，我辈钟情。鲁酒吴歌，穷途写恨。况如仆者，既见弃于时局，方无偶而不欢。耽此清狂，未乖风雅。何难桃李无言，一任蛾眉谣诼。顾自维谫拙，夙少风情。闲涉狭邪，常严月旦。往年邂逅之缘，由公推爱。此后昕睐所及，匪我思存。乃女也化俦，士遭摈损。坠雨秋蒂，共此天涯。莫云春树，及君无恙。怜因同病，贱见交情。譬夫病渴之夫，过麴车而欲醉。亦类啼寒之鸟，依烟突而忘机。当其吊影惭魂，为此推襟送抱。剧中年之哀乐，了随俗之悲欢。说到飘零，酒都是泪。破邀醉舞，咽不成声。诚不知为征逐之场，并忘其为迎送之侣矣。然而耐青女之寒，离魂不返。入摩登之室，戒体仍完。一树马缨，已迷笑指红楼之约。满江春水，更无送君南浦之缘。才唱渭城，便成陌路。亦自谓能为决绝，庶几见许于通人。何期众口嗷嘈，至于销骨。随声附和，将间所亲。夫卢医以毒药利病，而扞人方望参苓。良御以急控程能，而瘏马岂胜鞭策。栋折榱崩，为施丹垩。株枯木朽，欲与雕剜。德归于厚，迹涉于苟矣。嗟乎！春秋之责，不以非贤而宽。岐路之悲，无复平情相恕。兴言及此，拊膺而嗟。控将谁因，积而成痗。以公明恕，风被矜原。覼缕此怀，傥无哂笑。肃承淑闻，祇候兴居。心僧稽首。

与某君书一

含情蕴爱，采香芍药栏前；仵苦停辛，打桨芙蓉水上。五十弦声声哀怨，绮尽犹有余音；八公山处处惊疑，山回已成末路。傥一生而一死，生亦何心；纵半假而半真，假都可信。况乎梦曾偎倚，枕泪犹存。若教佛说因缘，瓣香待爇。奈黄门鬓雪已盈，幸渌水帆风未卸。慰神伤之荀令，岂但聊胜于无；谓意在于沛公，常若取而相代。呜呼过矣！憔悴宜然，岂知历尽桑沧。遇神山而始住，已似数残莲漏；揭晓帐而知晨，了我余年。与卿同室，纵其君到故人，尚许不忘今日。

与兰皋书

兰皋贤弟惠鉴：一月以来，夏报之所载，各口之传述，皆知必有疑似，得手书云云。吾弟处升沉之际，言淡意和，足征学养，甚慰，甚慰。汉祖曰：吾提三尺剑取天下，岂非天耶？命乃在天，何以治为？此是聪明人阅历多语，非一切委付无所能者所得比是也。且弟远近著能声，失非其罪，足以自伸。苟为营救而靡焉，所失多矣。兄知弟有处变之才，更事既久，德度尤恢，无劳代虑。偶函及之，谅所许可。天暑甚为近年所罕遘，痛痒遍身，默坐内观，寄有于无，真不足为老弟慰。女弟近体何如？心境想因此不舒，故久无书来，望致念候，匆颂双祉。兄蜕顿首。后六月一日

与春树旅客书

春树旅客鉴：承惠柬，并抄示前上谭公书，沥沥万言，虑匝计远，不胜钦佩之至。岳州宜驻重兵，东道宜规章贡，西南迢递，檄定未足深恃。隶常徒于岳，置别军于衡，凡此四者，拓外安内。纲领已具，此

尚人所易见。若助鄂之兵,正奇互出。江宁裁散兵,可以因用平会出金,购银济实,某亦曾略计及,而未能悉得肯綮如来书言之秩序井然也。

至鄂中军事,窃尝究其利钝,玩其倚伏,于足下书意,有未尽谓然者,请略述之。荫军得逼汉口,萨舰得溯鄂流,失在武胜关田家镇之不能先占。此在当日,或因兵力不足,虚武汉而顾首尾,势所未及,亦未可知。然兵法致人而不致于人。萨荫两军,挟锐而来。不泄不已,我方创起,逾境则力分。鄂兵战鄂,地势人心,皆居主位。且武昌既根柢重地,汉阳肘腋相倚,而二兵厂所在,尤系军中命脉。大军远出,内容未固,未可以御敌于国门之外失计也。蓄精锐,便呼应。水陆受敌,卒以死战得胜。殆非天幸,而其取九江湖口于江西未动之先,则与足下取田镇意合。顾必待萨军入鄂后,夫岂不知聚敌而歼之,与御敌而拒之,难易有别。综其用意,争在满汉。北尽豫燕,东沂长江,不与鄂异视也,其用兵之难在此,而胜亦在此。使荫军败于关外,萨军阻于田镇,其势虽杀,而犹不至进退失据也。顾旧京,梗下游,聚则复振,散亦滋扰,皆所必至。凡此情势,某非于今日因其得手而附为之词,盖早计及,窃自幸其中也。

然荆州未附,江宁尚汉满互战于城内,成都亦未有确耗,各省独立。除皖赣黔桂滇粤上海外,余省虽早见报章,闻者尚不能尽以为实,而北京内容,传说不一。荫昌虽败,北军踵至,则足下书中,所谓说滦州二协以扫北,下一军合章皖以困金陵,犹今日应有之举也。冀人心不异南北,京津早晚有变。山右已有兵出井陉之说,长安亦有初一独立之闻,则陕兵宜进川北,晋军宜略兖豫矣。虽情势无定,而足下通筹全局之意,善用者,因势而宗之,兵家之言,岂有逾此哉!

湘省内安,诚如书意未敢竟云足恃。西南响服,不无观望。岁将徂暮,外争未息,倘各属官绅,未能人自为治,巡防将领,未能一心,将不特反侧可忧。即不轨小逞,亦足妨害一方。足下欲调西路巡防,使赴前敌,而新募以填巡防,诚非过计。然仆以为民团之益,胜于巡防。酌其现数,多调少留,辅以团勇,即不增募,亦已足矣。黔既独立,粤亦自保。两路侵入,现可无虑。此与足下上书时,势异而用亦不同也。

某又以为侦缉最宜加意,各省驻防,即皆溃散,保无杰黠,潜装窜入,蝎以尾断而增毒,煽惑反间,可虑非一。而当道诸公,静镇有余,公普未足。凡此各事,心光四照,不能独周。必人有自尽之心,事得众擎之益,主持者悉去专断之意,然后能化除积习,奋起众心。虽种族之感,人有同心,岂遂敢言数千万众,悉有程度乎?私利情胜,中材不免。万一不至引狼自噬,任职而不忠,任事而不力,窃虑居半不止。

改革伊始,万废待举。为全省观听所系者,非有焦劳之心,困衡之实。爱公益如饥溺之不可缓,去民病如水火之切其身,岂能感召众诚?夫茅茨土阶非必责其矫伪也。恶衣菲食,非以收取物誉也。念满清困民而欲自亨,任私纵欲,致我沦弱,自蹈灭亡。彼绞脑汁而图之,挥血汗而争之。有此回复之一日,宁复忍一时一刻,从事于悠忽,使此后中国不以强国优种,焕现于二十世纪耶?危哉殆乎!一发千钧之系,虽不尽在少数之主事,顾不有以先之,奚以安所任乎?

今者鄂中发号施令,割除税赋,岂其独有点金之术,又岂能独无饷械之需?毋亦以民之疾痛已深,不暇瞻顾,毅然为之耳。而吾湘当道则方且恐威令之不行,虑民庶之狎恩。用人则近于树党,筹饷则等于势挟。窃恐人心一散,前功虚掷。民国之称,此邦独愧。外见摈于群豪,内受诟于兆庶,湘之耻当事首承之,湘之祸亦当事先受之矣。某意吾人胸中,三代以下之书,当尽忘之。入世以来之感受,当悉除之。

夫尧脂如腊,禹足胝胝。彼就浑囵未凿之人质,外侮止于苗蛮之时代,为民国主耳!劳苦如此,而犹中天之治,未达完善,况在今日,欲以高居厚席,俨然遂为某省之都督耶?况汉满之争,种族问题也,驱满人矣。使吾黄种,犹贫弱不德于他强族,他日恐有以我驱满人者驱我矣。姑舍此论,蒙古抚吾之背,回族拥吾之臂,藏踦吾足,苗黎散处于细胞,皆异种也,非可以悉尽之也。曰凭天演以淘汰之,我之民德相去几何?而祝彼以淘汰尽乎?足下赐某书中,谓列蒙古于联邦,意之所在,与某有同忧矣。虽然,以湘省主事者度之,或蹙然于足下之言过,而于增进民德,自谋所以先之者,则未皇计也。纵论所至,自忘其肆。惟足下有以教之,甚幸! 某顿首。

　　辛亥九月湘中光复之际,兰皋避地长沙之暮云市。偶念当事蜩螗,非能已乱,因变姓名曰"春树旅客",一为忠告,以稿视蜕。此其覆书也。兰皋附志。

覆陆君秋伯索石章序言书

　　刘将军座上一叙:人事牵掣,未及奉候。然妙才隽旨,别来耿耿未忘也。采厓持手书至,披展再三,倦眼为之一醒。足下不弃老朽,提许出于至诚,并以所刊《澹澹斋印存》一帙见惠,属为之题序。蜕庵何人,克当此重。记数十年来所见篆刻,佳者非一,而以仁和赵氏为最。蜕庵暗于此道,所以敢为评骘者,以古人以刀为笔,本非游艺。后来好古,须得遗意。捉刀握石,当如毫素。若视同追琢,黍涂铢积,譬临池者,落笔以后,从而增长加厚。纵极圆满,已无生意。试观钟鼎摸拓佳本,有此见象否? 今不图扬叔先生以外,复遇足下,使蜕庵如见兔起鹘落之势,而忘其雕虫刻鹄之难,斯亦异矣! 且四十八石,除名号氏籍八章外,余皆自道心得。足下之志趣学行,与夫遭际阅验,一一可见,非世之偶有契赏,漫为而间出者比也。夫商汤铭盘,周武铭盂,图史未具之时,名理哲想,非此莫著。古人为此,犹吾辈日手一编。故春秋楚子问鼎,非为器物,系国命也。迁洛卜世,天下大定。综集绪言,刊之九鼎。蜕庵度之,如今日之视《永乐大典》《图书集成》同也。帝王治道所备,楚有囊括天下之志,故问道以先之,尚三代遗风耳。萧何收天下图籍,而不逮张良得黄石公书,以此知立言之重矣。足下以言见道,以石代言,慨百城坐拥之无裨于身世。就博返约,心藏心写,则镌以印,是必先我见及,岂犹嗤论古忘归哉! 蜕庵素不能文于印章一道,更未考证。纾所见解,还质足下。足下以为得之,即可用为序言,以为未尽,请论示之,当更有以报命。日昨曾作《澹澹斋印章赞》一首,此不过书诸赠册之端,未足备足下采择也。另笺录呈,借博一粲。时届朱明,峭寒不减。旅居珍重,以御天行。不尽欲言,惟道卫是祝。

澹澹生石章赞

滇石大理,素质碧花。君性同赋,洁而能华。体备万有,艺名一家。文身足志,攻坚去瑕。其廉藏锷,其正规邪。粼粼四八,鸿印平沙。钩银画铁,界玉研砂。如题碑碣,如磨峰厓。龙跳虎卧,雨横风斜。回文织锦,双线盘纱。颈交圆月,泪界流霞。雄奇收摄,文采交加。噫嘻陆生,艺明于诚。有英雄气,有儿女情。吾宝其印,吾爱其人。笑扬雄之不为,鄙达巷之成名。请为质言,以谂知音。如陆君者,可以石传,而其石亦以君而长存。

与天梅书(一)

吾南社以文词感发国人,惊魂荡气,生死肉骨,于今三年矣,不可谓无宏效大验也。顾吾天梅提倡之意,以实不以虚。今者民族朝政,廓然改革,兵农政学工商,一一皆求实进。吾社进行,亦当腾步,固非仅如前此潇风晦雨中以沉音险语钩挽国魂已也。某不慧,幸附诸君子之后。窃以为各界竞新,是扬流也。吾侪既熟知流之与吾源无不合,则疏其正道,区其支域,通其淤塞,束其漫衍,删其冲磔,使吾国文学,亘古精魂暗而不彰者,无勿显著。九洲万世,皆知今世演进之理,不为国学,越吾范围,是吾社责也。近天梅与石子诸君,复创商兑会。楚伧、亚庐诸君,为文美会,不啻先得我心矣。并承函告,欲杏佛惕生,及某推递意义于北京。某衰病,官肢不受心意之任命,事多废弛。惕生一去不来,杏佛任民意社鲜暇,太昭韫存亦然,万里任速记,尤忙冗。某于此间,数旬以来,所接知闻声,拟介绍入会者,并女子计之,已逾十人,而于此欲求一入社后无他人事牵帅可以专意于此者殆罕,惟天石张君似较宜。倘吾社先以入社证书十通来,俾某与天石商之,或可有效。即望回示,幸勿迟爽。再词章一道,向多迷信。如窃叶偷桃烛龙鹊桥之类,不可偻计。用之已成习惯,欲悉屏除,转减风味。然昔人寓言,吾等仍之,勿遗其旨可也。世多有措置不善,竟如故实者,相期共勉,亦文学进步一端。草草恕不尽,某再拜。

与天梅书(二)

钝剑先生鉴：作书未更邮递，知先生垂意深厚，必当披览及之。昨诵惠书，果然如料。且采意宣指，藉闻闳响，幸甚幸甚。吾辈断断不从事于政法，此可谓同心之言矣！但自谦以拘墟，与不佞所见略异。政法者因前古之滞毒，惮于荡涤，为之掩抑，此消彼长，难返太初。此太初非形式上言，如老庄剖斗折衡等说皆谬。数千年专制无论矣，即今民国纪元，如蜕前函所谓兵农工商，一一皆求实进。果其不愧，亦只形式上，就今世论，共许为善而已。惬吾辈之心理，无是事也。吾辈知此，而又知从事于此者最众，思即吾辈为之，亦或不过如是，故不务耳。至于胸中雪亮，诚不拘墟。见为拘墟，或就形式上论吾辈也。至谓他人所不欲为不敢为不能为，吾辈始为之，先生之气魄，于此悉见，仰佩无似。但蜕以为有此气魄，则无入而不得，无之而不可，固非设成见高崖岸者比也。身之所务，视性宜能适而已，无在无他人不欲为不敢为不能为之事。为鸣高而然，则夸夫竞势，盗跖为利，岂甚殊别。渥洼之足，能驰绝坂，而决不曰非绝坂不驰也。先生知我，其许我此言否？文学诚为国本，然吾国绝续之际，有如草蛇灰线。吾辈志在商兑，将以所知，权今证古，冀可垂后。先生所谓一方促进道德，一方增益文美。要言尽之，经史子文之别，限于时，视用之如何耳！彼孔氏言，为政家舞弄，失意旅者何限。不变为经，蜕视释耶孔孟暨诸哲者言，真足信为不变者。殆落落如沙中金，一时名之为经，通人岂不知此，岂不知今世事方十九类此，而暇笑此一事耶？先生识议超绝，蜕一读一快，更不检视前书。知前后所言，在两时出一手，自信无舛背，且必都与先生意无戾，特旨有涵凷耳！弟近拟南旋，相逢当不远。来诗一一拜诵，先生谓醉中作饶有天真，蜕以为先生无在非天真，不待醉也，使我爱不忍释。草草不尽百一，请与何君倚肩同览。社弟蜕盦再拜

致蕨园书

蕨园足下：别来半载，忘君无时。书问再投，往而不复。遇故乡

来者,觇缕询问而言多惝恍,甚且惊飚噩雨入耳惊魂,固知必诬,亦复何能无动,此不得不以惜墨过情为君咎也。仆飘摇江渚,饱饫风霜。纪元春尽始抵沪渎,旧历试灯节矣。朋旧似隔世之逢,姻亲有白头之叹。欢余而戚互难制止,盖人之视仆如武陵渔父才出桃源,仆之自视亦如蓟子训重到洛阳。此时情景君谓何如?酒战茗谈十倍平原。以北京民主报社订请,遂复舍去。海帆北指径抵析津,汽笛晨鸣乃饮玉泉。六十时中经精卫填石之海,望秦皇射鱼之山。以仆积习,当丛百纸而竟无一句可录,疑别后诗魂留君处未与仆偕也。记十年前被逮东走时,有出吴淞口一绝云:轻风习习拂征衫,别绪离情百不关。却怪舵楼回望处,眼中犹著旧河山。又二十余年前有《烟台海中见精卫》一绝云:我来七次初逢汝,正是天涯沦落年。自叹辛勤成底事,与君那得不相怜。追维今昔,觉一生所历变幻离奇。惜君时不在仆前,否则当闻几许狂谈。因此又忆与君共处一方时,有《梦楼续雨半卷》及《梦雨楼石头记评》一卷,虽皆残稿,然多从回肠荡气而出。女萝山鬼,意境幽沉,今并无存而亦竟不能复为矣。此何故耶?长安车马,黄尘扑颜。卜子山中佳趣如故,特少一忽而枯坐如禅忽而豪谈如醉之白发老友耳。临书惘惘,千万珍重,不尽百一。某再拜。

国学商兑分会启

国学商兑会发起于东南。今蜕盦北游,同人以推广会义相属。蜕盦亦维秦城夏河之间,笃学嗜修,振古为盛。盖吾道之南,始于游夏,洎后派别,自因风气,非有异也。况今地肺久通,复更人灵遥集,而此都首出,明清踵居,八方之风备夙矣。用是刊行原启暂章,跂我同心,互持大雅。窃以谓国学沦今,如兰艾丛植,鲜采芳馨,淄渑并渠,莫辨醇厚。而艺数精闸,德慧宏进,忘所由来,易于脱距,不能自耀菁华,奚以同流瀛澥?盖两干各枝,若不苏此干,则但见彼枝,岂曰移接?本自贯通,苟为殊存,乃称完备。所愧蜕盦学尠而材废,意擱而言尽。譬嘤鸣幽谷,冀微声广应矣。北京分会所,拟设椿树二条胡同民主报社内。同志愿入此会者已非少数,此后研进,当副宏愿。

与传钝庵书_{以下己酉}

君以三月五日四次顾蜕庵，而竟未遇，然铭佩厚意至矣。相念切时，取大著诗词稿读之。知文如其人，一种粃糠万物潇洒超逸之神味，已深印蜕庵脑膜。采崖来，承惠篇什，敬如命奉和。君真知我，必有深谈之日也。蜕庵顿首。四月十二日

又

诗词拜诵，秋感、遵和两章，珠玉之侧，难置瓦砾，幸平子勿拊掌也。九日之游，谨当如约，不知千山红叶，能为我辈早放酡颜否？复颂钝公即祉。蜕言

又_{以下庚戌}

日昨到省，寓西门外泰安客栈。在汉濒行得手书，知相念之深，到后急欲一晤，而人懒如病，望兄有暇即来一谈，弟恐即须他往也。汉皋两月余，略有所作，晤时当呈教。大作祈带些来共欣赏之。画梅一纸，并题诗持赠无闷，见此为蜕翁流一点同情泪，不枉此画。无闷足下。蜕言

又

来示悉。今日何竟不来，苏诗亦未至，甚为望蜀之思，勿忘息壤在彼。覆颂钝禅，吾师参悦。蜕和南

又

起信论尚未能潜心揣玩，不敢有所言。然略观数页，其意趣多与蜕平日所见合也。未能即还，祈君谅之。南社寄诗，拟录数十首去。昨有呈王壬老四诗。君如有暇，可来一谈。蜕言

又

病足百日，今犹未能为爽也。两读大作，使笔如舌，夺蜕厂之帜

矣。然病不即死,尚有与君旗鼓相当时也。今公在座,率书一律,托致左右。恨君欲归,再来又恐我行矣,奈何奈何! 天梅二图题就,即交今公。蜕厂叩首

又 壬子

钝禅足下:抵苏沧浪亭畔,迹君不得。试灯节来上海,询亚卢,知杜陵襆被赴湘,张昭汉为述君道我甚切,且言君现掌《长沙日报》论席,一瞬千里之才,为此座喜得人矣。蜕盦思君甚,竟不得见。然如太一、今希,一把晤复别,亦正何异? 近与文雪老昕夕絮谈,深服其学有根源,性更和厚,颇恨知晚。而亚卢、楚伧亦常见,但惜报事忙,未得畅话。《太平洋报》文艺录中有蜕盦诗,似君前未见者,想长沙报有互寄,如赐遥和,岂不甚妙。然觅长沙报于此间竟不得。楚伧言似有之,而来报繁,无从检也,怅怅。在湘诸友,如醉呆、涤衫、霞炳、醉吟、粲庚、滇人,善画并喜刻石,此君似君未见过。陆氏名光鑫。澥滨、雪松,皆在思念中,而笔懒未一一函白,乞君晤时道之,并望君回书径寄《太平洋报》转我也。专颂著祉,不一一。何春舰君亦甚念之,此老于蜕盦甚厚,不知近尚在醴陵否? 又及。又黔客李君回章,不知近尚在长沙否? 倘晤涤山或醉吟、醉呆时,一问便知。闻牧希同馆,乞道候。蜕盦手上

> 尚有一长函,载北京《民主报》初出版旬日《文苑》内,亚子能一觅否? 幽草寒琼,大可念也。又尝见蜕公为一女子作情赋,滔滔千余言,自云才过潘陆,而敏捷不逾六十分钟,未尝起草。今此女亦流转不得踪迹。文人珠玉女儿喉,同归蒿落。惜哉!
> 钝记。

又

钝根足下:一月前在沪渎邮书附诗谅都上达,计君复讯到时已在仆北行后,然颇望楚伧、亚庐诸子为我转递藉慰天涯饥渴故人之切。仆前此情况略具沪书,嗣仇君韫存订办《民主报》,地点则在北

京。仆素懒散，久习东南，况朋侣方集，亲故慰怀，恝然远征，于情为异。然亦有所因，非轻动也。为足下陈之，得勿狂笑谓我固早知乎？仆性好游，然意与人殊。非辟于寻幽选胜也，又非快于北舞南歌也。以为此身属我至暂，此世界有我亦至暂，及其暂之息而常之固甚愚，逆其常之逝而暂之亦非圣。现前所在已如是矣，则更适焉善用暂者也。顾意虽主此少壮时既重视成败而不能，然今且心欲然而力靳，此之所为勉而已矣。且早衰如此，及今不与身世以广接衰，甚于今者，乘其后矣。钝根好佛法，佛法真谛在此然乎否乎？到京三日，值中央新闻倾陷事起，说者以为言论跃进之媒介，近今沪粤川闽皆有此类，勇者以激，懦者以噤，皆非常度。凡一报社，立旨凤定，应进应退，当就我对外界而施，不就外界对我而报也。湘省近事小纷未息，由于大纲未张，不足尽责，亦宜致儆。贵报声华得君益起，为三湘九疑增色不少，幸甚幸甚！前见刊行蜕盦诗跋而赠以评，钝根爱我于此益见。冰冷心肠当一刻之注目，几如地心余热欲爆火山。现在此间主文诗一部，丘迟学退，江郎才尽，冀君有所投寄，无待凿璧。夫彼此互择本可依样就录，以广流传，但仆意非稔其人而为之赞叹，则情文不属，读者亦寻常词人墨客视之，即钝根评我诗跋意也。缁尘十丈静居寡出，胸次沉塞，时藉禅理自怡。望钝根书来有以益我。湘中旧友晤时致意，余不白。某再拜。

与柳亚子书 壬子

　　近日察贵报之外评广告，最受欢迎，文艺集次之。至社论之宏括，电译之明要而简达，未能尽人窥见也。校对未能悉善，如扫落叶，本极难事，亦各报之通弊，尚非要点。贤者以察迩言为执中之权，故以贡闻。故人之子陈燕生，勤能朴茂。前乞少屏先生馆中发报处筹一位置，蒙许设法，未便屡催，公暇时一助言。钝剑来未？手颂亚庐先生大祉。蜕盦上。

又 壬子

　　亚子足下：得与铁生书，附交会金收券。谂君近状至佳，亦南北相违后一快也。社纸加入美术，必受欢迎。排印亦愈工致，足知诸君进思增行之力，此后方复弥已，欣羡欣羡。蜕盦曾来，重到阅十五年矣。耳目崭新，未敢遽言，亦似较异。知友虽不少，以天暑体衰，多未访造。社屋尚宽，垂帘默坐时多。出版在即，铁生以社事南行，君必相见。通信事想蒙楚伧与言定矣。松江函来，国学商兑会事，已函覆天梅、石子。此间拟设分会也。中怀惘惘，欲言不尽、草候起居，并颂少、楚两君同祉。蜕盦顿首。

又 壬子

亚庐足下：手书具悉。君避暑山居，与佩宜君晓听提壶，午调冰水，此乐南面不易，令弟神羡。惕生尚未来，闻回湘有事。杏佛见过，尚未谈及南社分设事，此弟甚愿，当与杏佛商之。万里在舟中一见，到京后未相过从。彼事甚劳，弟性最懒。同居一方而不相见，谓之何耶？《民主报》当嘱寄阅，惟前数日者恐难得矣！草颂双祉。蜕言。

又 壬子

亚庐先生：在京得手书，并南社证纸。时蜕盦已将南旋，故未作答。昨抵海上，见楚伧，知君风木之哀。天时涔暑，息翼里第，和乐顺亲，朋辈遥祝，何期鞠凶？乃降德门。念我亚庐，殷忧痗心，愧恨衰惫之躯，不能诣帷握唁，慰释君怀。尚望见书如接，俯诚勉宽。殡祭事毕，已届凉风，倘能出游写忧，一倾别愫，非止弟一人所望也。证书已填写者四纸，仍寄君处。除草君弟未亲接，由其弟代填外，余沈、陈、江三君，皆诗才卓荦，缓当检送寄尘。尚有二纸交朱师晦，即《民主报》社论署名太乙者，拟介其女公子入社。行时尚未填来，余尚续有所介也。匆此奉慰，并颂勉卫起居。佩宜先生均此。蜕盦顿首。

又 壬子

亚子足下：得手书，知须过中秋方出居庐之恫，发于天性。然望节郁滞却涔暑，至嘱至嘱。证书四纸，本已入封，不知因添信中何语，乃致遗去。急呼侍者，已驰送邮筒矣。深源空函，知非罕事耳！后思得君覆书再寄,兹特寄上,请照收。此颂双祉。蜕顿首。

又 壬子

亚子先生足下：前奉寸笺,并南社江、沈、陈、卓四君入社书,想均收到。兹又介潘兰史、蒋万里两君入社。社书两通,寄请察入。蜕近体因暑倦,楚伧、天遂均只一晤,鹓雏、寄尘并未能见,石子、吹万来自云间,亦未能一醉尽兴。蜕居病,君居忧,同一无俚,然蜕更甚矣！闻钝剑、亚希当伉俪偕来,不知何日可至？余后详。此颂素履万宜。弟蜕顿首。

又 壬子

亚子：得覆书悉一切。钝剑来仅三晤,今归矣。南社复介沈君,证书已罄,而尚有愿入者,君续寄乎？抑从寄尘索乎？函告为盼。沈太侔、张天石托购第一集至五集各一分,乞函寄,或嘱太平洋社交弟。匆颂双安。蜕顿首。

又 壬子

亚子先生：得书及南社证书五。前介吴君漫厂已向寄尘得一纸矣。朱师晦女公子前有谦词,然证书两纸已收,言代介绍他人,今尚未寄来。弟已函询之,兄亦可径函一问也。先生前言中秋后来,今已逾期。望君如岁,何迟迟耶？来时乞将弟今春所交稿本纸片带来,至嘱。天石已函请入南社,待复再奉告。敬颂双祉不一一,即望把晤。弟蜕盦顿首。

又 癸丑

亚子先生：别居其九,叙并不能得其一。虽悟人生泡电,然值此俄顷哀乐,回荡亦未易遣也。顷于《民立报》见先生《观血》《泪碑》两首,知堕此魔障者不独蜕盦。蒲团灯火,半生领略况味。世有同病,亦藉自慰矣。蜕盦幽忧无诉之时,惟有诗中著我。今并此不能为,偶作一二,都似掩月看光。文通谓才尽,丘迟谓学退,自比都异,殆情死乎？人以情生，今情死，将何恃以生？先生知我，何以教之？南社友人，自去冬雅叙以后，有水流花谢之感，蜕盦更有甚焉。忆自钝根以《残宵梵呗》为蜕盦赞于诸君，先生谬赏之言，展卷墨新，时无既而事已殊。由是推之，人间何处非伤心地耶？太一暂来，相逢草草，闻又将行矣。只索不问其踪迹，比志公来处来、去处去，岂不更少一事？而竟未能，问而忘焉，是真解脱。常用此自解，而反之内心。蔓尽根存，六尘铁结，消铸两难，奈何奈何！日前、叶、宁、二胡、朱、程同社十余人，酒楼畅叙。言及社事，皆有同心，想先生已见公函矣！春寒索寂，企望珍卫，并损惠言，最所忻盼。敬颂大祉。佩宜君并候。弟蜕盦手上。一月十一书。未竟，越星期乃发，即此可见鄙人之懒散无俚矣。

　　识蜕老年余，得手札九通，尽在是矣。末简为最后绝笔，距临命尚四月许。顾情死云云，竟成语谶。又追述交情，怆怀身世，盛衰离合之感，语语凄咽。言为心声，殆有不期然而然者耶。凉夜篝灯，坠欢若梦。向子期山阳感旧，不待闻邻笛而泪零也。伤哉。亚记。

与吴稚晖书

稚晖先生大鉴：弟自癸卯五月以"苏报案"出亡日本，自后鲜与知友通候问，宜先生之勤勤垂念也。横滨、东京、香港之流寓，先后未到两年。乙巳春复到内地，遂未更泛海外，而其年夏间，遂在上海以他事之波及，在狱年余，至丙午秋间，始得取保暂释。其时弟以报案虽结，而小儿仲岐以癸卯五月入狱，十月出狱，尚以觅弟到案取结保释，故改用别号，然知为弟者固不少也。波及之事，琐屑不及详叙。交涉诸人，多以同志扶助之状态进，颇难窥测。若切于祸患之防卫，正可以满洲政府或官吏之侦探视之。然弟和平改革之持义，未以颠沛而忘。以为倘果同心，失之可惜，所以堕术中也。回忆壬寅癸卯，《苏报》渐趋于发见热力之时，亦常有同此情形无因而至之交际。弟即持此念，被一侦探之祸，祸在一身；收一密缔之益，益或在时事。惟小女撷芬默喻此心，此外无所告也。丙午秋离沪，伏处于浙江温属滨海之地一年余，困不能继，乃至长沙。自是以后，往来不定。既不肯自违初心，受保护于外人，内地又处处危机，故数年以来，无常住之所。两女留学横滨，仅恃其女友黄韵玉女士，损己学资以相助。妾则以饥寒而去，子则以远幕而亡。（仲岐以广西河源县驻营书记生糊口数年，辛亥冬死于粤省客馆）弟前年以足疾受刳割于外医，跬涉不能移者百二十余日，幽忧困辱，至前年湖南反正后，始就湘桂联军总司令部书记之事。脱囚登堂，情景似之。今者追忆，苦身而无纤益于国事，虽此衰残，及见天日，已为万幸。承示冯自由君之书，具征先生不遗微久，意旨周切。然留学既无子弟及甥侄辈之孤寒非此不可者。弟养老之资，现犹勉能笔耕砚耨，聊免饥寒。家惟一媳二女，而撷女已嫁重庆杨氏，现在彼中为两等学堂之教员，杨氏家况略可自给。媳即仲岐之妇，遗孤三岁，又于去秋病殇。家累无多，惟第二女小庄现留学日本，助费尚由韵玉女士。弟于黄君非有夙昔亲故，徒因仗义，助其姊妹学费几及十年。（撷芬自乙巳至己酉得黄女士助者六年，与杨婿结婚后，同学于美洲始止。小庄即以其年入塾，又三年矣）颇觉不安。然弟苟力所支而相委，则为负人。今既力入不能兼顾，以望奖恤，即得民国拮据之所资以代之。倘于意未可安，亦何以异。况弟所难力及者小，而不能安于难。营谋纷纷，更无怪矣！请恤一事，所以近似于不图者此，非有所不欲为、不肯为也。此书大略已具，冯书所谓须有见知而言重者为证，先生其一矣，乞酌量为之。弟之所叙，非尽备采录，以有感于先生亦有未详之言。自叹历久之别，鲜暇倾吐，故略陈大概。客居拨务，常望惠书，以勉不逮。敬颂大祉。弟蜕盦上言。"梦坡"之号，由海外回即改，且屡改，此为己酉年用起。

杂　文　类

病　榻　赘　言

自光绪甲午中东战后,始知国势之不支,大患之日迫。呜呼！蜕僧凡民也,溺于仕官妻子,汨其固有之灵性,燃薪已炽,随众惊呼,且犹不审中外强弱所由,谓自奋之道,在坚甲利兵一战胜齐耳。越数年,橐笔海上,渐有一二知能,而犹不能尽脱故见也。始则愤戊戌政变,屯自强之机;继则恫庚戌拳乱,增国势之蹙。如狂如醉,思极而变,则以为当举各行省会党教民而和合之,改良其不善之宗旨,广兴农工,俾生计各足,行普通教育,俾人格日进,然后立社会政府,以与朝家相对待相维持,渐由立宪以应于共和,有主专制败大局者,则以文明之暴动挟之。此意既萌,与性乃合,几自执谓圣人复起不易吾言也。然当时犹或梗一别见,则以中国人心之驯伏政权,不驯以势而治以教未易也。如有大势力,具大才德,运大智慧,就俗制治,以大专制迫大改变,或较速快,而皇皇者惟此后终为大专制国耳。壬癸以后,渐以宁静。信黄种之不亡,决神洲之必兴,自觉前后二见,各有是处。天心所在,数到则见。吾见及此,天下及此者多矣,抑吾见及此,天下胜此者多矣。而思所自尽,最适宜于女界。由此一念,少年之伏郁,中年所积疑,感力暴长,几至于不可计其度数。盖先第自恫其不遂所爱,今乃自怼其抱愧积负,如万牛毛,如亿蚕丝,负轻者旋起旋落,负重者益进益深。心力既发,万象呈前,时或如宋祁之得半臂,不知保御之宜;时或如连波之迎苏蕙,被弃者非一阳台,甚且呜咽之声,诉伤心于意外。流离之状,誓终死而不移。奔救无方,椎号欲绝。梦中同穴,饮泣再生。榻畔谈心,飞蓬欲去。嗟乎!肠非铁石,宁能不回?泪比珍珠,亦将罄洒。此情此境,无论当时不以为幻,即偶以为幻,而示以非幻者,乃由心力中作大发见,使之确信而无疑。呜呼!幻耶?心力中乃具种种现象耶?非幻耶?胡触目接耳者之一晌而不可复求耶?天下事始之非艰,终之维艰。终之非艰,非以敷衍终之维艰。吾政见,吾情感,其果各有实征其是,胥旁挠浮议而幻尽之日耶?病夫百死之余,不复作此希望矣。

原 病

予生平少病,偶患寒热,卧一日夜,或饿一二餐,强起治事,或游宴,旋即如常。虽届五十,未以为衰,自视犹昔。往岁七月,布席卧地取凉,达旦开窗,又饮啖过量,继以凉粉,泄泻日十余次。庚娘甚以为忧,中夜啜泣不眠。予亦昏呓不醒,然越日即起,酒食不忌,入秋后益强健。赴鄂、赴汴、赴皖、赴苏,冲风雪,不御裘。走万里,未觉殆也。二月十八,由鄂至星沙,途次茶然以疲。寓泰安栈,终日偃卧。起坐即头目森森然,揽镜日以瘦黑,而饮食醋眠尚如故。驰函入城,邀幼媛妹来视,劝予移居,厌倦未应。三月初六,始移大古道巷幼安公馆中。妹榻予于厅事后一小室,长姊适来湘,宜有手足之乐。乃日除两饭一粥外,长卧而已,言动均懒。长姊旋归,史君采崖以四月十五由醴陵来省,日夕过从,意气稍振。十日而别,留《石头记》属予评,且属录旧作相寄。予时移榻上房,与幼媛妹东西对屋,卧起较适。日以录诗评《石头记》为事,一切心事,强付相忘,方喜渐归自然。

五月初四,至南正街买物,行甚健。夜四鼓乃睡,不期越二三时而醒,左膝遽挛曲不伸,且痛楚,口燥胸闷,两太阳如裂。妹及诸甥已置酒庆午节,邀予入座,竟不能强起,以雄黄酒肉松皮蛋等置榻畔,予不能入点滴也。卧竟日,初六略愈,初七更愈,至晚则足与常日无异,精神亦好,仍评《石头记》。至三鼓后,妹劝予睡乃已。初八早复挛楚如初五,自此日甚一日。予狃于向者之疾难而愈易也,不以为意。因循十日,胫大于股矣。妹为予延医,予壹听之,始犹抱足呻吟,继乃昏然不省人事。妹言仁东医院为吴镜怡起绝症,予心知其善,亦不甚措意。汪仆吴升邀之来,言非开剖不可,予亦置不论。至六月初十后,毒气上攻,大小便皆黑色,日进炒米汤数杯。偶清醒时,祝早绝,无他念也。十□日,忽呼吴升,与约十六日赴仁东就诊。噫!此殆鬼神凭之而言,不自省。

届日卧籣床,舁行烈日中凡二三里。院主人中村君,奏刀割然,脓血溢注,不甚觉痛楚也。既而绵缠布裹,甚觉快适。院无室宇,就近寓惠裕旅馆。夜中稍安,而昏沉时尚多。十七日中村君来诊,用药水洗涤复裹。十八日顿下利,日七八次,仍黑色,人复昏闷如晕矣。妹来视予,闻欢甥妇患急痧,亦延中村视之。予赴院就诊,仍用籣床舁行。脓出过多,在院中洗时,几晕绝。归寓,吴曜丙为言甥妇病重,彼须至公馆视之。噫!其孰料甥妇即以是日去世。予越一月乃由镜怡处得消息,非病聩。人虽相瞒,当能自察。

十八日以后,泻利渐减,日赴院两次,时清时哕,间轻间重。至中元前数日,始少昏乱时。而海底后生一核块,肿痛至于不能呼吸。七月初十,复请中村用刀,其痛苦乃为生平所未经,与腿上迥别。(今块核虽销痛虽止,然创口不合,间出淡脓水,恐成管则为累矣)六月十八至八月十九止,共赴诊九十一次。六月十六第一次,十七八各一次,十九至七月廿四共三十五天,每天诊二次。七月廿五至八月十六廿一天,每天诊一次。(惟中秋日未诊)十七十九各诊一次。凡九十六次也。内除中村病等有五次未看。开刀先后六回,医费一百六十五元。前六十五次每两次两元五角,共八十二元五角。后及六月十六七八廿五次,每次一元五角,共三十九元。开刀费十元,腿及肛门各一次,一次五元。又肛门洗费七月十一起八月十九止,三十七天,一天五角,共十八元五角,大共一百五十元余十三元。因病剧治,难于开刀,费及洗费有加送者。(赏用人两元在内)精神耗损,经济绸缪,觉此身为累,真不浅矣。

今距起病已一百二十日,创口幸合,然左踵距地半寸许,强下之则痛,且朘胲软刬无力,不知尚须几日将养,方能复旧也。每审病由,殆十年所积,内扰七情,外撄百疹,一朝并发,故虽溃决在下,上连脏腑,九死一生之症,不遇能手,不能奏功。计未诊前四十日,药则寒热杂投,食则日仅一溢,大解不及五次,倘其死也,实为意中。而竟有镜怡之先鉴,六妹之忆及,吴升之屡催,十六日之吃约。卒以此生,足知人生万事有定,非特生死。即疾厄久暂,亦若不能强为迟速。噫!痛定思痛,虽不死,殆有甚于死者矣!

岳阳楼游记

予凡九过岳阳楼,乃得第二度之登临。劳人草草,无心揽胜,亦可见其遭遇之梗概矣。前者以未冠之年,侍亲省墓。其时汉皋以南,尚无轮渡,维舟楼下者三日,风劲不能渡洞庭。天时酷暑,舟小而敝,日炙如火。湘乡谢人初先生,亦以归试同行。亭午则相约登楼,与道人号青松者,倚楼栏茗话。浩浩烟波,君山一点如浮石,渔舟三五出没,往来如鸥泛鱼游,而清风徐来,予三人披襟当之,忘其时为炎暑矣。薄暮归舟,一入舱中,骤觉热气逼人,不可暂耐,则复出踞船唇,与奴子舟人伍。

先君笑曰:我此时在舱中如仙境。自午至申,宁能如是。尔从岳阳楼来,乃遂不能以我所甘为甘,而并以为苦。然则无岳阳楼,汝将奈何?予闻言悚然,窃念亲言何深切如此,殆不以言教而以身教耶?哀哉鲜民三十年矣,今乃复偕朋侣,重揽江山,非第追恸亡亲,谢先生也,青松道人也,今皆何在?徒留此身,历历往事,为之悲怆,为之感叹。譬光纸一幅,受几遍摄影机之返射,尚有净质耶!即此一楼,亦名仍其旧耳。新者故而故者敝,轩者塞而垣者洞。又值木落波平之际,向浩淼于栏外者,远不可见。惟沙砾一片,茅屋错落,或断或续,与予昔华发而今白鬓又何异?楼不识重来之人,人亦几不识曾到之楼矣!嗟乎!同游快然,孰知予一霎而回肠九曲耶?

既而见一道,独酌于纯阳座前,壁悬硃墨搨书画各一。予择仙梅石一幅,以青蚨一百翼购之。相传石上之梅,非人工所镌,横干尺余有逸姿,石角有吕仙诗。此虽好事者为之,尚不恶俗,姑信其有,亦

171

岳阳楼故实中佳话,较之伪为孙刘试剑石似风雅矣。将行,道人忽熟视予,询姓名里籍,予一一告。道人笑曰:二十年前毗陵东城元妙观见君,君忆之否?予确久住毗陵,确常诣元妙观,知非妄言,心跃跃然几疑洞宾真在人间。因喟然曰:已往、现前、未来三者缚吾心,奈何?道人曰:欲了何难?予再欲作答,忽觉其言有无限机锋,惟两目相注视,不语久之。乃起勉谓道人曰:“了则为再来人。”似意中殊不欲作此言,声浪在耳,心电不知驰何所也。迄今又五年,追忆为之记。而此道人及同游,又如青松人初不复知其所在。

大 军 山

大军山者,武昌东南六十里由武昌至岳州必经之江路,而山环之,对峙一山略小,则迤连金口镇。大军山面临江,背负陆。置炮其上,扼水陆两道。由鄂而岳者,不能飞越也。虽未考志乘,知必为前此讲险要者所注意无疑。山势婉娈,形如眉。

予寓金口时,距山里许耳。有“如何绝好眉山翠,误被人呼作大军”之句。屡拟偕友人登啸,而自前年患脚气后,足苦无力。稍崎岖非扶挟不进,恐累同游,乃止。然清暇无事,临流遥望,辄神往。曾游者为予言山角有庙,庙始六僧,今五僧从军,存者一而已。予笑曰:谢慈悲剃度在莲台下,原是早知此烦恼丝当去。我只是赤条条来去无牵挂,原是早知有此决战剧将演。昔读《西厢·惠明下书》,至“啸旛开遥见英雄,俺敢那五千人先骇破胆”,为之神王,不图今日惠明复见也。明日予侵晓独出,值大雾。忽失山所在,不觉失声惊叫。友踵集问故,余笑曰:“大军退三舍矣。”

题罗两峰《鬼趣图》

噫嘻!异哉!此何物哉!谓之人。宁有此象谓之兽,宁有此形谓之草木,宁有此状图尽而题见,《鬼趣图》也。作者谁?罗氏聘名,两峰其别号。噫嘻异哉!罗曾为鬼耶?不为鬼,奚以见鬼?不为鬼,奚以知鬼趣?吾诚陋,自今以前闻有鬼而已,见之自此。始见之仍不知其趣所在,且鬼又何种类之多也。鸟兽千形,草木万状不足怪。鬼为人所化，肖人而止，胡比于鸟兽草木而更幻而更奇。彼口以笑目以怒者何趣耶？彼手相持足相戟者何趣耶？彼风华其面首而胸以下如巨獳之丛刺何趣耶？彼婵妍其眉睐，而鼻以下如腐尸之白骨，何趣耶？胁肩向左握拳向右何趣耶？奋趾右前缩足左曲何趣耶？一臂百肘如连环何趣耶？两眼四睛如弄丸何趣耶？一睛霣涕一睛含笑何趣耶？前环内转后环外垂何趣耶？彼洞其心无一物何趣耶？彼俯其脊无寸骨何趣耶？一一写之，笔不吾许；一一言之，舌不吾许。罗聘何人？乃能不驱丹青，不令赭黛，抽一丹墨为万丝，放数尺纸为九幽？噫嘻异哉！彼其必曾为鬼无疑，彼其必曾遍为诸鬼无疑。

贫　　女

里女适某氏子，家本豪富，女于归值中落。然犹食客常数十，渐而不给去者半，渐而又不给去者又半。其不去者类舍此无可托，然以供给之减则腾谤及主人。女之如持家计，以无所得酒，乞邻与醯者数矣。客攒眉饮之，或知非酒，亦勉尽，击箸叹曰：宁饮三斗醋，莫逢崔宏度。昔人读《汉书》下酒，吾读《北史》下醋也。姒闻之，邀女相助。女亦舍此无他策，其时客无几，而门内数百指。向厨娘索盐米，两主人互效顰，捧心唤奈何而已。女秋罗翠竹悄倚低吟曰：台上断云空出峡，江头飞絮竟无家。适某氏子闻之，不以为御穷之可悯，而以为怀春之有他。终风发发，女乃不寒而栗矣。或见其支离憔悴，以为必死。然闻越年女有小词寄所亲曰：《如梦令》莺燕掠梳交剪，帘外红飞翠卷。晓镜倚郎看，不为蛾眉深浅。深浅深浅，先问唇心一点。似不复有压线之恨，而闺中韵事亦增矣。

寓　言　类

道出黑水洋致封姨书

仆十年以来，由春申入海，径渤澥北指析津者七次，未尝不与足下相值。足下偶学蔡姬之荡舟，仆非齐侯亦不甚惧。其时同济之人，畏恶足下，毒詈交口，咨嗟盈耳，甚或闻声颦蹙，触体成噤。心窃怪之，以为足下何至取憎为此也。今者犯暑南征，扶病就道。足下并不轸念故人，复逞昔日之技，簸扬所及，渐以不支，始稍稍悟足下受毁之由。而足下方且千里追随，不遗余力，仆不能默而不言，使足下不自知过，遂至怙终也。夫以足下之才，合趋炎之俗，但往来于冠裳之所，或萦回于帘薄之间，徐引清商，善助舞袖，有不得贵人之延揽，邀名流之叹赏者乎？何必避地东海，薄人于险，送往迎来，劳逾津吏，兴波作浪，妒甚石尤，岂有所利而为之也？抑何不惮烦也？方今鲸鲵不骄，海宇无氛，而足下于化日光天之下，潜煽不已。外托奉扬之名，阴用鼓动之术，天乎可欺，谁执其咎？且足下暗鸣叱咤，锋不可撄，亦第于无人之处，凌逼羁孤耳。至于登王侯之堂，入豪华之室，吾见足下俯首周旋，遇隙迎合，敢持此以往哉！吾实鄙足下之行，不愿与足下相见。逐客之令，非得已也。况足下东西南北之人也。楚王披襟，且比巫山之神女；汉高登台，聊同自荐之郭隗。

174

虽曰厚颜,不犹逾此乎?礼有之,送客不越境。今足下历四州之地,经万里之险,劳亦甚矣。日色西徂,夜行之戒,宜避行露。足下壹听仆言,就此返斾,使仆得安枕中宵,不闻狮吼。幸甚!干犯威严,罪有应得,临书不胜主臣。

鱼　　乌

鸟翔于云,云影、鸟影落于水。水中鱼问影曰:子形影孰乐?影曰:吾形所居,子居其影矣。吾影所居,子之形居之。然则吾形影孰乐,子宜可知,何问予为?既而鸟去,云亦尽,鱼觅影不得,则趋其形侣争唼萍絮果腹,扬扬不复顾影。他日又遇云影、鸟影之落,鱼识之而影似不识鱼也,问其前者之所在。影茫然似不能答,既而曰:吾影也。鱼曰:子之形何在乎?影亦曰:子之影何在乎?临流者闻而笑曰:嗟乎!鱼与鸟之愚也,形影相依,而犹互问形影耶?是何异秦政、汉彻之求长生,可以已矣。

化　　游

何海之滨,何山之麓,厥有巨野。包山络海,中划三界。上接九霄,广袤不知几何里也,上下又不知几何程也。纵目无极,振耳而游。

载入前区曰:非人化所,约悬标而计之。指不胜屈,或为梓牛,或为松鹿,或为钗燕,或为梳龙。橘枳松苓之属,雀蛤鼠鸳之名,略取易记,岂胜殚言。

循而渐进曰:化非动所,其标更繁。节忆无几,枯桑空心,而称聃母。巨履十步,而曰嫄夫。又有怨女之花,思妇之石,而陶生愿为之床箪,李仙曾托之屋梁。王子所君之竹,林氏所室之梅,神想意寓,孰与赋形?惊奇叹绝,不知所云。

及于最后,飞走潜蠕之族,几于悉备神农女也,似皇父也,则双翼而三趾者也。曰梦庄,曰啼杜,则晾粉而泣血者也。鸳鸯则曰韩凭夫妇,鱼龙则曰柳毅君臣。蟛蠓为入腹侠女,蝮蛇为卷舌才人。遗百取一而已,叹观止矣!出而问其处,则化动所也。

闻夫拾风凭云而上,有骑龙跨鹤窈窕遗枕者居焉。化人之城,其状更异。游倦思息不复遐思，惟遥见垂云之翼，左右闾阎，微闻淮南鸡犬而已。

编者跋

兰皋既编刊《蜕翁诗词》，未以自慊，嘱文集编刊之役于亚子，而不我许。不得已复为从事。顾所辑至寥寥，只得赋二，学说五，论七，序跋六，贺庆二，告祭三，传赞墓志二，书二十八，杂文六，寓言四，都六十五篇而已，刊入诗集不复录。蜕属文自由敏捷，兹之所辑，恐不能十得其一。又其末年，锐意为小说，强半载之《民主报》，而一时竟未能搜集。惟《平权国游记》则已分刊《中华实业丛报》，他日搜集后，当另汇小说为单行本，以飨读者。兰皋识。

陈蜕盦集附录

文

陈蜕盦先生传

吴江柳弃疾亚子

先生姓陈氏,讳范,原名彝范,字叔柔,或作叔畴,又字忆云。号梦坡,别称梦逋,一号瑶天。晚乃自更名曰蜕,号蜕盦,亦称蜕僧,又别署退僧、蜕存云。先世籍湖南衡山,嗣迁江苏阳湖,故又为阳湖人。

先生生而负异禀,弱冠通诗古文词,尤究心经世之学,慨然以揽辔澄清自任。既累试不第,遂纳粟为令,谒选都中,复就试得己丑乙科。仍弃去,入江西为铅山县知县。久之自投劾归。创《苏报》上海,昌言革命。会山阴蔡元培、阳湖吴敬恒、巴县邹容、余杭章炳麟诸子,方建中国教育会,日夜图光复,得先生振宗风则大喜,时时为文张之。当是时《苏报》名震天下,虏廷惊骇,视之若一敌国,遂命大吏案治。于是元培、敬恒出亡,容、炳麟就逮,先生亦航海去日本。顾室家已毁,贫困几无以自给。继漫游香港,无所遇而归。复来上海,为侦骑所陷,系狱年余。既得脱,走依阳湖汪文溥于湖南醴陵。文溥者,先生女弟德晖婿。始共建《苏报》,至是乃为醴陵县令,喜结纳时士。丙午萍醴陵之难,保全善类甚众,顾卒以是失职去,留长沙观变。先生

177

陈 范 集

则往来醴陵长沙间,从醴人史良、傅尃、刘泽湘辈游,尝趣泽湘诸人为文生祭之。一日渡渌江,访红拂墓,潸然谓同游者曰:吾死葬此矣!醴人宁调元以革命锢长沙狱三年,先生时时携酒就狱中赋诗痛饮。出而与傅尃言调元,未尝不流涕也。

先生虽穷居憔悴,然心实未能忘天下事。识新军协统定兴刘玉堂贤,谓此勇士缓急可用。已而光复军起,先生欲使文溥说湘都督焦大鹏共玉堂率兵援鄂,议未定而大鹏被难不果。鄂事急,玉堂以少兵驰赴。一日夜战死,汉阳遂陷。先生闻耗,为诗文哭之㤉。谓文溥曰:令早用吾策,君与刘偕,先十日赴援,刘或不死,汉阳不失也。论者以为知言。盖先生之抱负匡济如此。

既与文溥共参湘桂援鄂联军事,以司令沈秉堃无远志,并去之上海。时南都新建,昔之亡人逋客,方济济庆弹冠,而先生布袍幅巾,萧然物外,绝口不道前事。于是蔡元培、吴敬恒先后为言诸政府,请以苏报狱付稽勋,且议优恤。久之不获报,语寖闻于先生,亟使文溥谢敬恒,谓正谊明道,非以计功利。吾侪自靖自献,宁容贪天为己力,幸告吴先生,勿以我为念。闻者皆扼腕叹息不置,以为贤者不负天下,而天下负贤者,非建国之祥。顾当事者卒弗悟也。

先生客上海经岁,为南社及国学商兑会祭酒,任《太平洋报》笔政,继走燕市,主《民主报》。未几仍南归。中华民国二年五月十六日,卒于沪西寓庐,年五十有四。配袁夫人,字幼菡。继配庄夫人,字芙笙。并先卒。继聘某氏,未娶而苏报狱起,遂别嫁去。妾二人,随先生东渡,初使入女校求学,继并遣嫁之,谓还其自由,所以崇人道也。子二,长巍,苏报难作前出走,遂不返。次岐,代先生就逮,出狱后早卒。遗腹得一孙,生四年亦殇,独螯媳钟氏存。女二。长撷芬,十年前创《女学报》,名闻海内外。适重庆杨儁并留学美洲,毕业后返国。次信芳,毕业日本女学校,受基督教洗礼。今居上海。

先生为人暗淡沉默,恂恂如老师宿儒。即而与之语,一引其绪,辄玄妙入微,否或微笑而已。闲居耐苦思,尝谓一寻常俗语皆有至理。其学穿穴经史百家,旁通内典,兼及重译诸籍,而尤长于诗。诗故隽上,益以身世萧瑟,玄想孤迈,论者谓穷而后工,几几与杜陵方

178

驾。所著有《映雪轩初稿》《烟波吟舫诗存》《寄舫偶存》《息庵诗》《庚
庚集》《东归行卷》《沧波听雨集》《梦楼续雨集》《九疑云笈》《卷帘集》
《题襟集》《残宵梵诵》《夜梵集》《闲情香草诗》《为谁存稿》《蜕僧余稿》
诸目,存佚参半。殁后汪文溥为斠定付梓,计得七卷,附以《瓣心词》
残稿一卷,颜曰《蜕翁诗词刊存》今行于世。而醴陵诸子,收拾丛残,
嗣有所获,将谋续刊焉。述学论事之文,精至缜密,前无古人,亦由汪
文溥网罗得数十首,续付欹劂。余绪为小说,尤绝优美,惜散佚不
尽存。

柳弃疾曰:十年前震陈先生名,以为祥麟威凤,泰山北斗,不世
出之豪杰。其容貌议论,必有魁梧奇伟慷慨激昂足以排风霆而走海
岳者。嗣读其诗,深微幽渺,辄心疑以为弗类。民国纪元之岁,始得
谒先生于沪上。退而益爽然若自失,将毋史迁所谓留侯貌似妇人好
女子不称其功业者邪?抑上德不德,至名无名,仲尼所致叹于犹龙者
邪? 然后知先生非犹夫世之所谓豪杰者比。盖直进而为有道之士
矣。先生之殁也,兰皋述事略綦详,傅专且为之别录,而昆山余寿颐、
泾县胡怀琛,又各有所纪述。先生之道德行谊,与夫事功学术,亦既
灿然大备于世矣。顾汪子拳拳,独以一传相属,不佞若弃疾,抑又乌
足辱先生。排比所闻,聊塞汪子之请。庶与诸家并行,非敢自附定
论也。

蜕盦事略
兰 皋

蜕盦陈姓,彝范名。初字叔柔,又字梦坡。别号瑶天,最后自号
蜕盦。君生有异禀,弱冠能诗古文词,究心经世之学,志盛气锐,欲以
政治自效。既连试不第,慨然曰:丈夫何必不以他途进。遂纳粟为
令,谒选都中。复就试得己丑乙科。仍弃去,入江西为铅山县知县。
时抚江西者德馨,以好货闻全国。君隶其下,郁郁不得志。居久之,
投劾去。

当丁戊之际,康有为始以维新号召徒党,君私谓余曰:中国在势
当改革,而康君所持非也。君盍偕我以文字饷国人? 俾无再入迷途。

于是相与在沪组织一日报,此即壬寅以言革命被祸之《苏报》也。君
与余之为《苏报》,适在戊戌政变,清廷益厉言禁,而《苏报》论锋益锐
进,一切无所挠屈。康梁忤后而保皇,断断一家之去从。而《苏报》则
斥君扶民,为根本之解决。会胡运未终,吾人自安于蜷伏。读《苏报》
者,辄诧为怪诞,经济乃大困。君全以馆事付余,而自北走燕筹款。
经年归沪,而余又南走湘筹款。君乃独任《苏报》事,未几而难作。

先是,蜀人邹先生容著《革命军》,《苏报》日日刊载其书,而蔡先
生元培、吴先生敬恒、章先生炳麟均革命先觉,往来馆中,而吴与章且
时时为文以张《苏报》。前清时,民人为皇帝讳名,口不得而呼,手不
得而书,违者以大不敬论,杀无赦。而《苏报》一旦忽于篇首名斥清光
绪帝为"载湉小丑",虏廷大震。会先已有宵人告密江督,缇绮续续而
至。浙人叶浩吾侦知其事,诣蔡与吴与章,揖而前曰:"愿诸先生留此
身,以有待也。"于是蔡先生行,章先生坚卧不肯行,既入狱,则以书呼
邹先生同投牢户。吴先生则挈君尽室入日本船,然后从容自去。君
第二子仲岐则挺身就缚,以缓父狱。而馆人程吉甫亦牵连被逮。当
是时外国盛传《苏报》事,以为创中国所未有。

君虽亡命海外,所至匪不欢迎,傥稍稍自夸,则当日党魁非君莫
属,即今日之贪天之功以为己力者,君亦可自居其一。顾君乃暗澹沉
默,不习突梯掔楹之技,叫嚣与脂韦两非所擅。慕君名者,方各印一
时豪之态度于脑镜,欲一见为快。既见,乃恂恂如老师宿儒,几疑此
不类昌言革命者。久之益相忘,君于是益贫困无以自给。

君之来东也,室人已前故,续聘未婚妻某氏,以君为国事犯,其父
母使改嫁去。独随两妾两女,悉以置日校求学。无何复遣嫁两妾,谓
还之自由,以崇人道主义。只身走香港,无所遇,复来上海,则为虏督
端方侦骑所得。黠者献策端方,谓苏报案领事团不肯引渡,即得其人
非能死之也,不如使人以他事讼之,得引案归内地,则斩戮可任吾意。
虏如所策,而外人洞其隐,终不为虏策所蹻。既了他讼,即不问前案,
竟纵之出,而君系狱已一年有半矣。

得脱,即走湖南,就余于醴陵。值醴有丙午之役,当路据东海通
客之为民党侦者某报告,谓革党且萃于醴陵,于是名捕党人,下其檄

于醴，而江宁、武昌、长沙各遣重兵来会如临大敌。余适以此时宰此邑，力争士人未与革党通，因谢兵自任捕小盗。醴之党人心善余，闻令有重客至，则群为交欢，而余终以细人李青璜控余为革党魁，解篆去。余去而君仍留醴。一日渡渌江访红拂墓，潸然谓同游者曰：吾死葬此矣！居久之益困，再就余于长沙，时时入长沙狱就宁太一痛饮赋诗以自遣。余介之萍矿转运局林志熙，居数月襆被自归。询其故，则曰志熙乃不我礼。于是复客醴经年。

而广州有黄花冈之役，湘中震扰，余阴谋握兵柄，冀从中起。君知余谋，即介绍刘玉堂君于余，谓此勇士，君图大事，缓急可用也。会余为忌者所中，陆军统不能得，得水军统。未几复有告密虏督瑞澂，乃以他事诬余，夺余兵而置之狱。君与醴人史良君辗转营救。既而光复军起，君欲余说焦都督大鹏，畀余兵与刘玉堂君援鄂。议未定，以大鹏之难不果，汉阳事急，刘乃以少兵驰赴，一日夜战死。湘将之援鄂者，战最勇，死最烈，以刘为首。刘到鄂即以战地图邮君示余，方相与展观，而败耗即相随而至。君为文以哭之恸，且谓余曰：令早用吾策，君与刘偕，先十日赴援，刘或不死，汉阳不失也。既而余参湘桂援鄂联军事，进君于司令沈秉堃。君以沈无远志，与余先后去之海上。

当是时，南京政府既建，革命将告成功，人人自谓手造共和，尽瘁民国，某为伟人，某为志士，某又为老同志，各自标目，以俟如分以酬其前劳。君此时宜可稍自表暴以解其困，但得欢迎一会，演台一说，无虑当道不一倒其屣。而君顾韬晦如在东时，益绝口不道前事，于是益重其困。

常州君有先人之敝庐在，为同怀弟某质之佗人。君往常州，道出苏州。督苏者庄蕴宽，君弟妇兄，又微时君旧交也，因上谒。还过沪告余，字谓蕴宽曰：思缄乃以腐鼠吓我。会余亦函告庄，谓君前事如此，即不言禄，禄不宜不及，而蕴宽竟置不答。吴先生敬恒令具状呈之沪督陈其美，请返《苏报》为前沪道所没收之产，其美亦不理。吴先生复言之稽勋局，亦无效。而蔡先生元培等又告之大总统，请恤君及其嫠媳钟，亦久不报。君乃谓余曰：吾辈已事，乃各本吾人之心理，发为言论,以质人群,宁冀有毫毛之效,预为贩卖禄利地。今世运递嬗,邂逅揭示此幕,宁可以其倒印吾辈前说,即贪以为功。此如女子十年贞不字。其不字,非贞也,乃以前日之容,不适于鬻。迨其老去,一日面鬻容之市,悉如其前之俯印,乃强金夫以买其前容。纵世不加诛,亦何面目以自镜耶?且余今衰,自问弗克自效于世,又宁可以尸弋位,糜民国一粒粟。由前之说,则食报非所自慊。由后之说,则任事又所弗胜。君幸告吴先生,勿以我为念。

于是君杜门蛰居,益自力为诗。诗故隽上,益以身世萧瑟,玄想孤迈,遂如古人所言穷而益工,几几与杜陵方驾。余绪则以撰纂小说,又绝优美,与同时小说大家畏厂埒。会柳亚子君等结南社为风雅坛场,又商兑国学,硁硁为五鹿之说经,邀君主其席,而叶楚伧君复挽君辑《太平洋文苑》,仇亮君则偕君北去为《民主报》。继不洽于景耀月,仍南归。

君家庭前有子二:长子于苏报难作前出走,遂不返。次子出狱后短命死。独二女颖绝,能英、法、日三国文字。此则中郎所差以自慰者。去年长女既嫁,偕其婿自美国学成归国,侍老父欢甚。而次子有遗腹孤,生三年矣。君左顾班彪之女,右挈黄琼之孙,盖十数年穷老困笃,至此始稍稍悦怿。虽终窭无改其乐,以为苍苍者将锡以桑榆之晚,岂谓天不悔祸,今年忽殇其稚孙,而长女又西去巴巫,于是此融融叕叕之春,刹那尽灭其泡幻,而悉返其阴沉惨厉之景。会南北汹汹,国事羹沸。君内酷于身,外恫于国,益厌世欲速死。

在临命十余日前,其幼女自日本归,请于父受基督洗礼。前十日,余视以近所为时论三篇,篇各三千余言,君尚能起坐读之竟。前二日,则嘱余代其草一函,哀其弟请质屋分济医药,述所欲言大意,殊有条理。余濒去,复呼余曰:赖君惋挚沉痛之文以致款矣。前一日,视所代草,则瞠目至久,曰我乃不了了。置之,俟心稍凝而后阅之。舌挢语艰涩。五月十六日之晨,君召其女弟陈德晖往,至则告之曰:天父来命我矣,遂无言,迨午嘘气不已。德晖呼之,张目曰:吾乃作一梦。须臾余驰往。排闼甫入,则幼女长跽于前,女弟泪荧荧承其睫立侧,而君已一瞑不视矣。君死无以为殓,赖戚友赙赠,堇而举其殡,置棺上海西门斜桥之湖南会馆,今犹无以归骨。病笃时,余时时往视,复以儿子景中日夜侍其疾。友朋阔契,则惟大颠先生日日慰藉之,而陈燕生君以异宗慕君高行,事之如父,古谊为可诵也。

兰皋曰:蜕以昌言革命被祸,未婚妻离绝,妾嫁、子夭、孙殇,遂以覆其巢,桎梏不死,愁遗昌时。异日与君同难,世所称太炎先生,号高尚孤洁,亦复南入枢密院,北为军府顾问,持节临边,煜曜当路。而蜕独憔悴无改其往。世弗念蜕,蜕亦终弗言。伟人志士粤之所产,次则推湘。蜕故湘之衡山人,有问其籍者,蜕乃答之曰:我阳湖人。呜呼,将所谓至德无名者非耶? 政府挥金,或数十万,或百万或千万,视如泥沙。三级之将,五等之勋,日以好爵为縻,出之口而无穷。顾于苏报案,书上独不报,将彼昏愦愦,抑岂适所以成其高也。女弟为余妇,而余与蜕患难交二十五年,其经历身世,与怀抱心理,知之至纤至悉。因举梗概以告世之爱吾蜕者,蜕遗著当以属亚子,并乞为之传。

按此文作于民国三年五月。其时党人势犹张甚,太炎亦似得志,故文内不无微辞。今则时异势殊,太炎末路之可怜,几与蜕为同一之境遇,而作者此文已先流布,不可回剸。愧无先知知人之哲,用识吾过。作者识。

蜕盦末路记
大 颠

清命既讫,显扬幽晦。盗名之士,接踵而起。举手投足,自命贤劳。彰者益彰,过情弗耻。隐者终隐,没齿无怨。介推不禄,绵上安居。遂志宁心,奚烦饶舌? 然已穷郁至死,而尚为之缄默,心何忍乎?

蜕盦陈子,非余稔交。相知一载,无形见契。勖励有加,似砭薄俗。鲰生钦其德风,仪敬维虔。往还者数,不道私事。尝以拙著小说二种见许,谓有深爱于人,厚益于世,知己之感,特深于文字。愿言之雅,尚昧于生平。初本知其宿心宿志,尽力革命事业,曾受非常痛苦。父子系狱者经年,全家且以是终破灭也。勋章勋位,烂于羊头。茹苦在先,宜期食报,不必出之怨望,何妨吐露一斑。复何拘忌,而隐晦若此？余亦若弗欲深知，绝未有所叩问。曩日同生死共患难者谅不乏人，即偶忘乎生前，将追述于身后。余有何知，而敢赘乎？独其近况，则知者恐鲜。盖吾见其茕茕一榻，蛰伏逆旅。所与往来者，无几人焉。笔而记之，吾之责矣。

陈子之在逆旅，余虽屡往，其作何生活，余不知也。其抱何愁痛，余亦不知也。鬖鬖白发，早添两鬓之霜，余不知其若何憔悴也。偶病足，不良于行，余弗审其若何调治也。在沪相识之人，所常与往来者，余知有陈君燕孙。偶往谘访者，余知有胡君寄尘。陈子交游广，必有远方过客，便道问讯。近地知好，密与周旋，余弗遇，故亦不知也。余故非稔交，陈子又未尝语我以亲密。询之燕孙，亦弗能道其详。然可知其索居之情况矣。

某日燕孙诣余曰：蜕老病，速往视。时则僦屋于城西宝安里。余踵其门，寂然无声响，扬声弗应。挨户而入，则一榻在户后，匍匐床褥间，伛偻其背。一弱女捶之。见余似不相识者，瞪目久之，指余坐，并指女视余曰：吾家弱息，才自东洋归来。语毕合目而睡。余知其神倦，静憩勿言。少顷，索腕胗之。其脉右大，重按皆微，暗惊其不祥。陈子宛尔而言曰：此躯壳恐支撑不住矣。余否否。曰此何足讳者。余仍否否。询之不谷食者数日矣，便不解，溲短赤，有痰嗽，舌苔黄，中剥，胸脘不舒，气机甚促，盖肺胃皆病。生化之源绝，而湿蕴中焦，秽恶内阻。惫已甚，不能大荡涤也。乃采归脾方，稍为增损，以助化机并劝进鲜牛乳，以助气血。鲰生末技，盖止此矣。是日余未多言，亦未多询，但默为揣索。病危至此，而但有一女侍奉，则必无子。尚留恋客地，则必无家。且闻僦屋等事，俱燕孙代为奔走，则必无亲戚。然余不敢问，恐伤其心焉。

余出门即代为觅送牛乳者，告以地址，及门牌几号。送牛乳者唯唯。隔一日复往，则知牛乳未送到也，乃以余所服用者与之。询其服药何状？则云尚合，但已有人介绍东洋医生，用西法施治。余甚以为然，又明日导送牛乳者往，稍探问，自后遂永别焉。

五月十六晨（阳历），余赴校，途遇燕孙，呼余曰：蜕老死矣！问何时，曰：昨午后四时也。余惟惋惜而已。时燕孙实为之经理丧事。

迨余课毕而往,则已殡于湖南会馆,而汪君兰皋料理后事。茕茕弱女,方整理行装,将投止于幼安之家。房主咆哮,必欲倍偿其金,以死人事为不祥,须酬资以被襀。余解之弗从,且出恶言。兰皋与余商,事在租界,惟有诉之捕房耳,遂同行。兰皋语余曰:此老一生困顿,并子孙尽之矣。初有二男,以前清苏报案均逮狱。长男以此发痫,出狱后不知所终。次男婚后夭札。有遗腹孙仅四龄,亦于去年殇矣。现存二女一媳。长女随夫远行。媳不同居。次女新自东京毕业归,独送终焉。身后一无所遗,末路之悲,盖如此已。余因思《苏报》同志,今不乏稍有声气之人,奈何令此老生前困顿至此? 若死后,则不足恤焉。

且语且行,已至捕房。晤译者周君,蒙传达于司捕务者,意甚周到,乃派捕同返。余于半途折回寓庐,以为事必了矣。后闻兰皋云,房主倔强,卒与五银币始解。其女公子现在幼安家。余故弗稔,聊以余所知者,迻述如右,倘亦知蜕盫者所欲知欤!

陈蜕庵事别录
醴陵傅尃钝根

余与陈蜕庵论交,蜕庵鬓已斑白,相视忘年也。今蜕庵死矣。蜕庵事状有汪兰皋所为文,言之颇详。其末路又得大颠记之,而柳亚庐且将为之传,余复何言。顾念蜕庵之所以视余者厚,即两年离别以来,从蜕庵处至者必道蜕庵于朋辈独念余,殷勤无与比。而蜕庵居湘日久,稔其事者,又莫余若,则余安可不言? 第言之不文,则非余过矣,因作《陈蜕庵事别录》以告知蜕庵者。

陈蜕庵之来醴陵也,在丁戊之间。其来也以就醴陵令汪文溥故。汪籍阳湖,为蜕庵女弟婿,颇结纳时士,故一时醴人咸以趋事汪者重蜕,非真知蜕庵为何如人也。顾蜕庵亦深自韬晦,与人无深言。汪既去醴,蜕庵益贫无依,乃移寓南华宫。时以文事自遣,间或与刘今希诸人相倡和,其佳句亦稍稍流传矣。己酉春,余在长沙,闻人言蜕庵,谓其人甚奇,云是革命党,曾作官江西,旋以《苏报》入狱。出狱后,其家荡然无存。与之言,询其往事,皆不甚了了,殆如梦初觉。人或与更言他事,一引其绪,则语语玄妙入微,否或微笑而已。闲居耐苦思,尝谓一寻常俗语,皆有至理。有索其赠诗者,辄累百数十言,能肖其人,不待起草,径书之笺扇,又尝趣刘今希诸人为文生祭之。闻醴陵有红拂墓,在西山,则偕诸人往吊赋诗。临去泣然曰:我死当于此乞一坏土,且丐诸人为斯墓筑亭护惜古艳。余私揣其人,殆若有隐痛者焉,以为郑所南之流也。乃为诗柬之,蜕庵欣然答余,余之交蜕庵自此始。

是年六月,余自长沙归醴,与蜕庵相见。初若漠然,稍久始益亲。罗涤衫谓余曰:蜕庵送客创例也,非君无以当。顾余视蜕庵非故慢人者,然是时汪令去醴已久,醴人之以汪重蜕者,相率引去。蜕每留余坐至更深,往复上下其议论,道古今成败。论事当否,旁及文章轨则,骚雅之所留遗风,人之所讽咏,相与欣赏叹息寻索探讨,时具神思,若将可以终身者,不自知其穷而将老也。蜕庵既益不自聊,时复有所眷,遇之颇殷。会以事中梗,去之长沙,主于汪之寓园,携其次女相伴。时余欲为高天梅求蜕庵,苦不得踪迹。刘今希以书告余,乃就其寓访之。见则示余以感怀之作,语至凄惋,且赠余以"相见恨晚君安在,一往情深我奈何"之句。自是余日夕必至其居,以所为诗词相质,计与蜕庵相晤此一月为多。然观蜕庵状至萧瑟,若不得已而处此者,于以知其遇之穷也。

时余友宁太一以《洞庭波》杂志事触庬廷忌,禁锢狱中。《洞庭波》者,当丙午萍醴起义之岁,余与宁、陈创之海上者也。蜕庵既来湘,则日就太一狱中饮酒赋诗,以为乐。悲其被害之同,而文人之厄也。故每与余言太一。至为流涕。会重九后二日,余与今希约蜕庵偕登麓山,并访黄、龚、方诸人于高等学校。因相与作长日游,遍览名胜,各采山中杂花赠之。最后得一寒蝶,蜕庵喜甚,谓其化身。诸人欢笑竞作,固不知其言之悲也。及饭,蜕庵犹恋蝶,起视,则蝶已死,为之辍食不乐,重增太息,各赋词记之,有贾生服鸟之感,孰知其为今日谶耶?呜呼!凄凉身世,末路增悲,蜕庵以首倡言论谋光复,至倾其家、锢其身、丧其爱子。生穷于清,而复死穷于民国。功狗烂羊,触目皆是。稽勋之及,怜此一老,至于死无以殓。贤者不负天下,而天下负贤者,其不然欤!

自蜕庵离汪氏寓园后,数月不见。庚戌九月,乃复遇于长沙。时以病足故,居旅次与日医邻。一身外无长物,赖友人时遣仆来慰问而已。一日以病足示余,刀痕长可尺许,云患脚气,须剖理始效也。余问觉痛苦否?答谓:云何不痛。又笑谓:何不以身为外物?曰:苟能以身为外物,则疾将任之,无治为也,因以足疾诗见示。犹记其"当日未曾生使独,后来终信德非孤"之句,以为尔我共喻之言也。旋复返汪寓,余赠以《大乘起信论》。越数日复余,谓其意趣多与平日所见合也。余与栩园访之,坐榻上,不能行,积稿数寸,皆就榻前短几书者。有杂文,有史评,有诗有词,今不复忆。蜕庵于文,老而弥笃,颇作身后想。尚冀人间能传之。余曾介之入南社。尝谓余:君少年才力可自致,吾老益衰,胸中古义寖失,又屡丁忧病,恐不久人世。念名与身灭,渐用自疚。使更假我数年者,或当老而有成。今自视不能矣。将如之何?顾人海中如蜕者,又何可胜道也。抑吾且身之弗恤,家之弗恤,而尚复眷眷于身后名,岂非大愚?无亦念跛者不忘履,眇者不忘视。文学之寄,不绝如缕,更十年种且变矣,谁与斯责?君其任。君少年才力可自致,在好为之耳!蜕庵作是语时,泪荧荧承睫。及今一追述之,愧对故人地下矣。

岁辛亥,蜕庵再至醴。六月,余于何春舰师处,迹其居址往访之,入门把袂,视余不作一语。久之,乃问顷从何来?何久不见?有诗否?余则示以近作,欣然击节,援笔赋五古二章赠余,复示余以壁间自篆一联,集定庵"各悔高名动寥廓,侧身天地我蹉跎"之句。旁识小字,谓久不见吾钝公,留此书壁间赠之,恐蜕庵遂死,钝竟不来,辜此一场凝伫也。因各大笑,遂亦索余赠联。余为易书"各悔高名动寥廓,更何方法遣今生"之句,相与太息久之。是年,余从郑叔容学作五古,因论及湘绮诗。蜕庵谓湘绮与其家有世交,集中寄二陈诗,其一号怀庭者,即其先人。余始审知蜕庵籍衡山,非阳湖,阳湖特以先世宦苏寄籍耳。然其平时从未言家世,有问之者,唯唯而已。余故知其含悲,亦不问也。是日大市酒馔款余,殷勤速余饮,谈论甚欢。而余已大醉,卧榻上逾时始醒。醒则蜕庵尚酌酒相待曰:君其为我饮此一杯,前一醉了今世,再饮结来生未了因也。余以"此老好作巇语"辞

187

之,而蜕庵固相属持不可,孰知此会以后,遂与蜕庵成永别耶！顾蜕庵于此若前知,是又不可解也。未几,余返乡,遂作沪上行。八月革命事起,旋往苏主《大汉报》。十一月返沪,而蜕庵适以是时弃湘桂联军参军事,来苏访余沧浪亭畔,而余已先行矣。赋诗所谓"到处酒帘招客饮,却愁醉后独诗成"者也。蜕庵故屡为余道苏浙名胜,约共游赏,至是竟不相期会。后海上拟寄余诗,谓"如何一为别,去住两难依",固知此老之相念深也。自是以还,得其海上一诗。因见余脞录中,录其诗而作者。又北京一书,则刊诸《民主报》,未写寄余。呜呼！余与蜕庵交谊,自己酉六月至辛亥间,西爪东鳞,不可殚述。酒边一别,遽尔千年。今后十方三界中,更何处寻蜕庵踪迹也。

以上所述,皆余与蜕庵私交,然可概知其平生矣。计自蜕庵作官以至办报,至入狱出狱,至来湘,贵贱苦乐,更迭为之。洎来湘后,乃自号蜕庵。其居湘之数年间,断为蜕庵末路时代可也。蜕庵不必藉文采方足自见,《苏报》之出,革命之滥觞,而其受创苦且逾甚。虽口不言功,后世亦自有能道之者。初不屑如余杭文人之藉得边使一官,勋位一级。自创民国,授柄于人,而转以前功乞其扬榷也。况蜕庵之诗,尤足以昌其身后乎？蜕庵诗集,最初有《映雪初吟》《庚庚集》《寄舫偶存》,皆存其长女撷芬处,凡三集。次《东归行卷》《沧波听雨集》《瓣心吟》,皆存施心泉处,亦三集。次《残宵梵诵》一集,及是集前两三年碎稿,则皆存吾醴人史采崖处,今尚能得之。又其侨醴陵日为诗颇多,尝欲哀为《卷帘集》,次诸《残宵梵诵》前。其稿亦多归史采崖,补辑尚易,综计凡八集也。

《残宵梵诵》为长沙病足时作。余之知其各集,盖于此集自序中得之,并有自跋,颇寓身世之感。语至可悲,谓文人之厄,末路之穷,以古方今,于斯为极也。此集曾借寄柳亚卢观之,并乞其题记。旋又录其大半于《长沙日报》及脞录中。今兹南社所刻,略不出此。至其近日寓沪时之作,定为何集,则社中诸人,多有能道之者矣。蜕庵名彝范,字叔柔,或作叔畴。又字梦坡,别号瑶天。中己丑乙科,出知江西铅山县事。以不得于上司投劾去,遂创《苏报》海上,具如汪文溥所为事略云。

今拟刻蜕庵诗集之法,应由海上发起征集,以一人综其事。存醴陵者,余任采辑。存撷芬及施心泉处者,当由汪幼安采辑。北京任《民主报》时所作,当由京中社友采辑。海上诸作,则由亚卢或其他社友采辑。综其事者当归之亚卢,刊资则由社中次助,亦易集事。如不能辑其全,则存醴之稿,后日余当集资为之单刊,其文集则除征集见存杂文外,如与友人书简,及当时刊入《苏报》之作,其尤佳者,尚可搜采。亚卢今世之能,以网罗文献自任者。海上文彦荟萃,镒财易举,若天梅、石子、吹万、去病、楚伧、太一诸社友,皆可共谋,而幼安君尤与蜕庵有骨肉亲。撷芬女士,又一时豪俊。中郎有女,孟坚有妹,遗书之出,且无俟余辈为之喋喋代谋矣,斯则视蜕庵身后之福命为何如耳。呜呼!

书蜕庵遗著后
前　人

蜕庵诗余处今可得者仅此。此外尚有诗词叙,及赠诗十数首,大索不可遽得,容他日录为补集。又蜕公在醴陵日,倡和留题,到处皆有。其诗不假思索,亦无草稿。俟向各方求之,当得什五六,惜不能即致耳。记蜕跋其集,谓题襟笼壁,不乏可存,正就寓醴时言。又此间有题画梅七古诗一首,曾采入冬夏脞录。亚子处当存有报纸,此亦不录。其遥闻风雨满三韩一首,则脞录中系从此摘出者。嗟嗟! 余识蜕庵于既老,蜕视我以忘年。三载之间,悲欢离合,不尽于此。然即此回忆,已堪叹息矣! 风雨之夕,检写以寄亚子,不知涕之何从也。钝记。

蜕庵遗事之一
陈汉侠

汉侠褓襁失怙,依父成立。年念三,慈父见背,每冀于蜕伯或得长蒙训诲,讵伯竟舍侠而仙去乎? 十数年覆荫之恩,诚有不能已于言者,因咨嗟涟洟以道之。先是伯创《苏报》于沪上,时侠年十六,与女公子长吉芬、次信芳,同肄业于中西女塾。吉芬年与侠相若,而性磊落,博学多能,素抱爱国热忱。侠倾佩之深,遂与为莫逆交,深获切磋之益。芬亦幼年失恃,由是愈相怜爱,乃为引见于伯前。即承优待,爱护之不啻亲生儿女也。常语人曰:吾今又得一女矣! 假期与芬欢聚椿庭,乐而忘返。伯曾作长歌以勉吾二人,迄今犹珍存之。歌曰:

少小袭娇痴,如花好风调。深情钟女伴,旦旦誓永保。古有陈与雷,又有管与鲍。彼为奇男子,佳话式交道。何况巾钗流,具此岂不少。吾女幼愚直,母弃此儿早。依父如依母,不复习窈窕。忽然逢素心,药石互攻讨。吾闻喜且惧,负剑相诏告。勿为世俗交,切磋期终好。老夫双掌珠,幼者甫离抱。长者及笄年,是我擎中宝。两男性顽钝,惟此女表表。期为第一流,幸得倚光焰。进德日千里,绳愆相检校。老夫拭目望,此心勿中槁。支那女中杰,舍君复谁蹈。长篇勖令德,谅君勿听藐。

又注云:汉侠如侄巾帼中之迈德也,与吾女吉芬交垂一年矣。始以情好相缠缚,继以学行相切磋。今虽弃情好,而学行之勖进,其固结犹甚于前日。仆初虑其仅为世俗交蹈儿女习,不意二人之相得日彰,竟获切磋之益不浅也。为之深喜不能已于言,赋长句以赠汉侠,并勖吉芬,保其岁寒松柏。抑又闻之,己进之德,彼此所共见也。未改之过,日月所常有也。愿汉侠及我吉芬,葆其所已进,更诚方来,是则所属望耳。遗言深铭肺腑,曷敢忘之? 斯时吉芬在校中,常念女界聋瞀,思设报纸以振兴之。遂与诸同志创报于沪江,颇见发达。侠读书未久,不谙作文,乃作俚言,聊助绵力。

荏苒二三年,伯因报言忤当路,乃挈吉芬漫游三岛。二公子则被逮以缓父狱,侠仍就业旧塾。明年归武林蔡氏。嗣后虽与芬通鸿,伯之事迹,究不得周知。迄革命告成,南北统一,侠复游学于沪,忆念颇苦。春三月天假之缘,芬自美国归,而伯即从湘省接续到沪,重联旧雨于逆旅中,心期颇慰。伯忻然谓汉侠曰:吾十年前曾倡革命,讵事未成,所遭困难,擢发难数。今幸目睹共和,又见尔与吉芬均偕佳婿,吾无憾矣。自此往来无虚日,每过必以佳章见示,详为解释。盖以侠学浅,思有以启导之也。伯又极赞成女子有参政,旁征博引,妙喻横生。固今犹在预备时期,宜各出其所知以与世交换知识,第不可横决泛滥，滋人口实，徒为前途障碍矣。伯本斯意遂尝揄扬侠名于京沪报界，顾侠虽谫陋，重以老人意，不敢过拂，乃少少有所供献。不期相聚未久，伯北上为《民主报》编辑，水土不服，甫一月复南下。秋八月吉芬夫妇有蜀道之行，侠课暇必往视伯。此时精神殊健，坐谈二三小时，无倦容。倏而岁聿云暮，侠将回里省姑嬟。伯见侠言别，黯然曰：吾二女远离，幸尔相依慰我。今暂去，明春早来与吾同游邓尉观梅可乎？侠敬诺之。不意今春羁身江宁，为女校教授事，遂爽雅游之约。时槁砧方就学于淞校，因嘱频往看视，复作函自谢。伯知侠情况，谅之不为罪，且为之贺。寒食节循例旋乡扫墓，过沪即邀伯同行，作六桥三竺之游。时伯患嗽疾剧，不果。侠至杭，无心久游，三日遂返。见老人病体支离，厥状急甚。侠侍侧有间，默念吉芬、信芳皆在远地，孤馆老人，将谁负汤药之责者？不禁为之酸楚。伯微睡间，忽张目询侠曰：尔父没时年几何矣？时尚健否？侠答犹健，年五十四耳。伯喟然叹曰：余今亦五十四，而发苍苍而视茫茫，且多病颓唐如此，其能久存乎？侠闻之凄然欲泪，勉作慰藉语以安老人心。然斯时犹谓病人之常情耳，何期遂于此不起乎？乃拟请假留沪奉侍以待信芳归。伯雅不欲侠狥私义而废公益，固促之曰：信芳不日将归国，且吾国无恙矣，尔其行乎？侠犹踌躇。适校中庖代乏人，书来敦迫返校，乃惘然趣装归宁。因途中为风露所欺，至校困顿不起，于床头叠接信芳及槁砧函云，老人病革，呻吟中屡询汉侠，犹不来，过此以往不复见之矣。伏枕读之，不觉泪随声下。是夜梦伯欣然立吾前，顾谓侠曰：吾将去，汝其勉之！言讫倏忽引去，追之不及而仆。侠亦瞿然惊觉，时夜已深，斜月映窗，残灯无焰，不觉心悲且悸。次日噩音飞来，吾伯竟于四月中旬仙逝于逆旅。音容已杳，手泽犹存，侠果不见吾伯再聆榘训矣。呜呼！哲人其萎，邦国殄瘁。溯自辛亥之役，政体更新，大陆龙蛇，争相角逐，樊然矜其功于新邦者，比比皆是。独吾伯处之泰然，不屑自炫其前勋，而人亦以其不甘涸拾流俗焉而遗之。呜呼！世之所以报施善人者固如是乎？虽然伯工于诗文词，遗著散在海内者，同志方搜集裒存之。是天之故厄其身或将彰其名于后世，而使侠哀吾伯于今日者，亦终得以少杀欤！

191

蜕老遗事

泾县胡怀琛寄尘

蜕庵老人姓陈氏,或曰湘人,或曰江苏阳湖人,或曰苏人。侨寓湘中,久遂家焉。余识老人未尝问,老人亦未尝为余言也。老人有诗云:"湘吴两处同乡认,却笑居庐一尺无"。老人之以逆旅为家,于此可见。老人昔年尽瘁革命,以丧其子而破其家。余于老人故后,闻之疚依,老人亦未尝为余言也。余识老人在壬子之秋,时老人方从北来,止于旅邸,襆被萧条,琴书外无长物,鬓丝丝白尽矣。而豪兴未衰,独喜与少年游,余每出必过其寓焉。余性冷寡言,相对默默无一语,而老人独喜余至。老人思想有出人意表者,一日谓余曰:吾尝抱一异想,谓中国欲强者,当自限制生殖始。盖生殖繁则教养艰,夭折者不知其数,孱弱愚钝者亦不知其数。流离困顿,惨苦万状,何如不生之为愈乎?既生之而若是,又何如早死之为得乎?当时我抱此想,遂若一想遂足以感彼苍苍者。于是而我之二子死焉,于是而我之幼孙殇焉。然而我无恨,我之愿如是耳。老人又曰:世之轻薄少年,断无恨事。当其事可成,则绝力以谋之。及见其必不能成,乃置之而营其他,转瞬且忘之矣。若夫事既明知不成,而心则未尝或释。斯人也,我所钦焉。老人之言,不知何所指也。余闻之,心佩其说,窃怪乎六十老者而能为此语也。老人喜为诗,好游。余过之辄为述其游踪,且以过雁宕多盗未游为恨。严冬风雪扑人面,问余有邓尉探梅兴乎?余羁栖旅舍,日弄笔墨以糊口,谢未暇也。越数日寄以诗云:记得探梅曾有约,偶然睽隔又旬盈。不知听雪围炉坐,撚断吟须第几茎。厥后又一至其寓,遂永别矣。呜呼!胜游如昨,往事何堪回首。人生朝露,岂独老人已哉!

哭陈蜕庵先生文

金山姚光石子

昔张俭望门而投止,介推终隐以逃名。义侠高风,传美千古。而如我陈蜕庵先生之兼而有之者,是尤可式矣。先生发明孔子内夏外夷之说,孟子民贵君轻之义,首以文字提倡革命,感发国人。因之离绝聘妻,遗嫁二妾,夭其子,殇其孙,颠沛流离,无家可归,为可痛已。然而文字有灵,卒成光复。奈何民国肇兴,谋利既同狗骨之争,赏勋又等羊头之烂。而先生隐名晦迹,依然身世萧条。终以积弱之躯,客死海上,此稽勋者之咎矣。余与先生神交有素。去岁之夏,余等纠合同志有国学商兑会之结。先生首荷赞成,又频以撰述见寄会中。时先生在燕中,欲立分会。及秋间来海上,余访之于民立栈。翌日先生冒雨至余寓所,自后数数相见。盖先生不以小子为不才,许订忘年之交,意气甚相得也。尝赠余一诗,振笔不加思索,为书扇头。诗曰:"万里闻君名,不期见今日。握手如昔知,推襟互无阂。念我少年时,纵酒能谈说。前岁历死生,盛气存九一。逢君愧已迟,心长意已绌。会当勉振衣,梦游峰泖侧。"并为余言前年患足疾甚剧,频频死去。然躯壳虽死,而灵魂仍不失知觉,有飘飘欲仙之致。余又邀先生来留溪,先生询以九峰三泖间山水,言他日极愿一游。岂知岁星未周,而先生长逝矣。悲乎悲乎!遗诗重读,惘惘久之。天上英魂,其知耶否耶?有社友邹君、亚云者,少年英锐,劬学成疾,略血以殁。余哭其寿之不永,而志之未竟也。哀尚未已,曾光阴之几何,而又哭先生矣。先生之寿倍邹君,而又过之。则哀之者宜若可以稍杀,惟是先生文章道德,硕果仅存。正如鲁殿灵光,堪为我辈矜式。耆老凋谢,典型云亡。山颓木坏之叹,令人正靡有已矣!

为编刊蜕集事致亚子书
兰皋

亚子足下:顷相见甚欢,匆匆又别,复怅然也。蜕盦遗集,有《映雪轩初稿》《烟波吟舫诗存》《寄舫偶吟》《息庵诗》各种。乃自其生十一年以迄清之丙子,都二百三十一首,此悉存在。又阅其自记有云《庚庚集》第一,《沧波听雨》第二,《卷帘集》第三,《闲情香草诗》第四。异时出各卷中汇录之,四十年情境尽矣!今只闲情香草约三数十首,似尚非全豹。庚庚等三集,均无片楮。未知所谓四集,系重编各稿,抑各稿以外,另有此四种也。其庚戌病中所记,自恐不起。悉以残稿付之史君采崖。顷史君适从湘来，言蜕所付稿，均保存无阙失。以此考之，则丙丁以前，稿甚完。丙丁以后迄辛亥以前，则在史君处。辛亥以后，迄其临命，则在沪与南社诸子唱酬之作为多。虽其遗箧存稿零星，而同人近在一方，想不难征集也。又阅其致钝禅信稿，有残宵梵诵承寄南社等语，则此册当在钝禅处。看来诗词可望十得其八。（蜕词本不多，前此七八年，蜕曾函弟，言渠颇好词，而不敢轻为之，故所作甚少。嗣后始见蜕时有倚声，未及十年也）惟小说则此间存稿只两种，而尚有殆阙。然《民主报》所载，当可函嘱汇集寄编。又蜕曾有三生石传奇，只存目录。梦警、画证、游春、惊遇、入塾、求婚、窥屏、合卺、题画、谒墓、复梦，此为其前二十年所作，未知全稿尚存人间否？又有《石头记》评语，则前五年所作，亦无存稿，未知传付何处。乞吾亚子阅此函后，即以却寄民立、中华、民国诸社，载入报端，胜于执简而讯也。史采崖倡议，以蜕遗蜕，归葬岳麓。云蜕当为其湘历史上有光色之人物，不可不留一碣一墓，以为纪念。史君诚有心人哉！匆匆奉布，即颂起居百益。弟溥顿首。

报兰皋书
柳弃疾

兰皋足下：得手书，甚慰甚慰！同时获傅钝根书，并《蜕庵事别录》一通，兹先奉阅，阅竟乞交楚伧登《民立报》刊布，此钝根意也。钝云《庚庚集》存撷芬女士处，《东归行卷》《沧波听雨集》《瓣心吟》存施心泉处，《残宵梵诵》及《卷帘集》未定稿则存史采崖处，应请足下发函搜集为叩。史君现住何地，《残宵梵诵》等已带申否？均念也。《烟波吟舫诗存》《息庵诗》《闲情香草诗》，均不见于别录中，未知何故。南社中又有《蜕僧余稿》自叙一首，乃庚戌岁作，所谓《蜕僧余稿》者，即小册子两本，又散纸数十张。弟所曾读过者，《太平洋报》"文苑"所录，均取材于此。去冬为蜕索还，想尚在遗箧中。自序云，此为第七集，以别录中次第及岁月合之，疑即所谓《卷帘集》者，倘能从史君处稿一对照，当可了然也。又自序中所述诸集，自《映雪沧波》外，尚有《梦楼续雨》一集，为别录中所无，则不可解矣。弟意蜕老著作，诗为

194

最富。今刊遗稿，亦当由诗集入手。《映雪轩初稿》《烟波吟舫诗存》《寄舫偶吟》《息庵诗》各种，既有定本，不妨即日付印。其余撷芬女士及施史诸君处稿，可随获随刊，较为便捷。好在每集各自成编，不须伫候也。足下以为然否？去岁所作，已登太平洋者，弟可任搜辑。惟《民主报》所载，殊难设法。弟处虽有此报，然邮寄开始，已在蜕老南归之候。从前诸作，竟不可得。现在又无相知者在报社中，颇为踌躇。未知足下别有妙法否？殊念也。蜕老倚声，弟所寓目，不满廿阕，未知箧中别有存稿否？文稿登太平洋者，可搜求得之。《苏报》及《民主报》，恐难为力矣。小说则南归以后寄稿民主者尚可覆按，而在北所著，不易搜求，奈何奈何！钝根欲以编纂事属弟，此未审情势者。弟再四思维，决以足下为宜。蜕老行藏，惟足下素稔。编年定稿，可无先后倒置之虞，其利一；撷芬女士及施史诸君，于足下为故知，于弟为不相识之人，征求搜集，难易迥然，其利二；弟僻处乡隅，不能直接印刷事，而足下居海上最便，其利三。由此观之，斯事信非足下莫属。然足下已慨诺于前，必不执谦于后。特弟恐钝根之书一出，或有纷纭之论，故敢重复陈之。足下倘笑我以小人之腹相度耶？一噱。匆复即叩道安。弟柳弃疾稽首。

致兰皋书
金山高旭天梅

兰皋先生台鉴：顷闻蜕老遗集，由公主持刊行，编辑之役，度亦公一力任之，甚足为蜕老身后贺也。人谁不死，死而有杨子云者定其文，其亦可以无憾矣乎！弟往北时，蜕公曾有二七绝，行箧中觅之不得。其集中倘有，希代录寄下。又六言一首附上，吊词数章，乞教正，并可为集中附录之资。刊资弟愿任二十金，已交姚石子转呈矣。即问大安。弟高旭上。

诗

哭蜕庵
柳弃疾

少年揽辔志澄清，垂老中原未厌兵。伐鼓撞钟天下计，破家亡命劫余生。元龙豪气销难尽，杜老文章晚更成。叹息万方多难日，放翁家祭若为情。

十载声华鲁殿光，党碑姓氏自堂堂。如何北海孙宾石，老作南州盛孝章。张禄入秦名屡变，包胥复楚愿终偿。纷纭举世贪天力，一笑封侯尽烂羊。

识公名未读公诗，倾倒瑶华又一时。并世竟逢陈仲举，怜才难得傅修期。余与先生订交，傅子钝根实作之合。秋风江上同羁旅，春雨檐前惯别离。当日早知成永诀，也应怆哭惜临岐。

吾辈情怀狂似虎，先生道德殆犹龙。朅来胜地贪行乐，悔未倾谭总负公。先生每招余至寓庐作竟日谭，余耽征逐未之应也。流涕不堪知己感，遗书倘赖故人功。传经伏女能无恙，辛苦西飞蜀道鸿。谓撷芬女士。

196

重过杏花楼感悼亚云、蜕盦两亡友
柳弃疾

梁园才调咽悲笳,湖海人亡泪似麻。春雨杏花零落尽,黄公垆畔忍回车。

哀　蜕　庵
华亭姚锡钧鹓雏

江左才人盛,如君晚可嗟。犹能依内乘,不敢忆年华。毁誉一棺戢,交亲百故差。虞诩休论怨,犹有素帷车。

略减元龙气,犹存北海狂。如何晚腾踔,至竟付销亡。才老邱灵鞠,忧伤盛孝章。遗书纷在箧,可忍问行藏。

哭梦遁老友
吴江陈去病巢南

同甫当年负盛名,挥毫惊起攘夷声。破家不已重亡命,万死何曾剩一生。惟有威丹知己感,空余枚叔故人情。介推无禄真堪愤,欲按心头总未平。

十年一别老陈琳,未信归来雪鬓侵。诗酒谁令逐年少,文章依旧断知音。西湖有约偏难主,南社无君忍重寻。最是楚魂招未得,鹃啼猿啸激哀吟。君长女撷芬嫁四川某君,在巴蜀未返

哭陈蜕庵先生
丹阳姜可生杏痴

客秋友人汉侠介绍识先生痛饮更番,甚相得也。今春三月匆匆一面,先生容色憔悴,大异平日。曾几何时,噩耗传来,故人长逝。荒荒斜日伤矣。余怀赋诗二绝哀之。

天涯旅邸病魔催,风雨关山梦未回。追忆秋高人影瘦,酒阑悄坐兴全灰。

老来一掬相思泪,飘泊无家作客迟。把酒相看惊喜半,春申江上落花时。

吊陈蜕庵

金山高燮吹万

如此天涯酒共斟,鬓丝憔悴费沉吟。江湖拓笔余高节,风雨论交见素心。诗思苦随羁病进,愁怀沁入落花深。元龙豪气销磨尽,竟谢风尘泪不禁。君以去年来海上,遂以客死。

当年久振春秋笔,君曾主持《苏报》,首倡民族主义。文字收功著定评。张俭破家犹有止,介推死隐竟无名。策勋昔等羊头烂,谋利今同狗骨争。谁似先生无我相,萧然穷老若忘情。

布笠青鞋何所投,凄凉身世梦悠悠。高文宛在名终显,奇痛偏尝报未酬。君曾以革命事,父子同系狱者经年。有女才华能咏絮,君令爱撷芬女史早以文学蜚声无家飘泊类浮沤。沪云望断灵光圮,空奠苍茫酒一瓯。

哭陈蜕庵先生

金山高旭天梅

蜕翁文字世稀有,亡命江湖廿(戴)〔载〕忙。直笔久倾齐太史,高风难遇鲁灵光。新邦创造谁能忆,旧学商量未可忘。饱死侏儒臣朔饿,无情万古此苍苍。

再哭陈蜕庵

赋诗遥别意绵绵,月照天涯两度圆。谁料生离成死别,不堪清泪洒燕天。予将来京,遇公于沪江,蒙作诗宠行。

回首十年前己事,几枝健笔造风云。功成不屑黄金印,老死沪滨尚卖文。公病殁于海上寓庐。

昭苏万物度慈航,一纸风行遍八荒。身系安危陈仲举,党人碑上姓名香。中国报纸主持革命排满以公手创之《苏报》为最先。

龙颠虎倒泣尘埃,身世萧条绝可哀。一事九原差瞑目,传经伏女是奇才。谓令爱撷芬女士。

198

南社哀吟十二章章六句 录一

蜕老其犹龙,浮名何足校。不为鸡鹜争,宁顾鸢鸠笑。玄亭甘寂寞,古道长相照。

吊 蜕 庵
玉峰余寿颐痰侬

颓然一遗老,独死在天涯。似我正飘泊,几人抛室家。著根同小草,结果待飞花。生境只如此,何堪吊落霞。

社友邹君亚云、陈君蜕庵相继溘逝,临风凭吊,怆然久之
金山高增佛子

梁园文采元龙气,磊落襟怀各不群。造物忌才奈何许,邹君而后又陈君。

厄言晚近更鸱张,手障狂澜费忖量。吾道艰难君竟死,蒿歌唱彻动悲凉。

闻同社蜕庵先生弃世口号二绝遥奠
揭阳吴沛霖泽庵

残春乍痛邹郎萎,首夏又惊蜕老捐。绝怨彼苍真好弄,一年磨折两高贤。

莫易生才偏易死,不如意事古今多。料应厌入人间世,自证生天到大罗。

检陈蜕庵旧作赋此述哀,因寄亚子时,亚子将为刊其遗稿
傅 尃

蜕庵乃以穷愁死,天道茫茫讵可论。革命首膺文字狱,毁家晚哭

弱龄孙。蜕庵二子先卒,一孙亦殇。功名百辈谁知愧,词赋千秋此仅存。至竟吾言出悲愤,似君原不羡侯门。

乡关久住转羁栖,蜕盦本衡山人,自言于湘中作客红袖殷勤记旧题。老去行歌沧海上,死应埋冢渌江西。蜕盦客醴陵,谓死当葬红拂墓。谢安丝竹哀逾乐,庾信文章怨以凄。难得名山属梨里,重将梵呗与钩稽。曩岁尝以蜕盦诗号《残宵梵呗》者介寄亚子。

读蜕庵遗集题八绝句,
即柬兰皋并示亚子
前 人

蜕翁事业空余子,老去文章未可忘。七百首从灰烬得,我来一读一神伤。

高名伐鼓撞钟日,垂死囚鸾笯凤时。应有雄文托孤愤,补亡终惜少人知。余尝欲蜕老写自苏报案及狱中诗,蜕曰容俟他年补亡耳。盖当时尚讳言之。今集中此作无存矣。呜呼!读蜕集者岂能尽蜕之为人哉。

一卷残宵梵诵声,稍于著述纪平生。遗书零落何堪问,绝业还应悔早成。蜕诗存其长女及施心泉处,见《残宵梵诵·自序》其中,尚有《东归行卷》一集,今集并此,目亦失之。

西山旧是埋魂处,尚许斯编呵护存。愧负故人平昔意,淄渑吾更与谁论。《残宵梵诵》卷旧藏史采崖处,辛亥余借寄亚子跋之,并选入南社。明年复借付宋痴萍选入《长沙日报》,仍以还史卷成于病榻,随作随录,较《夜梵集》为多,且先今仍当求之。史谋续刊也。埋魂,蜕老旧事,审办淄渑。蜕庵过以期余,兰皋引之入跋。

看花屡忆麓山秋,病蝶疏花别有愁。他日湖湘传文献,可能甄综到斯游。己酉九月之游,蜕诗屡及之。

廿年长我肯忘年,说梦论诗更偈禅。为检吟笺一回首,酒狂词艳负当筵。

收拾丛残计未疏,九京起视意奚如。倘逢宁戚谓太一凭相讯,何处搜求身后书。

毗陵一老使君存,寄我遗编累涕痕。勉副斯言定何日,秋山秋雨一灯昏。兰皋属重定蜕集。

蜕诗展诵一过,悲从中来,几不自胜。口占二绝,歌以当哭

常州吴有章漫盦

蜕翁垂老真成蜕,形貌已离结习存。慧业未消文字障,千秋不断是诗魂。

寻君不遇闻君死,惘惘心情已积年。今夜客中展遗稿,潸潸清泪湿诗篇。

蜕翁诗词文续存

卷帘集古近体诗一百三十九首

风波忆梦词 并叙

　　水庵欲为风波忆梦记久矣。心已摧伤，落声便咽。事尤丛碎，掇泪而迷。缘是废然，殆难自主。今者暮雨朝云之赋渺，落花流水之谶来。聚窟采香，洲成恨海。黎轩善眩，国似化人。神獭可以愈晶屏之伤，而玉容已杳望。诸可以挹金波之润，而仙掌何存。但为肠断之吟，似听魂归之些。一篇千古，谀闻还待后人。异影同形，结念倘符玄妙。在作者未忍遂空，譬碧血青燐之残点。问我佛作何解说，住圆灯转筏于众生。

初逢记取静安游，玉貌珠衣满画楼。十里香尘寒不散，一瓯雪茗意先留。中有佳人似云月，云输窈窕月输洁。为睇螓鸿鬓半遮，佯惊语燕眉微颦。曾闻仙子隔东瀛，何事真妃下画屏。不惜饣糟千日醉，偏教俗世一人清。眼波照处全身闪，心旌曳近回栏转。香火因缘问法和，席前平视知公干。可怜相见太匆匆，从此音尘隔不通。行尽黄河溯星宿，人间只此一回逢。平生萧瑟兰成意，归来况下刘蒉第。雨鬓风衫自笑时，闺中早结同魂契。前生仍悟散花禅，剩有情根此最坚。除却温柔无我相，若忘香粉不生天。蓝桥一笑云英去，紫箫双引

205

星精渡。春院棠阴好梦多,醒来忍说良宵误。只愁昴毕隔天街,难信英华是一家。恩怨同心如早识,升沉一念岂争差。爱河起伏情根曲,鹤归辽海鹃思蜀。心电常疑无线通,词源自许微波托。霎时平地起风雷,偏著深情示谴灾。香护雕栏珍重意,瓶花庭草尽徘徊。嫦娥下谪凤根在,比似檀奴聪明慧。谁教跣走应天蹮,却有尸居造草昧。此时若许竟前知,邢尹何分避面时。各有因缘自深浅,尽多消息总参差。事穷思议惟皈佛,六通五蕴空形色。忏孽未除意识增,燃灯待照景光隔。此是伤心第一回,风怀暗损意凝灰。墙窥宋玉应都见,水负陈王未易猜。谐声同调翻新谱,写叶题襟秘神语。埋愁只望燕支还,遗恨仍教娲石补。惆怅元稹赋悼亡,奇缘追溯契豪芒。荀香更蒸秋期误,韦佩将蠲夜漏长。白皙通侯尚少好,西泠曾载苏小小。屑涕防为偏反华,主文敢惜劳人草。含意含愁悔不伸,越禽胡马阻烟尘。虽云波折关天数,天定如何教胜人。慰情聊胜都无据,未从思义名先顾。纸上真娘问画禅,书中脉望称仙蠹。旃檀未许便真参,春水年年满褉潭。吹落心花番廿四,待通眉语月初三。东风不破章华锁,周郎年少愁江左。赤凤况非为姊来,云林岂是藏娇所。无端北雁向南飞,偏说琴心负所期。知我自应推鲍叔,说难何苦学韩非。可怜一掷千金价,寂寞烟波任开谢。瓜落浑忘碧玉年,樱残未醒红珠夜。传闻姑射渺飞仙,不作飘萍定化烟。团扇还疑圆魄谶,素冠忍为过时捐。未应先作归孥计,山黑枫青阻予季。北道知谁是主人,东方枉自来车骑。九疑遥望总迷离,岂料当时悔已迟。未了今生偏我在,不留绝笔负卿痴。几回肠断几回喜,隐隐光华沉复起。萧郎失望通死生,倩女离魂隔边里。汴京风雪记同车,道是迎归住九华。驻马无心同挂剑,安鸾何地竟分钗。相看儿女都膺涕,雾花烟柳持相比。逻骑还疑阻窈妻,褐裘未分因丧姊。追思此际尚茫茫,一入迷楼岁月忘。恻惜无双中道失,枉教御史十年狂。明明书报当关晓,传语殷勤意绵渺。紫陌鸡鸣仙仗移,桃花人面重门杳。传来风信满江南,事事关心息息谙。身世教知风絮恨,情由似有鬼神探。过隙驹光速于电,一年只在愁中见。无形离别日千回,有限光阴天百变。到头渐悟色声空,两岸青山一曲终。何处埋香问羽琌,重来问影焰沉红。茂陵卧病最堪忆,呓语通宵喘留息。灯前隐约见颦蛾,枕上昏沉闻掩泣。只知霜应洛山钟,岂道云行楚岫峰。辄唤奈何怜子野,忍忘今夕死秋鸿。云溪未许偕卿住,玉屏金屋空延伫。雪满蓝关再到时,山河举目都如故。来因去果作通筹,铸错何堪又一州。蛇影留杯为添足,莺啼送客肯回头。雨淋风卷悉成语,鸟韵花香为谁吐。忽地惊心见弁言,记曾学步吟联句。北邙两度认天涯,还拟双栖问若邪。草径烟塍存仿佛,谁知此是玉钩斜。幽闺遗恨凭谁询,可曾缣墨零星殉。埋香终只在人间,余蜕谁为合双椁。情天楼阁最离奇,早日先传事可疑。灵鹊填桥青鸟迓,横汾望断羽旄移。珠尘钿约匆匆过,吊影惭魂尽催剉。相见黄泉后转轮,强支白骨还旋磨。灵机隐略记三生,曾誓生生守旧盟。再世纵能知现在,此来何故竟无成。中间恰有难明理,一蒂三花并头起。心泉百沸幻声香,腕印双文证欢喜。奇诊隐谶一重重,终信斜阳向晚红。燕子依人来社雨,军中司命属东风。同家巧借南阳喻,山塘还记姑苏路。嫁杏早拚春不关,剖鳞偏说书无据。自怜十载太猖狂,春梦何曾醒一场。若葬朝云甘独处,已惭小玉教先亡。平生最有看花癖,雾眼风年不经折。孤负韶华万景春,苦留后约三分月。检点诗囊贮菊萸,绸缪药裹惜桑榆。澄心已印潭如镜,稽首群芳乞作奴。

得武彝山岩茶,拟得泉水烹之。值雨必江浊,又道泞不能远寻,赋此解渴

得水不得茶,有如佳石无苔花。得茶不得水,又如市肆罗鲜葩。蜕翁癖茶复癖水,十日九渴徒咨嗟。江河茗荈处处是,到口往往如含沙。渊明枉在菊溪住,东坡空乞阳羡家。一生只忆荷湖好,幔亭几度来琼芽。信江西流颇不恶,宵深晓起陈铛楂。胸中尘滓时一涤,口池生润舌生华。人移渐山远,事过如烟遮。不期复有老人赠,琼羹玉脍无以加。珍藏不忍亵,裹纸还笼纱。渌江水与惠泉埒,春霖三日沙如鸦。葛巾漉取不能净,颇闻咫尺山中洼。病夫愧无健腰脚,穷居未有水递差。天心为我惜珍茗,不教容易消流霞。郑庄十年罢置驿,(居信江时有郑君为余茶主人)得此岂第荣齿牙。先当取水十嗽咽,然后烹煮龙团瓜。我闻无谋喜食肉,肠肥脑满还自夸。杜陵拾橡苏糜芋,

从来奇士口胃乖。蜕翁嗜茶亦一癖,算来却胜蛆与痂。

醴陵杂咏十六首

醴泉亭在醴泉枯,尚有游人挈玉壶。好是未逢苏学士,不曾调水枉分符。

仙姑山上满烟萝,不是红绡不姓何。雾鬓风鬟今已杳,行吟梦醒笑髯坡。

春来开遍桤花红,九折山溪折折通。说是王乔曾驻鹤,瑶笙疑在万流中。

红拂墓边春草绿,清兴寺畔夕阳红。英雄儿女今何在,枉使人间羡卫公。

一片寒光耀水帘,岩扉宜署洞天签。此中若有幽人住,不是焦先便宋纤。

肯为崎岖惜往还,接篱邛杖久萧闲。有时偶读曹家赋,妩媚如看君子山。

不是沤麻与浣丝,何曾水上见夷施。石家螺黛张家笔,洗出山前瑞绿池。

潦倒诗人鄙画村,荒江谁与吊吟魂。延陵未挂徐君剑,那更弹琴觅子元。

南竹山中竟日游,筼筜万个拥书楼。比将与可画中景,想见家风久自修。

岳庙荒芜玉马亡,论才原自不荒唐。金山一赋风流尽,偏是才人命懒长。

渌水回环群玉下,未应秀曼让江南。如何吟尽秋光句,不见题诗纪阿男。

闻说南乡近古风,高笄广袖效宫中。当年错怪阿娘懒,六寸圆肤免正供。

渌江桥下过轻舟,北岸桑麻南岸楼。帆挂斜阳偏不系,东风吹水水西流。

碧树红窗一带长,记曾扶笛傍宫墙。移居未觉尘嚣尽,五月陂塘早稻香。

何必长安似奕棋,牛涔蚁垤尽城池。鹪鹩莫笑鹏蜚远,也只图南为一枝。

扶病幽居此茂陵,梧桐细雨又黄昏。闲来检点残诗稿,黯黯吟魂有几存。

早起访蕨园不遇,案头有佳纸笔,不觉取而书此。蕨园一笑览之瑶天蜕老

晨曦澹初照,蹶起趋西山。我友两旬别,别易见不难。入门出意表,君行乃我先。遇合左期会,数奇亦偶然。然而心爽适,履此多周旋。兰室发香乍,林飔飉暑便。入山终复出,久暂非相悬。留诗谂君子,惟问方成缘。

既写笃交赋以赠采岩,越日复为诗罄余意。凡十二首
蜕盦陈飞寓醴陵时作,己酉六月下旬也。

杂花满树鸟鸣春,邂逅天涯一洗尘。乍见早惊狂似我,及今犹喜壮如人。西山莫载东山酒,渌水能通湘水津。始信屈原都问错,何曾遍地布针茵。

日饮无何百事忘,座中只许次公狂。舌翻北海潮音壮,手削南山竹素香。偶动神机皆似吃,不为绝倒便呼伦。冯欢之铗雍门瑟,因我悲欢有孟尝。

猗猗松柏半摧颓,风雨扶持响亦哀。常住境惟思梦醉,已忘时有去今来。蛾眉曼睩前因在,逝水霏烟一念回。鸣尽不平还故我,及君无恙暂颜开。

千金骏骨更难求,我已持鞭问冀州。甲帐空惊典属国,期门未识富平侯。一声河满酬双泪,三峡瞿塘起万沤。便道伤春无意绪,不妨酒醒再言愁。

胸中不断泪丝丝,随手抽来便是诗。比是鹃啼还有迹,欲如蚕死尚无期。呕心却笑李长吉,落魄偏惭杜牧之。点定吾文收赢骨,蜕盦

209

原许后人知。

百亿尘中有此身，兰因絮果幻中真。时宜不合朝云语，无病长为蒙叟呻。结契只知针芥合，多情未觉饭蔬贫。君行若遇知吾者，为道犹为待死人。

三春别后百花残，渐渐炎风逼画阑。诗兴未随蜂蝶去，腰围自倚影形看。竹深凉结南山梦，月落吟忘草阁寒。庚伏居然无恙过，秋来谁念客衣单。

一榻蓬蓬梦易成，醒来无复念生平。几经沧海寻蜃气，莫向燕山听箭声。旧稿编时惟泪在，新恩结处尚心惊。休言天地从来阔，著得声名难著情。

生来麋鹿性难移，不入红尘最适宜。偏有情缘深镌骨，更无慧镜可前知。双心自印平湖月，百结常凝冰茧丝。任是慈航渡不去，众生根业最嗔痴。

非非想入想非非，只恨身难著翅飞。谁道华胥为梦国，曾凭槎客问支矶。分明月里霓裳曲，仿佛筵前金缕衣。车毂锦帷今尚否，沉沉消息隔云扉。

青眼稀逢阮嗣宗，一生潦倒屡从容。论交君已穷途遇，说法偏如顽石逢。管鲍古人知己浅，萧朱同宦世情浓。蕙纕兰佩风流在，任是蓬山隔万重。

前生同是蕊珠仙，一谪尘寰今几年。握手相看成怅惘，择言倾吐已连翩。别时翻觉无身乐，病里轻消有限缘。垂老文通才欲尽，愿君珍重此诗篇。

酷暑吟四十四韵

己酉六月，于友人斋中，得此素纸，率笔直书四十四韵。炎曦卓午，藉吟思以御天行之酷而已。

炎风煽庚伏，万类被薰灼。萧然北窗卧，百念一无著。胡为一烦纡，精采为之烁。始知天行酷，受者如受约。惠庄乐濠濮，公输擅斤削。雏凤吓腐鼠，抟鹏笑鹦雀。凡兹矫然者，自负健不弱。究其所以生,孰非有持挟。赋之似稍优,宁足自矜伐。譬诸豪家奴,主人委镭钥。一朝夺所司,下厕得相谴。又如一团树,桃李花灼灼。春风吹使开,还复使之芟。浩浩万动流,周折有监察。华落不自主,美窳岂自觉。恸哉有此生,灵腑不能拓。蠢蠢蛮触争,败伏而胜虐。同类尽六合,岂惟人相狎。飞潜与动植,何理应焚杀。膏腴饫刀俎,甘芳罗广厦。流血满庖厨,习见莫为骇。使天生物时,更造一智侠。脑力倍吾人,体魄兼翼角。方趾圆颅种,奚由避蹴踏。羁靮加项腹,锁械梏手脚。健者为马牛,弱者恣燔爔。屠门伍羊豕,炊盘备脍炙。冤酷何由伸,六畜可七八。所以称首出,上无强者压。劣薄被驱放,从容求上达。念此再三叹,颜汗口流沫。居高勿凌卑,处圣勿罪蹐。混混千万年,吐骾而茹怯。民物异仁爱,茅茹别蕲拔。秀隽耀党庠,登庸侈门阀。兄弟分嫡庶,男女不相若。等级久愈繁,人类分益杂。胡论具蹄蹾,岂复示恩略。狗子有佛性,至言非喑嗉。欲使天下平,惟用桑门法。格致暨修齐,不平益以剧。庄生齐物论,言晦意未发。洒翰畅其旨,无为笑强聒。微薰澹吾思,自觉机跃跃。

和《石头记·秋海棠》用原韵

惆怅秋风度玉门,蓝田不住住冰盆。红消香掩存空色,月后霜前觅断魂。乍见已疑阴结子,相思未许梦留痕。最怜小院无人处,盼过黄昏夜更昏。

素心颗颔隔朱门,珍重相携雪一盆。莫讶夜来消碧血,定知倩女是冰魂。相寻月地惟看影,便上春屏不著痕。云雨巫山何处是,朝朝暮暮总黄昏。(别作:淡到忘形酸到骨,任他风雨几朝昏。)

无 题 二 首

道是花钿委待收,可怜碎语忆从头。故人还在凭书报,蜀道之难只梦求。是否伯仁由我死,何曾干宝记神搜。心头系定愁千缕,有泪能留始许流。

情浅情深总是空,吴钩夜夜啸秋风。蓝桥注定难通问,紫府生成有守宫。吟到梅花心似雪,梦醒柳絮鬓飞蓬。为君删却相思稿,莫到春来豆又红。

无 题 十 二 韵

一念从前事,奇思积万千。更无收拾法,只抱简编眠。心焖一庭月,情深百尺泉。有时还自笑,随处受人怜。秋尽江潭柳,花迷关塞烟。坡吟初梦醒,苏绣尚灯然。酒熟迟邀影,墨浓待寄笺。沉沉数星斗,跇跇隔云天。问世谁横渡,安禅怯沸煎。果然通佛法,真许话仙缘。我自能平视,天胡靳两全。此宵屡虚度,雕逝惜华年。

有 感

我闻西海之西有瑶岛,穆王一死千年杳。汉家虽遣青鸟来,宛马不闻求水草。东封只尽成仙陲,遣使误报天鸡晓。岁星便识东王公,蓝桥已渡许丁卯。可怜阿母守空宫,蟠桃落尽红颜老。岂无桃叶与桃根,采江击檝春光早。昨夜芳菲待再来,再来已叹含枝少。三回再转琴心繁,余音柱白花间绕。持问如来笑不言,明镜菩提待洒扫。现前如是况后先,百年只是一分秒。分秒本非暂,百年亦非遥。一一自贯注,不间豪与毛。我所居兮禹九州,我所与分尧之俦。何论山海隔陬澨,一通神气谁能留。

今希以《芦雁》四幅属题。结构相似,分题为窘,因赋五古七古五律七律各一章,略就合处配系焉

云中有双雁,恩义同鸳鸯。交鸣抗湘瑟,振音齐八乡。此乡稻粱足,比翼为翱翔。高斋惊客梦,客梦一何长。幽闺泣思妇,思妇方徬徨。何况同羽仪,分飞相颉颃。一朝欲远越,回首还相望。夜音失寥廓,意旨殊未详。晓看波中影,荇藻交其旁。疑成还惕息,饮息非总忙。同行誓不失,矰缴还周防。天空虽四阔,追随更无方。

芦花飞兮秋千丛,雁群落兮平沙空。结双梦兮骤且通,念天涯兮渺不逢。愿与俱翔兮,羌寥廓而何从。宁息居于苇泽兮,吁振音于长风。

无限江湖趣,翻波路不迷。有时交颈立,还欲入深栖。瑟瑟秋风起,溶溶夜月低。如何上林去,忘却慰留题。

星昏河淡月微茫,疏蓼丛芦隔一塘。飞去为怜秋有影,交鸣似怨夜无光。传书曾慰红闺梦,度远难凭半面妆。何处双栖方得稳,愧无云水作他乡。

为今希题《蒋南沙花卉翎毛石山》十六韵

二十年前入奇梦,梦身化作佛前供。嶙峋具有鸾鹤姿,上下百千万空洞。琪花瑶草纷相萦,青禽翠羽倚新唪。或言女娲百炼余,或方下土璆琳贡。忽然却被秦皇鞭,腾空欲飞苦积重。堕地拼为芥子微,惊天散作蓝田种。有如三十二如来,不须追琢自堪用。分而峙立皆邱山,合如符契非弥缝。画中一片展云根,梦中万里被春送。春姿莫作昙华看,红颜素面相陪从。频伽疑自瑶池来,一双娇小桐花凤。是何丹青妙写生,挥毫展笔似天纵。花魂摄取尹邢姿,鸟语微闻笙簧弄。石翁石翁瘦且灵,欲为花鸟作岈嵘。拜时莫笑襄阳颠,顽来还仗生公讽。吁嗟乎,天星一坠尘缘迷,蕉窗回首谁曾共。

为今希题《山水图》四幅

三径独开还有客,一篱环隔肯呼邻。若容移向图中住,何事桃源更问津。

山暗如挟雨,水平不受风。牵舟岸上住,何似画图中。

千山丛杂处,一水从天来。绝妙登临处,谁为筑此台。

水亭幽绝更无尘,相对何须唤买春。谁道林深菁密处,此中小住有畸人。

题《二老观书》图

己酉八月,将由醴陵西溯星沙。征衫风薄,骊语波驰,情绪黯然。诣采崖君言别,出此画索题。勉成一律,如秋蝉抱叶,不足副雅意也。蜕安题并志。

石渠天禄忆然藜,拂袖归来更著书。坐拥百城云岫隔,漏听五夜月窗虚。交亲元白应偕老,气谊苏黄定不孤。白鬓庞眉浑莫辨,耆英社里有名无。

和钝根《秋感》二首兼写近怀

梦不糊涂醒转昏，华胥是我闭愁门。怜莺怜燕因何语，(别作"问鱼问雁谁非呓。")呼马呼牛总是魂。常笑阿难瑶席避，还迷摩什幻针吞。渌江百里西流水，别后吟魂待吊沉。

兰在湘江芷在沅，胸中芥蒂已难吞。微词枉赠高唐赋，九辩难招正则魂。万里秋槎迷凿空，满城春吹独关门。建安才人逾陈阮，待看停车夕照昏。时约九日看红叶麓山。

再和钝庵《秋感》

非魔非病睡昏昏，忽有飞云到巷门。未死待悬吴札剑，拟以近著悉属钝安了一大愿。今生几断蜀王魂。心潮入夜从何起，骨鲠频年岂易吞。雾雨消时梧叶落，南山遥望接辰沉。

渌江带水系湘沅，定有虬鲸互吸吞。青鸟西飞尚回首，故侯南国早销魂。题诗待叶红连岸，系缆垂杨绿到门。莫道茱萸容易插，无风无雨数朝昏。

《无 题》四 首

　　十月将尽矣，幸养病之有愁，待长圆于后梦。旅窗夜坐，赋此自遣，恨不能示我佳人，一博横鞭也。

果从何处识檀郎，香火因缘总渺茫。应为琼英怜俟宁，翻教环佩试窥墙。风怀曾诵删何忍，楚梦能诊赋未详。自是平生最奇遇，漫疑云雨托高唐。

一春心事只花知，开为肠回落泪滋。夜雨坐听忘漏尽，番风暗数祝铃迟。似曾相识衔来燕，未易分明梦里诗。若到蕊珠宫里见，定知天上也相思。

便说三山事渺茫，难为太上学情忘。嫦娥月阙无郎久，倩女枫林入梦长。憔悴互怜过半世，温柔肯说是他乡。只今检点伤心稿，不作哀吟已断肠。

多情原是出无心,到眼沧桑不待寻。莫怨春寒迟羯鼓,愿为残照挂霜林。知君定已风怀减,慰我休教絮语沉。昨夜可曾来梦里,醒时珍重浣衫襟。

《闲情》三十首

前后赋《闲情》三十首,皆梦游仙诗也。文通已老,制锦难精。不复能以钩心斗角,追步前尘。旅窗孤寂,再一为之,恐见者以为后不如前矣。己酉仲冬蜕盦并志,时寓汉皋。

传言鹦鹉太匆匆,惆怅新春灯影红。苦忆寓言读秋水,竟忘内热误飞龙。情丝一着粘难解,梦杵遥投黯不红。记得浔阳移舫去,桑榆无补失隅东。

遣嫁终南警去踪,九疑峰顶望芙蓉。明知裾绝都由我,才信歌成属懊侬。听鼓应官迟解秒,惩羹废宴愧求容。伤心误入迷楼后,泪满红绡觉后钟。

已曾一棹泛沧江,浪骇波迷总不憻。奇字重寻杨子宅,痴情未忏法门幢。双雕一箭何曾着,异莛同钟几度撞。记得贺兰传檄定,自夸已受月支降。

纵辔层山总背驰,楚声四合一身支。温郎枉下龙蟠镜,孟德还迷乌绕枝。哑笑未堪兄弟谅,隐情非畏鬼神知。披图诊梦都成误,卧病何堪独处时。

心酸泪涩事依稀,随俗悲欢强佩韦。披尽荆榛思晚翠,听残风雨盼斜晖。量珠百琲何曾惜,袭璧千重愿受讥。记得临书投笔起,群公谁解意城围。

投刺侯门傲贵裾,为卿憔悴问夫余。只知捷径图攀援,肯惜樊笼隘起居。袖摘星辰都化石,笔劁鸾凤不成书。年年恨草愁花处,未忍相思只叹吁。

桃秾李淡托心殊,总是芳菲忍与区。一间未通成凿枘,百思不变到根株。冤禽尽比瑶池鸟,彩笔争差延寿图。记得春江群艳集,三千

215

履舄有遗珠。

谁道东流却向西,横题小阁艳双栖。镜边自惜张郎手,巾上如看杜宇啼。不卷重帘香已泄,愿留合浦路还迷。湘灵半瑟余哀怨,廿五弦中柱柱齐。

太常三十六旬斋,能了尘缘亦自佳。遥酹长星天上酒,独占小玉梦中鞋。愁翻落叶何从数,迹转飞蓬未易偕。记得吟诗东阁夜,春风久已绿天涯。

余烬重然已死灰,心头眼底几徘徊。才知有色非空相,欲问前因借后来。增短减长穷万虑,凌高绝险到天台。满天星点胸罗尽,不惜残肠听自回。

深情求取幻中真,历历分明证凤因。细数水花心结篆,久留灯蕊影为邻。此生已入巫云梦,何处还寻渭雨尘。记取娲皇天上语,果然顽石也能新。

窈窕巫阳一片云,珠帘画栋久氤氲。漫疑香为神伤尽,为底丝如意绪棼。沧海寻珠鲛泪在,秦箫弄玉凤吹闻。平安报到观潮处,领略秋心到几分。

是恩是怨总成冤,心印谁镌欢喜缘。双桨芙蓉迟画鹢,一江风月醒交鸳。茂陵留稿相如恨,秦望题碑北海魂。记得落花微雨里,为谁襟袖溅啼痕。

错铸金茎承露盘,绣衾檀枕怯春寒。沉吟还惜藏莺柳,断胫终寻续鹤丹。沁颊梅花妆已改,托心明月事难瞒。俞琴嵇散谁同调,镜上缕纹仔细看。

山回树转又巉岩,铁石肝肠寸寸刓。夜雨只惊花被妒,晓寒偏恨梦能还。疑生疑死都如呓,一节一枝未易删。记得吴钩初断处,竟骑瞎马度阳关。

宛转蓝关马不前,自疑心事竟违天。相逢浸道非相识,见爱宁能不见怜。吐尽春丝僵代误,写将红叶传驰悭。花王难道甘居殿,廿四番风转转偏。

只将哀怨付琼箫,欲说还休舌似挢。枕秘自惭同阃两,枝栖还恐托鹪鹩。说难原是韩非误,射覆休憎方朔嘲。记得长安西笑去,慰情尽謇作无聊。

彩凤应知有旧巢，莫疑阿阁在层霄。愿将辛苦消天忌，忍听沉沦托梦交。方略未谐先脱兔，精诚枉达失潜鲛。如何射雉忘前埒，教与推门又自敲。

柳孚偏学寄奴豪，绕榻狂呼道得枭。解珮江皋交甫去，成军京索汉王逃。风翻雪簟沉情话，雨卷湘帘息市嚣。记得微词苏瞑眩，锦笺题句莫辞劳。

身渡无桥梦也过，不须常日怨银河。姮娥犹照牵牛恨，学士偏教磨蝎多。算定箕畴谁赠策，功亏篑土欲成坡。果然人在青霄上，未换须眉枉恨多。

春来处士是飞花，题偏西村问若耶。常望岁星来甲帐，莫言时雨隔青纱。君侯自念丘中麦，庶子今沤石上麻。记得负薪吟已久，孟尝门下叹无家。

寓言已悔学蒙庄，云雨如何到楚襄。结佩早怜之子杂，问途难愈此生盲。香分苏合嗤痂嗜，肉弃马肝异指尝。自有会心成画饼，未妨一例说荒唐。

寒宵漏语又三更，慰病怜狂已有盟。上寿婆逻镶暖玉，折枝芍药供新瓶。多愁原是生成我，薄命何堪别后卿。记得临歧牵袂语，书生橐笔亦成名。

春到人间万树青，倚风修竹总伶俜。蛾眉未必昭仪妒，渔父浑忘正则醒。问影不应还隔幕，画真还拟上回屏。十年恼乱司空惯，只恐宵深灯欲停。

写来已尽墨壶冰，还乞云机十幅绫。得意似曾同日咏，回头何故殿中嗔。贾胡购自鲛人弃，方士尝因仙掌承。记得细看红叶字，纯钩久已削锋棱。

说是忘情分外愁，廿余年事记从头。题诗密约都成梦，远道偕归竟不留。适馆受餐非饩饷，面墙读画异钩辀。罗敷自为柔条驻，五马东来是故侯。

满阶落叶漫沉吟，本为凭窗眺远林。断岫飞云迷梦影，倚栏抱月托真心。数奇休问成都市，泪尽还为河满吟。记得求凰调轸处，自应顾曲有知音。

摇落当年忆汉南，经霜残绿尚毿毿。缕心终信佳人在，断腕谁教壮士谙。谶纬分明需秘钥，情澜倾泻壑深潭。未堪轻举层霄上，还为曾从博望探。

悲欢领略味酸甜，帐雨眠云独下帘。三度金门曾献策，万言杯水试装签。回肠转觉沉腰瘦，循发应怜潘鬓鬖。记得柔情曾有誓，不堪憔悴载车盐。

前有王乔后贺监，吹笙乞鉴署仙衔。死因终展谐声谱，情□迟开说梦缄。夜夜月圆人不觉，层层蜕脱骨非凡。东风但解诗吟瘦，留与婵娟送锦帆。

  右作三十首，顺押上下平全韵，即所谓《闲情香草诗》者是也。刊存本《闲情香草诗第四·自叙》云：《庚庚集》第一，《沧波听雨记》第二，《卷帘集》第三。今按《息庵诗》中有《香草闲情诗》三十首，刊存本提出汇录，疑即所谓《庚庚集》第一者是。《沧波听雨记》第二不可得。《卷帘集》第三，则指此作无疑。篇首自叙有前后赋闲情三十首皆梦游仙诗云云，足资印证也。亚记。

先公五十以后，诗格一变，沉雄之气，
入于绵渺。典丽之词，出以纤妍。续集
中《梅花》四律，千古绝唱也。不肖学行
无一足继，独好为诗，而尚忝家风，
岂不足叹！亦赋四章，忘其汗颜，
然用为先集赞语可耳

忆梦楼草

为惜雕年寂众芳，独将春色抗冰霜。松筠借绿何须叶，桃杏能红未敢香。妩媚教人忘骨相，酸辛结子见心藏。诗家郊岛休相例，瘦有风神寒有芒。

老干虬枝别有姿，不求奇处自然奇。懒看社屐嬉游日，只见吟肩瘦笮时。香返春魂回纸帐，色从雪塞夺燕支。莫言未识东风面，消息先从隔岁知。

论姿只合住山中,竹阁芦帘伴醉翁。偏具热心怜岁暮,岂因爱日托冬烘。时无莺燕谁歌舞,天遣冰霜作侍从。任是荒寒千世界,温香著处抵春风。

林逋何逊两相怜,韵事流传数百年。傲骨生香如侠女,寒宵送暖补情天。罗浮梦醒魂都艳,庾岭行归句似仙。漫惜成阴时太早,不教桃李失春妍。

拜奠先茔述哀

风木声初警,西湖边上庐。山光愁积翠,波影黯连轳。十载劬劳记,春晖奄冉辜。便教魂气在,除梦更何如。

奠袁庄两夫人墓途次,感喟交作,以诗志悼

少惭不更事,壮悔觅封侯。容我如骄将,依人失蜃楼。一坏掩绡帐,双玉寄斜钩。地下偕居否,我来已白头。

怅昔愁今,泪填胸臆。欲为纾写,虽南山罄竹,未抵春蚕寸缕也。率吟两律,沉吟读之,以当歌哭而已
己酉纪念日忆梦楼草

去年今日记分明,岁纪匆匆又一更。夜走蓝关魂恍恍,梦迷白下响丁丁。抛衾西驾因怜我,赠策南归又失卿。冻雨絮云空怅望,不知何处觅三生。

江南黄叶梦中村,楚雨如丝万木昏。欲问胶舟迟破瑟,难将失屦责司阍。肠回九曲都填泪,腰减十围为损魂。遥想含颦还倚盼,桃花人面隔重门。

失　　题

就影疑形已可怜,风中花片月中仙。如何尚有微波隔,忍信惟修百日缘。情种蓝田灰几劫,泪枯湘竹活何年。爱深处是痴深处,不化

飞禽便化烟。

灯

闻说金吾禁,六街为黯然。自从过元夜,无复异雕年。客邸孤悬壁,经幢寂照禅。梦痕谁印证,挑尽未成眠。

屏

汉殿隋楼里,回环十二张。绣绒错金缕,玉角冒珠囊。未分萧斋梦,难窥韩椽香。孤灯风四逼,赖尔护匡床。

怀醴陵三绝,为李效莲君题扇

曾记春山听杜鹃,梨花满地锁轻烟。刘郎重到知何日,输与风流李谪仙。

匆匆又过落花时,病卧湘江久禁诗。只有旧游忘不尽,渌江桥畔鹧鸪枝。

汉皋解佩话凉秋,帐雨眠云日日愁。寒食棠梨常记取,去年三月曾偕史君采崖吊红拂墓。西山妆镜为谁收。

失　　题

伤春错认旧花枝,添得新情又别离。正好倾杯风信过,奈何到枕雨声迟。残魂伴客鹃啼血,垂老逢卿蝶梦痴。且莫问天先自问,可能真个了相思。

赠别采崖四首

回思未料再逢时,十日欢娱不预知。到得开颜驹更骤,一经回首驷难追。佛空诸法还因著,人说忘情便是痴。哀乐无非躯壳事,不妨听客之所为。

一生颠倒在情关,欲辟无从闭正难。已醒卢生还纪梦,不忘勾漏尚求丹。登场哀乐非由幻,摄影妍媸未易瞒。待得剧终图就日,好留底本与人看。

出世非时住世非，能忘出住是玄机。花开百种同香色，江尽九回无范围。一眴电光须照彻，便知梦境要因依。不平何处求平去，日日楼前看翠微。

羡君心似过矶流，流遍河淮总不留。世界今为腥血果，文章持比素封侯。相知恨晚人将老，入梦求因天亦愁。赢得江郎才未尽，临风遥望渌江头。

自六月二十六，至今五日矣。暑气逼人，又足股疾作，行坐皆困。顷始能扶桌欹起，慨天行之无御，念身在而累随，赋诗自遣

偶上片云蔽日光，无如来去最无常。何当造就风云雨，一抗骄阳放万囊。

小人近市晏婴居，大壑深林任废芜。若把城郊作园囿，家家避暑有精庐。

上燮阴阳下井田，大宏誓愿始何年。周官未了秦家起，除却阿房不是天。

气质参差渗戾生，万年陆海不能清。鲋鱼只望监河润，鳞鬣无姿尾尽颓。

读某报感书

穆王八骏为青禽，一笔翻澜尽古今。我愿中原王气尽，曼殊持世佛深心。此诗不善读者必有误解，然意思深长，颇自负也。

读南社感书

诗教由来教有情，兴观群怨语分明。任他锦绣为心手，放却情根便不精。

病足长沙寄钝公

百日病不死，天亦畏狂生。人间无立足，佛法失归程。久卧疏吟

束,多情感众擎。倘为却克跋,来世拜分明。

无闷以五月中旬视予于病榻,迄今百三十日矣。蜕盦濒死得生,难忘吟友。无闷闻声见影,未执斯人。既阻谢公之屐,能无杜陵之歌。率占二章,博君一粲。所幸青霄故人,勿以浣花居远,靳此鸣驺也。九月二十五日

难得秋晴胜去年,偏君忘却旧云烟。山花遍采麓山下,茧蝶谁埋笔冢前。便面可逢京兆马,谓梦蕖。题头还记锦江笺。去年曾题公词草。只因季重今来病,忘却栖禅在近边。

玉楼未肯梦游仙,为忆黄公罏畔眠。不道广陵留绝调,久忘后乘话前缘。陈平门外无车辙,言偃山中听管弦。一棜飞来北山檄,休教寂寞旧林泉。

十一月初一宴西山蕨园,赠采崖一首。是日初识李君效莲,读其留别采崖诗

旧日楼台今日酒,半墙诗句半栏花。病中情绪今才放,文字因缘老更赊。遥望西山一坏土,蕨园去西山数百步隐约望见红拂墓。近邻渌水几人家。座中新识豪吟客,还记曾停爱晚车。去年偕傅君文渠游爱晚亭同赋诗。

十一月初一夜宿蕨园一首

霜风向晚逼人寒,炉火添红广厦欢。不见紫云闻裂石,听留声剧汪肖农诸曲。因怜碧玉代决澜。萧君道其旧事,欲倩予代作断情诗。客凭叶格忘消烛,客有作金叶格戏者。我为花枝罢倚栏。栏前菊满,惜无倚望处。夜色深沉还忍倦,梦中才觉漏声残。

赠 李 效 莲

初闻隔柳莺,终见日下鹤。震名异宋纤,击节得沈约。修期杳风

霄,小叙慰落魄。山河足徜徉,何必宛与洛。君家谪仙言,及时须行乐。箕踞倾斗酒,惊谈震流俗。莫数须臾欢,百年亦一日。

四月望日春舰先生邀过衙斋,与道根
先生畅话,薄暮始别,赋此奉赠

把君诗句两年前,心识山中有隐贤。与可竹深留客住,子云宅近惜车旋。己酉春访雪吟于南竹山先生居,近未知也。江城吹醒扬州梦,陆地飞来勾漏仙。白发红颜谁得似,铁崖长许伴云烟。

道根先生赋七古三章见报,并赠
渌江诗存一帙,长歌道意,以代
束牍,乞赐教言

醉中魂到华山巅,红霓青雾生回旋。奉然长啸似鸾鹤,去天咫尺天开颜。彩鸾为我别瑶岛,嫦娥为我辞广寒。飞琼不愁泄名姓,天孙罢织银河边。主人纷纷竞延客,云中处处开华筵。带垂巾垫到即舞,不知人世今何年。醉国长生不可得,云棺雾椁瘗酒仙。仙乎不死乃偏死,岁星何事来人问。居我以腥秽之肉圃,禄我以恶疮之心田。黄巾驱我以饮食,黑山导我以钻研。自朝至暮暮待旦,历时十二无休闲。玉山偶入掌中润,青娥持赠泥中莲。灾风酸雨苦煽逼,滴露易尽花易残。举头四瞩无乐土,游息乃在湘沅偏。吁嗟乎湘沅偏,岂嶷独无尘与烟。自天之下普如是,蝇头差胜蜗角尖。皮囊终朽莫深惜,卑居菲食何足言。众中属目何大复,因诗更识杨老廉。但惜尘根倦驱遣,往往白日消酣眠。主人已将去此屋,无怪僮仆皆骄蹇。去年左足被刀刮,血尽独有皮骨连。徒行百步几欹侧,坐闻君去难追延。别我句余忽诗至,一砖之报三琬琰。渌江诗人六百载,自元以下千余篇。画村秀曼湘门响,会山中玉皆英贤。君持赠我我狂喜,但若眊眛窥海天。会当烹茗待君至,凌风吐火听谈玄。挥毫欲止不能止,愿君安乐词不宣。

题　墨　兰

辛亥春暮,遇陆君于刘将军席上。翌日采君以其所画墨兰属题,赋此以应蜕盦。

曾见蒋侯矩亭。香草卷,枝枝瘦挺愈精神。揭来越石开军宴,却喜探微是隽人。腴润还能兼劲节,色香不著更天真。唐环汉燕相逢异,总是毫端涌现身。

题陆粲庚为蕨园所画菊

秋风腓百卉,尽失婀娜枝。亭阶黯吟赏,延伫为谁思。此时陶家军,张帜何施施。念当春正好,树树着燕支。陈根始芽苗,才若一指肥。老圃解培养,草拥还泥围。稍长序分摘,渐向盆中移。三分岁逾二,佳节先驹驰。但留一重九,待尔行迟迟。老阳萃英爽,此中有天机。一花备五色,瓣香纷然差。大者似盆盎,丹芍堪肩随。小者花钿形,桃李同芳菲。为君叙谱系,一本数百枝。卓然当一面,得势复得时。谁念万家赏,即此春前稚。吁嗟人世事,一一堪比疑。滇西澹道人,风骨霜不欺。握毫立当几,瞑目神如痴。心摹乃手写,落纸如风麾。急雨点池溅,凉飔振林稀。须臾尽数幅,兰石苍且奇。最后发老横,相形愧吾诗。蕨园菊百本,张壁先纷披。西风聚倕倖,携手临霜畦。

又

掉头一笑问霜风,汝比春来造化工。未向千山醉林木,先教五色绚篱东。

再问填西陆士龙,浓中着淡淡中浓。如何五寸生花笔,只解谈玄不染红。

天人有意贶衰翁,诗料由来在此中。佛火蕉团难入定,蜕盦夜夜气如虹。

题成还挂蕨园中,抹煞千畦紫与红。可肯平分栽莳力,时时为我去纱笼。

试想当年五柳公,醉来长自卧篱东。会须更倩龙眠笔,霜冷花香画此翁。

题铁岭高其佩指头画虎

韩干画马能画骨,赵皇画鹰能取神。道子画龙点睛便飞去,此皆以技通乎灵。我尝历览古今画,独有动物难写真。攫挐呼啸悉含寓,挥毫落纸互诎伸。呼之欲出非妄诩,睨之似动为有情。山中君为百兽长,齿牙毛羽殊其群。伏波尚言恐类犬,余威狐假足慑人。高君一手摄精妙,冯妇之搏何足云。腕臂百钧刚柔济,成功更不藉管城。此幅倘教悬绝壁,能驱魑魅骇鬼神。不然梁鸯失拳术,不然射石误北平。韩吴丹青不足道,道君妙笔输神明。愿君珍视与什袭,更非覆瓿扬雄文。夜阑窗外啸风雨,莫使腾踔凌青冥。

题 画 二 首

坐倚松根云影低,山中驯虎共迟栖。人间枉自夸踦角,一入桃源路便迷。

白云窈窕隔红尘,此是羲皇以上人。寒暑枉愁裘葛尽,画中常著四时春。

又 二 首

不须筇杖扶山过,手有菩提作智珠。大地尘尘谁伴尔,寒山拾得笑庸奴。

腹笥便便笑孝先,薰莸金铁一齐填。此仙大肚中何有,只有和平一片天。

咏《聊斋志异》七首

一湾绿水绕红桥,疑有吴姬住画桡。斜日登楼遥指点,隔江山色似金焦。(芸娘)

残阳衰草可怜秋,儿女英雄土一坯。还记梳头床畔事,伤心岂独悔封侯。(连琐)

东来五马太匆匆,车过斜桥语不通。红土作墙花作障,儿家生小住山中。(神女)

225

浣纱曾见翠眉颦,未许刘郎问凤因。人面桃花容易认,断肠只为唤真真。(狐夫人)

杜鹃啼树燕衔花,一角红楼半被遮。记取门前题姓氏,重来莫误泰娘家。(婴宁)

不独桓伊唤奈何,无情风雨客中多。分明指与双星看,辜负檀奴两度过。(公孙娘子)

金粉何年委素尘,慰情聊胜本非真。梅边柳下相寻处,一片斜阳泪点新。(小翠)

蜕翁《残宵梵诵》"自叙",有"去岁侨渌江数月,题襟笼壁,不乏可存,或有哀集,可于《瓣心吟》后增《卷帘集》一卷"云云。疑蜕于斯集第假定其名,实未有写本也。蜕既殁之次年,傅子钝根乃自史子蕨园许,尽哀其所藏碎稿邮余,属为编纂,且曰诸稿大都寓醴时所作,宜即定名"卷帘",以符蜕旨。余乃竭三日夜之力,为之写定如右,计得诗一百三十九首。诗自己酉以迄辛亥岁作,虽不必尽属寓醴,而寓醴者为多。其编写之次序,一依岁月为先后,有缺不可考者,则以意推度之。或辨其款识,或察其纸色,或审其题之相类似者,咸为汇集焉。余交蜕之日浅,识其行事甚,知不免于误谬,亦聊以谢傅子而已。考蜕之自编其诗也,自《映雪轩初稿》至《瓣心吟》止,为一大结束。庚戌病足长沙,危而获全,于是有《残宵梵诵》之作,而《蜕僧余稿》殿焉。其在"瓣心"以后,"梵诵"以前,标题命名,则有四集:曰卷帘;曰题襟;曰九疑云笈;曰梦楼续雨,盖皆寓醴时作。今《题襟集》存自题两律,《九疑云笈》存一序,疑与《卷帘集》同为有目无书,即梦楼续雨半卷。见于致蕨园书者,亦杳不可得。然则"瓣心"而后,"梵诵"而前,蜕诗之不亡者,仅此一百三十九首而已,吁可哀也。夫四年乙卯春分夜。柳弃疾。识。

《残宵梵诵》自序

　　岁庚戌之夏,得死疾,悉以两三年来所存碎稿付蕨园,不意复活。中秋前养疴星沙,迄九月,呻吟间作,约逾百篇,散佚以外,存者什八。手自录之,号以《残宵梵诵》。自《映雪初吟》起,《庚庚集》《寄舫偶存》《东归行卷》《沧波听雨集》《瓣心吟》外,此为七集矣。前三集存长女处,后三集存施君心泉处,付蕨园者六集尾声也。然去岁侨渌江数月,题襟笼壁,不乏可存,或有哀集,可于《瓣心吟》后增《卷帘集》一卷,则此应置第八。嗟乎! 文通老而才尽,子瞻病而禁诗。自郐以下,不待此集出也。

残宵梵诵上卷

古近体诗八十六首

感《鹿蕉生集》中玉京道人事
长歌写意尚未尽也

　　花枝正好不忍折,留与枝头擅香色。忽闻风雨夜来声,色褪香消只一霎。恋蒂空余几片红,向人含泪背人滴。玉京仙子如花姿,每顾吴生若所思。前生合是伤心侣,却恨重来见又迟。成名未嫁几回误,两负深情各不知。尚书绝世风流辈,置酒迎花属相待。座客回身半向生,定知此际蕉心碎。湘帘斐几日相亲,轻轻一别便成悔。千言万语拥心头,还恐逢卿只泪流。才听当关报车到,引睇凝眸久不休。姜心原与郎心一,辗转思量辗转愁。此身枉自为君谪,此时相见亦何益。更衣入内暂踟蹰,托疾登车渐决绝。传将此事到前堂,萧郎座上无人色。一时宾主默无言,枉煞吴刚月不圆。强解只思因与果,问心难别怨和恩。为郎憔悴羞郎见,再见除非入梦魂。绿鬓青蛾容易老,彩云一散人间悄。柳枝长念玉溪诗,太真生乞神仙岛。可怜门外马樱花,不见花开只见草。未消真个住蓬莱,斗室翻经万念灰。投刺忽来谈道友,相看疑已一轮回。竹冠棕拂绝尘俗,新咏终应记玉台。身身世世无情好,修到鸳鸯是烦恼。旋看双宿又分飞,何况风波苦相扰。一回见换一回愁,不道换愁亦须早。梦落红尘再醒时,天风一起榴仙杳。从此情澜永不生,报恩应学血书经。吴宫未见西施骨,错认鸱夷一舸行。花开花落千金价,说到看花泪先下。剩取销魂一卷诗,可曾持向坟前化。

读梅村诗集感赋,一篇
三叹,涕集于襟矣

鹿蕉生,笃性情,其为诗也如其人。芊绵宛转之思力,经腴史液润其笔。仰偕屈宋颉齐梁,摩荡乃及宋与唐。五言古体近鲍谢,律偶不在王孟下。就中万口推歌行,香山难与驱两狼。吞声时类少陵哭,论世欲与义山续。公前公后数百年,灵光之殿凌云烟。精力一生萃于此,流离琐尾不休止。独步江东未易才,同时继起皆相推。我读公诗微不足,风骨虽遒务含蓄。有如平远山,太行剑阁销巉岩。又如汉丞相,纶巾羽扇缓决荡。公如百炼钢盘旋,学者将病滑与屑。铺陈故实善位置,不然毋乃类市肆。就公能事索公瘢,凡所指摘皆其难。吁嗟乎!读公之诗如公史,公心独愧不能死。兰成犹受滕王知,罗隐为唐非以私。思陵未必公知己,科第功名等闲耳。况复牵衣有二亲,绝裾忍学温太真。君不见洪家相,又不见吴家将,尽是当时付托人。公诗往往惜驰骛,毋乃心惭笑百步。吁嗟乎!其为诗也如其人,遭逢况非开宝伦。苦吟宁计貌瘦损,穷工肯任心灰冷。公之自责不少宽,后人共为公长叹。国难家屯至公极,天所玉成在卷帙。吁嗟乎!天所玉成在卷帙,壮夫不为岂忍说。

题天梅生《花前说剑图》

宵深记凭双肩立,风露无声万花寂。诉尽相思不忍眠,已为密誓还愁别。又记围炉百树梅花中,酒兵诗阵麇虎龙。谈天未觉稷门隘,生风不发长安蒙。如今此事两歇绝,视口空存广长舌。相看桃李都无言,肯为鹏鸟作太息。忽闻高君说剑图,剑光花色红模糊。耶溪之水在灵腑,方山之铜在辅车。燕丹七首何足道,冯谖长铗付一笑。闻声独有隔花人,绕篱窥障不能到。人言大冶千载亡,君从何处析微茫。手无寸铁目如电,谁为气短谁情长。高君叹尔枉喋喋,人间万事无可说。斗牛久已沉光芒,茂先只博当年物。不如猗难乐与群,卧花作帐坐作茵。任君倾尽肝与胆,我只看花不听君。吁嗟乎! 不听奈何遣长日,胸中已结血如铁。

九日无雨,以病足不能赴茱萸之约,采崖樝肴酒就饮。张君琢云、秀峰偕来,竟日欢叙,亦胜会也

一年五九节重日,古来纪念人能说。最难风雨避重阳,登高十度九不得。还记去年约傅刘,文渠、今希。十日沉霖苦不息。已过所期廿四时,十二日始同登岳麓。才到龙山看红叶。今年二子去何处,况我槃散病行汲。拥衾卧醒只苦吟,脱巾漉尽懒独酌。西山采蕨翁,翩然来自昭陵东。茱萸胜会辞不赴,自携柑酒就蜕公。相如旅邸四壁立,得此毫兴如虎龙。烹雏剥栗节常馔,万钱日食安足风。侍者为予煮栗鸡,将以供数日之馔。予辄尽以饷客。举杯未饮心先醉,千波万壑罗心胸。长歌当哭为君道,欲语不语还朦胧。屈平沉江起竞渡,宣武登临成故事。愧我悲欢五十年,春秋都有伤心处。寸心得失知者谁,差幸薄言不逢怒。惊魂动魄念当时,欲避无从忘不去。恨不换太初历,恨不改长春节。一年三十六旬强,少此数日何足惜。狂言未竟君笑欢,笑我百死心不寒。西山曾记瘗魂魄,遗蜕又作波与澜。不如且尽今朝酒,明年何处作重九。有君一日君不忘,便是天长与地久。悲身悼世代有人,何用后来知尔我。君不见汨罗江上金鼓阗,投湘一赋二千年。又不见秋山插遍茱萸草,遗臭流芳置半边。

邵 阳 叟

邵阳叟,计年逾七九。豪谈健啖能周旋,贤妇娇儿日相守。翘胡对雏鬖,曲肘偎蠎首。自忘其老诚足怡,不厌此翁信佳耦。我与同居两月余,但闻嬉笑不闻诟。只除官里十日去,此外印钜不分走。吁嗟乎! 田中馈食却缺妻,庑下同春梁鸿妇。恩情既笃誓不移,贵贱死生壹如故。昔闻鲁吴起,杀妻求将不知耻。又闻贾大

夫,射雉一发博莞尔。本无相爱而相偕,夫妇道丧遂至此。何如邵
阳叟,家人以外无余事。当罏未忍文君劳,典衣不启闺中笥。指挥
佣保无繁声,相如懒著犊鼻裈。右携左拥尽朝夕,鲽鲽鹣鹣应妒
人。蜕翁感此长太息,多少家庭生荆棘。中年得志厌糟糠,列屋藏
娇互容悦。枯杨生稊恩不专,安怪冯方女觺戚。大妇凄凉小妇憎,
并计其身为三失。可怜若辈不自知,犹拥如花擅风月。石崇西市
岂有他,奴辈无非利财色。贾充弃妇非人情,□□挞妻致大辟。蜀
汉某以妻为吴太后所召,久住宫中,使卒以履挞其面。妻诉之官。当某大辟判
词,有卒非挞妻之人,面非受挞之地云云。然某妻色艳,某疑与后主有私。官
知之隐罪,以妄疑君上,否则女权剥落之时,未必以非理挞妻致死也。某于陈
氏,蜀志有传,忘其姓名,姑空格以待查填。不如此甚者更多,富贵逼人
及妻妾。纯灰十斛自涤肠,后嗣何由有贤哲。譬如乔木方盛时,绿
荫遍冒欹枯枝。积年累岁渐拳曲,匠石不顾公输嗤。况乎积庆天
所恶,前车之覆后车顾。种衰国弱姑弗论,还恐聪明终自误。劝君
且师邵阳叟,妻孥得所汝无致。

寄仙霞北京

佞人半朝野,謇谔乃久羁。一朝破笯槛,鸾凤翔高枝。人生百年
体,意想百倍之。君今落此境,毋乃久苦疲。高远忽卑迩,愈进路愈
歧。纤维析无内,滉瀁因无依。愿君落千丈,七尺将不支。我从一病
后,悟昔慧乃痴。智虑大公物,独具将安施。还令散空际,逐物渐转
移。渺然一掬脑,据此宁非私。譬如行路难,一往谁扶持。昔苦不自
省,冥想空四维。感情一舒卷,寸寸接若离。悬丝弛空际,黾勉习驱
驰。世途窘吾步,岂无同心知。山居数日月,小隐吾所宜。羡君目如
电,九坂能腾飞。丈夫一许世,绝裾谁能嗤。我欲上堂拜,乃苦登阶
跛。会当伸所屈,贺母宁馨儿。秋风卷帘幕,庭帏凄以其。怒焉念去
日,与君未见时。促促卅六旬,君鬓应添丝。我病不报子,自视久行
尸。痛苦砭肤骨,才觉存躯肢。今欲为君道,百日穷为辞。伊郁忽梗
臆,不使留须斯。走笔探喉出,拉杂为此诗。囊空负行易,何用奚奴
随。摧烧固无暇,寄君未有期。

陈　范　集

欧化东渐，新机日辟，持守旧义者，一切诋斥，并鸣于已秋，烛行于将晓，非所忧也

后生方盛，而性已杞柳。杯棬悉斸，犹病者已中疹疠，不务诊治而效壮夫也。况乎词翰文采，古人精魂，即至人习旁行，通寄译，屏此不用，亦将为存一脉，辄便诋諆，将亡国文乎？或持辞达之说，恐繁思绩学，理言相维，非操白笔者所能胜任也。凡所未具，将镂绘琢磨，底于精善，独弃已精善者何耶？政教凌替已甚，幸不颓仆，必有其故。辨而存之，所谓国粹也。天梅设南社于沪渎，以振兴诗古文词为竖义，时论指为老生而不恤。天梅通达明远，非能洞见，何以有此？旨既予合，而尤与老病颓唐，以吟弄娱遣不同，然足附以行矣。钝禅入社后，介予名于天梅。天梅以《说剑》《听秋》二图索题，既已应之，复赋五言四十八韵以赠。

五洲竞战术，亦有文阵雄。时论哑所短，倡者皆词宗。研精失蠹简，类义何由充。一潮泛四达，取便胥群蒙。枵腹诽孝先，白手踣士龙。问以何所据，积洴悬河同。嗟世屈宋徒，敛就甘相容。取进改前路，壹弃藏书笈。弃此亦何惜，所惜无所从。急装学宣武，心计效阿戎。回头傲同学，汝曹真聩聋。君侯弃秋实，天马须行空。同学夙师仰，环听如群狨。习矢既不择，为函岂能工。去取未足重，是非奚所衷。时或守师说，忽复鸣鼓攻。今日发新义，明日成残丛。进步一何速，交舞如梯冲。徒惬厌故意，孰著回澜功。取喻何所似，灯尽迟瞳眬。暗行肆冲突，不惜摧钟镛。人事一大变，莫究其所终。天梅绩学士，思议百川通。毅然立方面，丘壑罗心胸。华拿任汝为，籀颉吾所崇。班马列配享，其次为玄融。诗人半贤士，伊古重师矇。明治有七子，欧米多巨公。未闻复民气，而能废国风。吾道再南渡，此社干城锋。开径揖方雅，闭门却骀哄。忧时发咏叹，会友倾欢惊。驰书三千里，气类通鸿濛。蜕庵久寂寞，朋旧稀相逢。十年卧秋雨，一病垂初冬。药里伴梵卷，未老先龙钟。行吟负一瓢，醒梦迟坡翁。散纸不自

检,存者饱鱼虫。顾维夙所好,未忍辞穷工。钝禅吾吟友,相倚如蚯蚓。一日几驰问,黄耳悬诗筒。辗转索题句,如听寒山钟。无田住阳羡,名士记江东。闻君绘两图,知君辨且聪。路远不可致,五识通边中。挥毫速传命,得句愧促匆。还写未尽意,遥寄诸九峰。但有解人在,故见何辞封。

为杨燮丞领军题便面

君家住京洛,千载古战场。晋楚盟虎牢,刘项争(荣)〔荥〕阳。卓哉铜马帝,卜洛贻成康。苏息百余载,从此丛欃枪。拓跋混华夏,氏族难稽详。残唐九节度,独数汾阳王。力扼洛阳桥,胡乃舍己长。再请契丹入,汴水咽北邙。往事一回念,涂炭哀此方。国故久如沸,民田安可疆。坐令膏沃地,雕劖同雍凉。将军席雄武,匹马来潇湘。左广待右乘,北戍通南荒。惟此足枢纽,六翮恣回翔。耆英待作社,荣戟生耿光。

攲枕挑灯,雨声点滴到耳,如僧寮揽髻。回念罗帐江天,铃语断续,吟情往来,宜其诗有梦境也

右军一作誓,遂若神鬼知。已逝万情水,悉被回风吹。今愿宁不实,往事非足嗤。寸心有根柢,掩覆何所施。行行入曲径,幽邃非所期。乍觉所期左,旋忆曾来时。花丛隔层障,不目而已窥。此中久风雨,秾华非故姿。关心最手植,一一同仳离。坠蒂胃丛网,霏英辞荣枝。憔悴岂伊劫,摧败皆我为。无声亦于邑,对影增凄其。忘身阻奔救,乐死迟追随。吁嗟情海波,泪没乃至斯。天倪欲飞跃,形神浑接离。处真莫忘切,入梦非言疲。燃犀久无力,内照无所持。安能息外物,转以滋群疑。百年亦已半,双鬓亦已丝。所思不可即,宁惜身奔驰。奔驰恐歧误,冥想无因依。身魂两无就,不死亦相遗。窗前雨如语,断续谁为之。天问久无益,何况代以诗。

名　　香

小阁垂帘细细闻,神伤忍便罢衣薰。麝脐龙髓娇娆尽,沉水旃檀

功德分。玉贡扶南雕作枕,尘铺金谷踏成文。吴泾冷落章华锁,不是佳人不与闻。

箴 时

意气薰天似火山,万人咋舌眼如环。前峰才落后峰起,北道将通东道还。冰化犹存原有水,鸡鸣终出此重关。空驱一世归诗幻,枝节应从根上删。

棒莽于今遍九州,绮园花月目前收。寓言齐物庄生笑,普渡慈航我佛愁。入世深时添变相,化城开处少回头。若教说法无顽石,何事秦鞭万古留。

因果相乘千百年,棼丝今似一团绵。淘沙无奈金难见,攻玉还愁石不坚。避世只寻花好处,中宵起看月移天。人生忧患由知识,一任烽烟照九边。

全力经营注一人,果然恩怨尽无因。柳丝枉避东吹雨,花片先随西去尘。天地樊笼同尔我,幽明磨蝎等魂身。少年懒向君平卜,何况于今幻作真。

身世何须惜去留,鞠躬还似执鞭求。余殃谁谅池鱼及,使过空劳驿笔筹。久避人纂长冥冥,莫为予毒自休休。将军便在高皇世,未必平阳有二侯。

寄傅君文渠醴陵

端阳别后到重阳,岁月还如人事忙。百日病中常梦见,廿年长尔已形忘。新词留赠人偏去,(君以中秋后回醴陵,有词见赠)旧事追思情更长。还记登临相约否,疏花病蝶互扶将。

遥闻风雨满三韩,一纸飞来墨未干。(君以闻韩事有感诗见示)本为东偏存许近,不连衡约御秦难。降王已入洛阳盖,求盗今亡薛县冠。从此榆关接风鹤,况闻两大已交欢。

正期杯酒续前游,共涤胸中未尽愁。樊散我惭行汲笑,驰驱君呕附棺谋。(君以卜葬大父回)人殊去住嗟花水,佛说因缘似电沤。自有神交金石固,身身世世不须修。

爱晚亭前叶又红,题诗倩寄渌江东。(托今希转寄)任教久示维
摩疾,不隔相思心眼通。蜡屐阮孚应暂住,舁舆陶令尚能从。西山我
最低徊处,难得今年无雨风。

怀 灵 隐 寺

少年几载住西湖,八岁至杭州,十四岁乃移。双桨芙蓉兴不孤。乐
水未如苏白智,入林曾与阮嵇俱。一至灵隐未及韬光也,行竹林中一二里。
笋香远透千竿竹,饭熟偏甘一味蔬。自落尘埃过五十,清游以外总
模糊。

前生疑是此山僧,一入山中涤万尘。岂为桃源能避世,更非勾漏
可修真。林峦乍看如曾到,猿鸟无情亦与亲。太息当时轻作别,白头
终隔似湘秦。

小隐山居是素心,怡园曾共子瞻吟。指怡园看芍药,与伯兄赋诗事少
年未许天台住,末路翻知盘谷深。惆怅白云谁与寄,萧条秋雨梦相
寻。胸中尚有匡庐瀑,争怪琵琶泪满襟。

萧疏蒲柳未秋雕,衣带日宽路日迢。愧不如僧得常住,悔因多病
误招邀。两度至杭,有邀游者皆值病中。负他草檄事如此,到处蓬飞魂已
销。过去现前都浪掷,除非笙鹤附王乔。

寻僧访腊说东坡,壁上题诗未尽磨。远谪还能偕慧婢,行吟尚自
感春婆。嗟予一失湖山趣,去日全从愁病过。浪说游踪遍海岳,西
(冷)〔泠〕风景隔吟哦。

忏 诗

少时绮语成诗谶,垂老才情是病根。叱咤风云销暮气,缠绵花絮
系春恩。久看坠雨丝难续,悉数前尘日易昏。捻断吟髭亦何益,东西
涂抹又留痕。

志 梦

梦伊青鬓换黄绉,何事人间竟不知。传死难消仙客恨,招魂忍说
少翁痴。云深纵杳飞凫影,春尽还寻恋蝶枝。地久天长非我日,相思

只望有完时。

观　　生

电合沤停著此身,才云是我已为人。强因世事成终始,难向心头认假真。五识六尘忘即了,未来过去证方凭。蕣华朝菌何分别,试听庄生说大椿。

悟　　情

此乡谁与号温柔,一到情深便是愁。闻说微之托修道,可怜小杜悔求州。是真并蒂花千一,能了今生世有不。怨绿啼红因底事,蜕翁原不讳风流。

原　　病

情愁积久都成病,病去情愁又别生。绿满池塘雨后草,碧荧帏幕梦回灯。茂陵笑尔捐秋扇,垓下何人作越声。欲待饮冰销内热,侍臣昨日赐金茎。

病时正听水嬉歌,以五日起。疑是灵均起泪罗。不为投湘留谪宦,岂因吟越释情魔。东篱已负黄花酒,西日还挥青海戈。却悔多愁常却药,定知芝术得年多。

题《听秋图》

为怯秋风诗酒停,掩关静日诵黄庭。忽飞淞泖千层浪,图系天梅属题,由云间寄楚。直接潇湘一点星。长沙,星名,因堕星名城。蝉咽蛩鸣都不是,漏沈籁绝总长醒。欧阳逐树寻声去,落尽霜林何处听。

春喧莺燕夏嘲虫,到得闲时耳有风。寂寞江湖吟远碧,萧疏花草泣残红。坐看斜日人无语,数尽飞云雁不通。本是无声偏说有,知君息息证无空。

雕檀枕畔饯金笼,还记年时小阁中。早泻银河洗兵甲,肯喧金鼓搏沙虫。悲风匣树吴钩挂,泪雨淋铃蜀道穷。蜕似灵均祥似宋,蜕自谓也,禅指钝禅。双吹愁籁过江东。钝禅亦有题句。

上下五陵存一剑,摩挲白眼听秋声。天梅自号"钝剑词人"。胸中自蓄辕驹喘,腰下常闻佩犊鸣。百战还余不平气,六通待辟未忘情。吴江枫落湘江冷,万里愁心一霎生。

叹　逝

五根都接最相欢,却叹霜雕翼易单。问暖怜寒前日事,遗笺剩墨几回看。东南孔雀飞先死,西北长安住更难。不御鲛绡因泪尽,却教缣素著汍澜。

感　旧

把酒曾过丁卯桥,碧阴如故罢吹箫。东风只在章台峭,秋水难平驿路遥。青鸟苦无方朔识,金龟为有洛娘娇。上头千骑今还在,却奈银河夜夜潮。

惜　别

折尽离亭柳万枝,柳丝断不断情丝。江淹才尽难成赋,苏轼筵前许乞诗。绉上双眉偏解笑,忍为长别不言辞。回肠多少伤心泪,一度思量一度垂。

落　叶

春愁只为落红多,万树萧条更奈何。遮断前村飞石燕,铺来遍地剪秋罗。经霜便卷难题句,坠雨同飘委逝波。任说看山无障碍,从前佳处尽坡陀。

昨夜西风过橘洲,江湖冷落倦登楼。当时只叹阴成早,此际才知秋是愁。卷地随尘何处去,打窗和雨几时休。芙蓉落尽桐花实,已过扶持便不留。

读罢离骚怅落晖,窗前栏外已成围。招魂难返声声咽,寄远无凭片片飞。残蝶来疑同日化,啼乌绕失一枝依。尽他松竹经霜雪,翠箭青针也渐稀。

萌芽记得入青时,嫩似柔荑润似脂。谁信飞黄迟暮景,曾吟新绿

237

畅春诗。有人久共飘零况,乐汝终无猗难知。一树年年有枯菀,肯因霜冷愿辞枝。

莫将轻比絮和花,检取还堪煮酒茶。疾下空中如集隼,纷翻高处似归鸦。暂分霄壤难平视,一著山河总可嗟。最惜霜枫枉渲染,几人爱晚更停车。

嗜　好

氤氲花气胜兰吹,制作精奇谁所为。能使愁城失呼吸,只除朽木尽扶持。不辞年赠中人产,转笑世无高卧时。佛火僧团同此味,夜深还剩鼠来窥。

十五年来伴一灯,烟云销尽见光明。浊流只有还丹镇,恶石终输美疢精。来自西方原佛法,卧依北斗待参横。马肝鸡肋须分别,何用纷纷惩沸羹。

八月三十寿曾伯渊舅嫂

诗人合住浣花里,君蜀曾氏也,所居即少陵旧宅。况复同心有子才。舅兄袁幼安观察,少年讲史、算学。有文名。三十年前闻令德,四千里外见亲裁。光绪己卯与幼安及其弟子彦试京兆,同寓。始闻伯渊名,并见其与子彦书。子彦为袁室胞兄。新词迟到湘江读,旧事春明梦觳回。王谢家声双继起,本来花萼是重薹。袁太夫人及曾太夫人皆毗陵左公女,并以才名著。

庸庸岂是人生福,有福还须先有才。子弟佳如芝玉种,诗词绚若锦云裁。遥知彩舞几行省,况已麻宣贮左台。诸郎宦游皖鄂闽蜀,有以词林值南斋者。我愧支离兼卧病,筵前未得见旋回。

九月四日为幼安初度,距今 不数日矣,赋此兼祝

随园枉自称才子,未若君家妇亦才。皖水湘江星两路,蓝田玄圃璧双裁。并头诗刊浣花集,幼安赘蜀,与伯渊同居浣花旧宅。抚掌人嗤织锦回。秋雨茂陵偏笔润,还能高咏颂莱薹。

兰皋返自滇南,以诗柬之

轻装万里趁秋风,病榻观君似一龙。定为渡泸思葛相,早能喻蜀羡唐蒙。賨巾犹湿香林雨,洱海曾看蜃吐虹。携得海南珍果未,来时尚及荔枝红。

偶　　成

为听莺声又种花,一番开落枉成嗟。人间岂有长春树,河畔愁看无定沙。橘社待传龙女信,柳溪重认泰娘家。朝来细认新霜后,又听窗前噪暮鸦。

莫言诗酒误禅机,心有菩提足解围。佛力远皈祇树下,前生应著水田衣。人间君在如天福,梦里我曾拔宅飞。未必膏环难两合,言情谈道证幽微。

市中岂有蜀君平,浪说桑榆收此生。树到空心惭老朽,葵能卫足胜天刑。归来遗肉细君喜,死后然灰田甲惊。聊复云云为慰藉,未甘委弃说离群。

分束情澜与死偕,难忘习结偭生谐。譬如昨日延今日,终到前崖望后崖。一息半存犹病误,百句三过尚言斋。莫愁身著昆仑麓,心已飞腾到上阶。

空谷传声事亦奇,天教遇合更无疑。黄姑独宿隔河久,紫府同游望阙迟。未识庚明为二宿,岂期缫绢是双丝。于今转悔执祛误,狼顾东西渐不支。

长生原誓再来身,却遣仙山访太真。未聘卢家迟后约,况过洛水忆前尘。帷纱问义惭刘谢,樽酒论文念应陈。生负田横死负汉,情场难得作完人。

卞家小妹最婵嫣,艳福生存刘孝廉。早道西山帘已卷,竟疑东海石能填。钗花影重浑难辨,径草烟迷未许眠。情死谁酬鹣与鲽,秦嘉何意有余年。

森森江流两点烟,神山窈窕又前边。机云旧宅丛生草,王谢游踪半似仙。梵诵未能消慧孽,梦吟休更说情缘。今生待挂徐君树,拂拭吴钩枉自怜。

自 题 本 集

经春苏息又秋来,小卷重然劫后灰。未到能工穷已甚,为愁成谶句偏来。一经著笔懒勾乙,半是言情无别裁。何处再逢求稿使,尾声只合付蒿莱。

别

有叙方名别,未合岂言离。独我结奇想,无时不去思。怕闻催客鸟,愁见向前枝。此情最难遣,死是断根时。

乞水面饼于伯渊舅嫂, 并视幼安三兄八首忆三

毗陵说饼旧推刘,持比随园各不侔。谓玉带桥刘氏及外舅处。鸡䐹十盘何足道,我曾饱啖到探喉。

景文铺歠亦风流,属餍何辞少远谋。强饭不须求蛤蜊,君家御景定宜秋。

溲淘裹贴都须合,满软匀圆未易工。莫笑吴侬无口福,定教馋吻润眉公。

中秋前一日,伯渊舅嫂以水面饼 十二枚见惠,益以双鱼豚脯。赋此 呈谢,并柬幼安三兄

嫦娥十二团圆镜,尽被晶盘一托来。雾密云轻擅双胜,意园近圃记前回。近圃,刘氏居。意园,外舅自号也。

刘制莹腴袁隽脆,谷生曾饫五侯鲭。不道更逢兼擅妙,清才浓福是天生。随园以“清才浓福”许席佩兰夫人,予常疑之,不知所谓“才”者何如,所谓“福”者又如何也。平生留意闺阁才,固偏于一长者较多,福亦足于外观者为备。惟近年知伯渊生平,庶足当之耳。

花猪竹蒟殊方隔,莼菜鲈鱼秋思阑。汽电于今通水陆,只愁郇酱

制人难。水面饼,毗陵专制也,料具所在,皆有惟手法难耳。

江左一脔惭说项,仙源双札剖飞鳞。君家余事烹鲜技,分与郎君调国羹。

最 愁 两 首

分明𫘤黛隔河看,欲诉离愁却是难。屈指秋期秋已尽,最愁心地到冬寒。

销魂还是有魂时,更不销魂事可知。佛说色空真浅义,最愁空处著相思。

残宵梵诵下卷

古近体诗五十一首

袁幼安内兄暨其夫人曾伯渊君偕赴武昌,诗以奉饯。时袁观察长沙奉大府檄行,曾则以长君宦鄂抚视之也

玉台双管浣花新,管赵才名噪锦闉。鱼凫蚕丛幽胜最,鱼凫、蚕丛,蜀故君二人名也。然用者多误作蜀地,蜕盦此处亦不免循讹袭谬矣。鲽鳞鹣翼往来频。桃花笺纸松花砚,白玉茶铛碧玉尊。为觅封侯别元韦,旋开官阁合徐秦。皖公山色拄笏看,锦瑟年华逐弦换。双笭语合汉宫春,一窗晴共明诗选。韶光容易过隙驹,秋风珍重藏团扇。莫看鸳鸯到处双,白头安稳不得半。使君久久借南阳,一息扶摇逾沅湘。直指绣衣暴公子,分司御史旧清郎。汉家万石著循孝,江左诸王皆选良。载米今看馈山县,悬鱼定卜慰高堂。百金车剑弹箜瑟,陆生还少双飞翼。庭阶玉树半天涯,波折花溪正秋节。记我春明独醉时,当君云路高骞日。寂寞繁华各始终,绿芜秋水儿分合。褰帷今过汉阳楼,好看江潭万树秋。渔洋使蜀诗最富,樵鹿封梁山尽收。同行况有同心侣,定谱双声比宫羽。莫向邮亭壁上题,归来示我惊人语。

242

足病一百余日，九月廿三始杖行室中

竞渡偏教足不前，以五月五日得病。登高节过尚高眠。一朝喜免人推挽，十步能随杖转旋。早已达观忘四体，无如生世赖双趼。头头俗事来心上，莫去尘根是得天。

悟彻玄微息息通，此身原在有无中。用陈梦棠女士句意。飞尘满眼悲欢过，逝水流年得失空。便礼如来何世出，只除太上尽天蒙。启衾知免不消说，诚到忘形是始终。

我见从今未可除，不言无我是真无。钟情莫漫区人己，大道由来浑实虚。当日未曾生使独，后来终信德非孤。七情淡尽身何倚，内念全凭外物扶。

岂惟李耳是人龙，一世都居变化中。大木千章昨拱把，涓流一滴今淳泓。若云非是金刚佛，谁复能知黄石公。厝絮北山终速朽，户枢流水暂时通。

解腕从来称壮士，断头尚且有将军。不堪胫大逾于股，岂为臣强失在君。锋试倭刀将见骨，力支印杖与同群。屈伸非比无名指，便有秦医孰使闻。

南尽交循北大都，岂惟安步可当车。一从寝疾呼门弟，久废徒行僭大夫。失屦可曾惊豕立，携竿权用代鸠扶。无杖以竹代。问年未及杖乡国，莫便指麾傲里闾。

危则相持颠则扶，此君原自不能无。桄榔未乞花猪换，筊荡今先竹马驱。漫笑空心同老树，谅因错节免枝梧。皇娥若肯偕游戏，便结芳茅作相乌。

放浪形骸只说辞，人生全赖有官肢。三公折臂钧谁秉，妃子半妆目不移。折屐谢公差幸免，飞凫叶令任何之。请看百日支离者，莫便轻嗤田舍儿。

五和渔洋秋柳用原韵

春魂不尽剩秋魂，白下风流度玉门。色减卢家螺子黛，文添汉苑蠹余痕。愁听絮语偏官道，羞照丝腰却水村。摇落年年谁得免，和烟和雨总休论。

早辞雨露不经霜，肯到清秋照镜塘。若许残丝经素手，还能长带系青箱。风流曾似惊鸿后，孱弱今如副马王。总为多情易消损，秋花秋草尚坊坊。

不染朝衣染醉衣，只怜宫锦色全非。尚余猗难无知乐，未改猖狂青眼稀。过马暂因前路系，惊雅容易见人飞。细思莫为轻惆怅，春梦秋吟两未违。

暮带斜阳晓带烟，奈伊生就教人怜。玉妃憔悴羞离帐，溪女低徊倦击绵。便道杜娘非少日，未忘张令在当年。春风惯看三眠起，吹到西风又一边。

忆 苏 诗

旧有袖珍古香斋施注本，海上奔驰，遂失所在。

平生好读长公诗，一卷常称袖里师。苦为伤怀废三叹，终因琐尾致相思。海外之行书籍皆失。风神想见凌波步，记诵如抽断藕丝。日日偕游吴季重，似临峰泖望峨嵋。近借友人梅村集读之。

岂惟子建是天人，欲共邯郸拜路尘。凤杳龙飞广陵散，雪消冰化藐姑神。袖中诗本都非旧，壁上纱笼几处真。去年见东坡、与可合画竹子行卷，似赝造也。坐拥百城早孤负，荆州许借比新秦。拟更借之友人。

玉堂金殿要论思，元祐何由冠党碑。待制以上官四十九人，以苏为首。满腹不宜时务物，至情具见一生诗。拔钗沽酒谋之妇，糁玉为羹得自儿。绝世风华偏悃愊，振书想见少矜持。

元丰变法亦传人，我道鼾翁最率真。管子有才急功利，霍光无术负衡钧。欲将末俗几三五，岂谓成名在圣神。一忆前朝八司马，莫将周命比维新。

因诗及史好非阿，人尽如公世太和。浙颖惠民著南国，循琼异俗念东坡。论才恰是行空马，生世偏输曳落河。一任谈禅还说鬼，时时斫剑有悲歌。

早知寿命不坚牢，见公虚飘飘诗。诗卷何如付一瓢。石室名山任天意,纶巾羽扇逝江潮。禅参玉版终饭佛,归遗传柑异解嘲。自叹聪明愿愚鲁,果然愚鲁早声销。

峨嵋剑阁郁岧峣,井络天彭结窈窕。偶得寸珠照前乘,每飞一凤骇群雕。文章莫数扬和马,位置当先曹与萧。上溯九朝下千古,诗魂一去竟难招。

把公诗卷当华严,曾坐旃檀对掩帘。句到忘时存梗概,韵从险处记又尖。诗成莫逆疑先有,颦效难工转自嫌。今日灵光如未散,招真治畔觅吟㠉。

哭杨将军策

看人生死自年年,多少知交先著鞭。杯酒犹温谈笑杳,尺书未报羽翰骞。生离已尽怀人泪,长别难忘过眼缘。烦恼还因存我相,本来世界亦云烟。

日月分明记去年,使君青眼到焦先。忧时同病吾前马,厌世深心君早骞。既已并生偏独住,从知相得未为缘。此才本是旃檀相,一著薰炉便化烟。

粤汉路湘段开工,和袁君仲铭原韵

不堪疆界互嫌猜,一线交通节节催。外府幸存璧犹是,路权由美公赎回。他山已取石而回。袁君肄路学于日本,毕业回。故乡风景还如昨,全路烟云先此开。五管南通枢纽接,笛声先向洞庭来。

赠刘君今希,时君为路校教习

舒卷闲云在九霄,王乔山下冒家巢。君家住王乔山下。平原本是无钩党,京兆何烦辟盗曹。君先被公举长本邑警部,君诗酒雅人,不堪此役,遂辞去。正礼如龙孚郡望,家丞秋实笃神交。飞车万里通南朔,只有乘霞未许教。

自　　笑

自笑老同鼷鼠技,平生空有凤雏名。饮河但乞监河候,庄子监河侯,一本作"候"。绕树偏忘祇树城。(别作:饮河但乞监河润,断尾终因附尾行)竹为虚心常偃仰,花因弄影觉纵横。团蕉坐到香灯烬,才见南窗一隙明。

少年书剑一无成,涂抹东西浪得名。仕宦金吾忘潦倒,天涯青鸟盼逢迎。(别作:湖山锡杖枉逢迎)苏公岂为聪明误,柳浑还因家世荣。自笑自惭还怅叹,平生只欠故人情。

有 感

料量平生事可休,一江春水泛盟鸥。彩鸾未必忘瑶岛,飞燕何堪葬玉钩。桥断还惊罗袜渡,砚穿尚有石碌留。算增算减湘娥瑟,莫为哀音便与投。

张融未肯寄人篱,岸上牵舟亦可嗤。尚志岂因车笠见,蒙尘还有主宾时。蓬庐天地蜎蠕共,世界沧桑候忽知。试问平津开阁日,故人去此欲何之。

名花开落总从容,记得来踪是去踪。誓冥一灵长隐几,梦看群玉侧成峰。再休言必夫人中,去声。岂有情惟我辈钟。今日至诚皈佛说,尽销错铁铸晨钟。

秦皇一火绝根株,何事偏存巫卜书。千里求师甘拥彗,十年待诏出无车。只除博士有弟子,未许通经号大儒。不是孔融为起里,窗前带草绿谁除。

菊 花

紫白红黄色色齐,一花能使看人迷。春风姚魏难专谱,金粉齐梁异品题。占断秋园逾百卉,譬如群翼艳连栖。尽他夜夜霜欺瘦,晓日东篱头不低。

琴未张弦酒未沾,萧然坐对此霜癯。灵均泽畔餐高士,彭泽江边供小姑。艳比红绡拂秋水,素如碧玉捧冰壶。参差叠作登高级,五色云机上得无。

爱酒渊明亦谪仙,最难独共此花传。东篱千古陶家占,彭泽一城菊部编。瘦到风前卷帘看,死须秋后抱香眠。比他和靖还称绝,不到何郎官阁前。

一起秋风便下霜，天心蕴酿待重阳。将军大树移花下，江夏无双令豫章。丁亥识冯一亭部郎于都门，冯筑园彰仪门外有菊八百余种，黄可庄太史为之作谱。癸已识黄叔希大令于豫章，赠菊芽六十盆，计百二十种，皆佳品也。叔希以好菊，竟补彭泽。旧事回思惜孤负，冯园菊未及赏而出都，黄赠菊今皆无存。幽怀未叙费思量。九月将尽，以病未见一花。何时半亩宫能筑，秋艺春分学二忙。

取次还从海上看，飞云亭畔砚初安。繁英偏值秋萧瑟，独夜不堪梦婉娈。丁亥寓瓯，闻有花处，一一访之。然以久雨，早便阑珊矣。绿到瓣缘称异种，见瓣边绿色者。红消管外失还丹。有笔管瓣外白而内红者。欲持带草延佳日，无奈多愁早怯寒。

相逢诗酒便称仙，紫蟹黄蚶味正鲜。病阻寻秋非懒步，梦迟行雨不成眠。浣花归老锦江宅，掬月就探中冷泉。遍种还须休采摘，诛茅插竹护霜妍。

读《南史》有感

南朝俊物数桓刘，三史余灵乞李欧。处仲可儿何足道，茂宏仲父亦堪羞。山河空置新亭屐，风月常存北固楼。莫说汉唐足先后，英雄只此许风流。

题李今生女史因水墨鸳鸯芙蓉

解叶鸳鸯作怨恩，今生留取画中魂。营邱谁识有李永，玄宰终能继董源。水墨因缘情可叹，女史题句有"水墨因缘"语。烟波身世事难言。锦褥玉躞收藏处，莫作蟫灰爇火论。

寄 某 君

梦里相逢渐渐稀，此身疑是复疑非。泪并彼此潇湘合，诗托人天肝胆违。为忆赠言常禁酒，偶忘久病懒添衣。抟鹏不借垂天翼，燕雀能飞应早飞。

诛茆编竹亦堪居，风雨终难蔽敝庐。南北移松愁失翠，春秋艺菊渐成墟。闭门学佛长旛绣,借枕游仙越绝书。问卜占灯都旧事,后来身世听何如。

闻君日日倚帘看,游子天涯未觉寒。人面再逢还是梦,道心半悟最为难。有无黄鹤楼还在,来往青城路未栏。望绝九疑隔天汉,即今平远也增盘。

便甘夕死道难闻,消息沉沉隔岫云。书已修成偏懒寄,梦曾相诉讳终分。怜贫翻似寒因我,惜别还愁见累君。一切都教消抹去,荀香何必为人薰。

路近泉台转又还,回看愈远愈巉岏。不堪茶苦偏重味,已到鸡鸣又待关。余念当时犹历历,此身何处得闲闲。丛残稿纸须君见,谁道新添旧待删。

士鸿侄将赴覃州,谒其母舅壬秋王先生。先生蜕庵父执也。三十四年前,曾假馆于先生所寓百花祠。越十三年,重晤吴门,今又二十二年矣。先生以廉夫隐吴之年,逾潞国杖朝之健。周伯况屡辞征辟,朝士视如星云。庾兰成曾值乱离,平生不为萧瑟,岂第荀攸日下鹤,直如宋纤人中龙。蜕盦私淑少年,自居弟子,不见万日,乌有先生。兹因赋饯士鸿,未忘方雅,多及前踪,不知先生云何。

士鸿归,当有以语我也

阮籍从来最疏懒,阿咸底事更清狂。若能略似何无忌,岂有生惭马幼常。此去借观子长史,归来为检少疏装。相逢正好黄花笑,记我当年侍举觞。

相依初记百花祠,孤负南楼玩月时。十载重逢采香径,扁舟暂系向南枝。赵州禅语都成偈,蜀道奚囊满贮诗。先生久掌成都尊经书院,归未久也。轻别难逢思去后,本来无意再求师。

飘泊江湖三十年,无家偏喜说归田。枉从绛帐听匡说,长望朱楼笑许眠。落拓还愁彦方问,驰驱终信茂宏贤。近闻诏到千山上,持赠白云恐未然。

一纸书来誉阿戎,生平珍裹比清风。先兄丙子捷,先生函贺先子,有"令子高魁三郎尤胜"之语。漫言此日惭雏凤,尚在人间只士龙。丝竹后堂曾许入,林泉小隐幸能同。狂来不觉西风瘦,了了还能似卯童。

此集既订,梦中偶得一律,意未即解。
录之书题,玩索再四,真呓语也

处处看花洒泪人,情知无计惜余春。梦中曾为燕支哭,醉后何知燕石真。可惜此乡称陆海,何因无翼出沧滨。延宗未若周人得,不忆当年谁苦辛。(别作:延宗宁使周人得,不忆当年贺六浑)

自　跋

　　今夫水流花谢,嗟绮语之难删。即至矢尽拳张,岂豪吟之随辍。气短不短,情长更长。桓子野辄唤奈何? 曹孟德解忧何以? 故曰诗以言志,能教闻者销魂。况蜕庵七尺,沦蜃海十年。管宁但坐绳床,张融更无船屋,虽潇湘吾土,谁识懒残? 论建安才人,最怜公干。彼少陵垂老,犹有浣花旧居,岂浔阳谪居,长此天涯沦落? 然则诗人之厄,末路之穷,以古方今,于斯为极矣! 嗟乎! 庾兰成平生萧瑟,赋江南以言哀。张平子望远咨嗟,赠琼瑶而莫致。世之揽者,当有知音。我所思兮,岂惟并世。缀之短跋,以稔后来。庚戌九月二旬一日,蜕僧书。

　　蜕公诗如天马行空,不假羁勒,而下士自望尘不及。此卷乃其庚戌长沙病中作。余访之病榻时,曾见其上卷者也,近更展转得见,因以寄亚卢居士一观。居士尝从余索蜕公诗者。余寄居士诗"《残宵梵诵》犹堪听,湖海相逢有一陈",谓此也。亚卢见此,幸为题之。使佗日余见蜕公,更得增一欢话矣。辛亥三月钝根敬识卷尾。

　　蜕公诗奔放不羁,雅类坡仙。观集中《忆苏诗》七律八章,足以知其瓣香所在矣。钝根以此卷见示,快读数过,惊怖无极。钝子识卷尾云云，欲得余一言，而余方戒作韵语。且小巫见大巫，神气索然不如藏拙之为愈也。爰跋数语于后，聊志一段文字因缘云尔。蜕公见此，其亦憾佛头著粪否耶？辛亥六月六日镫畔。松陵柳弃疾识。

蜕 词 续 稿

（鹊桥仙）〔惜分飞　二首〕
戊申秋长江舟次作

河汉横桥迟不渡，掌上留仙飞去。今夜江天路，知他何处听柔橹。　愁织春丝千万缕，欲理苦无头绪，便作聪明误。秋风何事团萍絮。

阳关未唱匆匆去，怪道画阑延伫。别后相思苦，便教留住何从聚。　痴魂先向天涯路，总有追寻君处。莫问风和雨，梦桥人许双星渡。

金缕曲　己酉闰二月，醴陵和吴漫庵

定是同魂侣。被罡风几时吹散，又还吹聚。君似秋蓬依病柳，相对是何况味。且漫说、死归生寄。天上人间都一例，又何从寻起情根柢。持此恨，欲无语。　有时欲语还延伫。只凭他、断肠词句，替人倾吐。试听衔秋天际雁，（新鸿天际衔秋到，宛又去年时候。漫庵题汪君兰皋《渌江送别图》《迈陂塘》词中句也）红泪盈盈如雨。尽拼着、狂歌醉舞。更莫问明朝在否，这须臾已是天心许。人世事，料都尔。

（蜕 词 续 稿）

西江月　题画龙

自往年秋冬,奔驰南北,委命风沙。迄今仲春之闰,乃得与醉梅君畅聚于兹斋。壁悬此轴,似是百余年物,非前此一己酉耶?君属题词,为倚《西江月》二阕。题时在谷雨后一日,与画时亦同,又一奇也。是岁己酉闰二月,谷雨节则三月二日也。此中当有翰墨缘,质我醉梅君,以为然否?蜕盫陈飞。

曾说点睛飞去,还教壁上纱笼。天池说法一龛红,风雨夜来梦梦。　　鳞鬣毫端乍见,精神腕底能通。三千世界付沙虫,一纸烟云供奉。

前后恰逢己酉,画成待我题词。雕虫偏是壮夫为,睥睨九州余子。尘海沧波几涸,情天云气同飞。蜕盫留蜕不如斯,未了人间首尾。

前调　己酉秋自题词钞

天帝愁闻湘瑟,还应换谱移声。无端弦柱与中分,二十五年长恨。　　愁自前生带到,词因愁里填成。一呻一叹亦尘根,莫道偶然谶准。

三影曾征旧句,一波常绾新痕。停辛伫苦为何人,说与前因谁信。　　花落不知消息,絮飞愿共埃尘。风狂雨横过三春,留点秋心可肯。

高阳台　感怀再叠钝根韵

一纸书残,三更漏尽,更无梦境堪游。掩袂离人,夜来还忆凭楼。天涯早被春山隔,又何曾、林尽深秋。问新鸿、不与留痕,应便衔愁。

年年忍看黄花瘦,况微波三径,疑雨丛丘。病后呻吟,闲情难付东流。便教真逐萍蓬去,怕依然、浪急风飔。尽思量、此度相逢,莫负仙洲。

满江红　用仙霞韵

梦里寻春,曾几度、山回水极。甚一样、桃源旧路,忽分今昔。依

253

惯凄凉忘夜半,郎非薄倖偏行十。若果然、海上有蜃楼,誓天日。

西江水,决难涤。精卫石,不填臆。记回旋舞袖,筵前地逼。荼苦荼甘皆赤子,桃僵李代分形迹。笑一池、春水皱无端,悔青碧。

忆吹箫　庚戌岁暮,寓渌江旧馆。纷愁促日,坠欢凝尘。倚箫谱韵,三复吟唱,不复辨为歌哭。劫后词之一

霜冷银塘,漏沉青锁,灯前正话相思。记去年今日,湘水神妃。不是天风吹转,早人间、难觅胭支。相逢又,才携素手,忍看颦眉。　　依依,两般情绪,千万转风波,难教分离。想玉环再世,旧誓还知。更莫羡伊猗难,便消损、更是情枝。应相妒、花飞水流,别有欢时。

赋　类

笃交赋 并叙

　　史君采崖，相交垂半岁矣。始共晨夕于西山，继托旅踪于阛市。言笑晏晏，聚阔勿瞬。顾时者难得而易失，乐者可暂而靡常。君每谓予曰："相别后当何如？"又曰："子必有以贻我，俾为异日记念。"噫！君知聚散之理至深，其言挚且达。独自愧无文，每欲为诗词而情不能罄。今君又将有星沙之行，予一病几殆，虫呻鸟语，恐过时而无声。不辞腕弱目眵，为《笃交赋》一首，书之下方。夫以弇陋之思，寄愁病之躯，而欲效枚皋之走笔，齐王勃之速藻，岂非不谅，宁有可观。以君之所重在人，而不苛工拙也，遂敢放言。大雅宏达，感无诮焉。

　　日日江流日日深，年年花谢年年春。教水莫流花莫谢，才有人间长聚人。原夫生而成性，合而成群。谐比则喜，间沮则呻。异山川而举目，感霜露而沉吟。乐无知于苌楚，比华颜于舜英。既触物而致喟，亦抚时而自惊。况夫交以义合，分以谊增。当倾盖于一顾，俨互契于素心。永今夕而憎漏，卜崇朝而惜阴。联床榻而恨隔，共车裘而嫌轻。促驾小别，怀此好音。比三秋于一日，魂恍恍而悬旌。叹彩凤

255

之无翼,怅御风之无轮。既征蓬之终转,遂宿心于班荆。词格桀以莫馨,如咽鲠而臆榛。慰相视之莫逆,惧鄙吝之已萌。葆交契于金石,绵息息于吾心。交有结而无绝,陋秭生之纷纭。扼时序之代擅,候虫鸟之更鸣。悟人生之易尽,比朝菌而夕椿。畅所游者五月,复何憾乎此生。既抚慰于已往,遂交唁于来辰。慨相逢之还别,望远道而长征。折柳枝而意短,指桃水而情深。叠阳关而调咽,听嘶骑而砦紫。嗟吾世之何厄,惟言别有销魂。距临歧而涕尽,前饯席而声沉。独俯仰夫云水,冀久证夫交情。自今日而已往,勿违神而役形。异死生而同趣,复何论乎并分。倘相见之不远,尤及身之所忻。苟一日之不接,亦定命之宜循。溯平昔之情困,数更仆而难明。比官骸于土木,神冥冥而莫伸。或十年而不面,或万里而通忱。记坠欢而如梦,爇心香而未灵。乍接言而魂醉,一入座而衣薰。轻千驷以勿顾,投三梭以勿嗔。求嘤鸣之非易,终踟隔而及今。今惟君故,益以永伤。风回萍而暂合,鸟倦飞而奚翔。怅世途之多隘,悼人事之靡常。念三春之爱日,结裳襁以徜徉。酌渌江之明月,泛清流之轻艭。卷西山之暮雨,问南岭之缥缃。时则延陵季子,意气激昂。李刘诸老,才调颉颃。筵前顾曲,醉倚胡床。亦一时之盛遇,倾都人之评量。岂惟结契之故,亦将相约不忘。宁寻欢之无所,忍羹沸于蜩螗。翩冥鸿之欲逝,照落月于屋梁。入南华而踟躅,又一代之沧桑。但恩意之常在,何去就之恇儴。惩名交之前语,嗤声吠之群盲。非曰神悟,敢署酒狂。聊消日以尺楮,已炎逼于当窗。惭画虎之类犬,欲补牢而亡羊。惟知者谅能之,勿抚掌以裂眦。倘嗜痂之犹昨,免覆瓿与糊墙。

清明祀赋 并叙

　　醴多族祀。哀众资以权息,为祭茝燕毛之用,所以著追慎,敦明美,意至笃也。史氏迁籍以来,有闻于县。寖以繁昌,度无歉典。吾友采崖,恐族衍而费无增,事久而耗以绌,以谓义宜有加,集咨同气,响应者二十余人。人输岁谷一石,滴泉成池,篑土为山,以渐置业,经久则恢,可谓以远虑澹近忧者矣。名其祀曰"清明"。感时揽景,尤足动人怆念。既成,属蜕盦纪之。顾其义则尊祖睦族,其事则陈物胙余。人能言之,千手一纸,非采崖所以望蜕盦,亦非蜕盦所能为。辄就蒿焄之感,写怫郁之情,为赋一首,并序其原,见者庶有慕焉。

春光正好,卉木皆荣。念枯槁之悉起,感逝者之不生。低徊丘垄,踯躅殡茔。宿草碧而含泪,野棠红而销魂。鸟啼如诉,蝶飞相寻。嗟乎此际,谁与忘情?况乎入先祠而追思堂构,拜墓下者皆其子孙。卧骨长白,瞑目不青。于此而不增孝思、敦一本,岂非无觉,宁曰有心。史子采崖,醴之闻人。来从浔右,胥宇渌滨。结庐附郭,比邻皆亲。每当伏腊之际,近奠两楹;值兹霜露之感,远想九京。乃发积廪,诹于弟昆。人各自致,惟平惟均。流万里者起滴,蔽一亩者始根。著章式以垂远,必有经而有纶。顾惟不佞,受属为文。援毫命楮,怅然以呻。谁非骨肉,同此清明。或飞蓬于异地,嗟秀麦于当春。或毕生于游宦,杳正首于佳城。望长空而陨涕,恐芜没于榛荆。东西辽越,山海纵横。恸毛裹之属离,皇溯及乎高曾。命杯棬而泽远,展怀臆而恩沦。睹风物而节届,忖他人而心崩。亦有亲爱久隔,疑亡疑存。赋楚些而招绝,闻薤歌而音沉。梦刀环而不验,想笑貌而非真。孤坟到此,埋骨何年。冤禽宛化,落花无因。岂非英华之所由消烁,虽有智虑而无可展伸。况乎孺子哭母,有媚失天。新丧麦饭,古殡草田。触于目者一一,能不魂亡而神熠。闻之上古,野弃其亲。亦有丑俗,鸟葬火焚。既渐之以教化,亦泚颡而劳身。彼至死而死之,谁忍为此不仁。祝兹祠以不敝,示后世以明型。念继绳之非易,乐聚处而睦姻。祭神如在,降魄长扃。愿来者之缔守,能思义于顾名。千秋万岁,长继高增。以歌以哭,厥德惟新。

学　说　类

天　下　篇

天下国家，必有一的。三代以降，非尧舜、薄汤武，以为诟厉，的遂限于此矣。汉文、隋文、唐高、宋艺，非不能举天下而治安之，其意以为治安止此矣。士农工商，服畴食德，习箕裘矩高曾，犹此也。既无可求进，则保泰持盈为上哲。舍本务末为中材，放僻暴弃为下愚。舍此三者，更无所骛，而不于其身，必于其子孙。汉隋唐宋所谓盛治，皆止一身，上哲亦去中下几希耳。行不进则退，水不流则腐，理固然也。秦皇汉武，可谓能破其的者矣。然好大喜功，皆为私欲。其有知治理靡尽，民德未充。唐虞之世为草创，周官之制为始基者乎？有则天下早治矣。蜕盦髫角读书，即叹中国未有治安。中年以后，略知东西各国政学，犹若视之欲然。而返证吾国，则已度越远矣。始以为才者秉枢，举而措之非难，继乃知其故不尽在上。一国政治，但视朝宁。务远略者，驱民以逞。守内德者，保民以王。进取保持，皆失其则。裴度贤相也，其平蔡郓，不可服以上刑也。然元和之治，衰于吴李献馘以后。然则听方镇恣睢乎？未可也。司马光，贤相也，其厄新法，不可谓不引君当道也。然元丰之志不伸，有宋之绪亦弱。然则听安石径行乎？未可也。由今之民，无变今之俗，以言治安，上者亦汉文隋文唐高宋艺而已,次者元和元祐。史册所纪,已未可诋。士大夫之学的如是,国家之政的,安得进乎？世又安得治,民又安得得所乎？伊尹曰:"一夫一妇不被其泽。若己推而纳之沟中,直大言耳。"始以立言,继以研进,胥天下之耳目心思而悉变之,然后其杰者出,可以言进化也。前者方进,后者迫焉,如陟千仞之冈,挽者引手,推者拥背,历千百年未有止境也。三代英君哲相,去巢居窟处未远。视蒸民粒食,顽梗畏怀,俨然中天之盛矣。究其实功,谓能胜汉唐盛时,吾不信也。禹启果臻极则,羿奡安得坏之？武周果为至圣,幽厉安得乱之？至阿衡得君至此,而桐宫迁善以后,不能保商民之荡析离居,王畿水土不能治,皇论耳目所未周,一时史臣赞美。正如幽谷乍见微曙,饥者易为食,渴者易为饮。大乱之后,易见事功耳。其言与范滂揽辔有澄清之志、范文正以天下为秀才任,何异？而名之曰"圣",谥之曰"任",谓为以商易夏之圣且任则可,谓为天下后世之圣且任不可也。孔孟立言,世宗之,世圣之,得所藉手。齐管晏,晋衰盾而已。究其极功,周鲁王齐而已,未必能弭嬴秦焚阬刘项糜烂于数百年后也,况其远乎？故古人者,山脉也,水源也。泰华千仞,起于培塿。江河朝宗,始于渊泉。毋震而止,毋薄而拂。霭然之日,于春则暖,于夏则晻。翛然之风,于秋则凉,于冬则微。世变岂有尽乎？索智力所极,而百年已出意外,岂更封所见,而曰古人未有言之者乎？古人之言,古人之的也,非我之的也。索隐行怪,后世有述,以见所未及者为隐怪乎？以异我所言者为隐怪乎？唐宋以降,渐且帖括词章以外,皆隐怪矣。技巧之诚淫奇,冠辂之袭殷周。性道不可得闻,高远不求其故。今之科学,孰非隐怪。自圣其圣,绝人之圣。譬工师得十尺之木,而曰丈以外皆废材也。庖人具一脔之肉,而曰胾以外皆禁味也。纵其学贯天人,为万世所不易,使骄且吝,吾将取矛攻盾矣,况乎在当时则量溢范围,论极则尚相距弥远乎？

蜕庵此文,在当时有为而言。然证之治理,固万无可易者。殆极冲决网罗之能事,不独自诩辨才也。甲寅八月,钝安记。

此文阙题,首称天下国家。即题为天下篇可也。又记。

人无有不善说

人物之生,各有其自卫与御外之具,而后能存。齿牙以食,牝牡以传种,口舌以呼召,足以趋避,或手或角或爪以抟击,此非为恶之藉也。而用之无节,取求于己足之外,则宜以恶名之。夫所以节此者,孰不曰弱制于强,寡制于众,不得不节,非能不节而节乎? 而正不然。先以物论。虎豹之饥,无择而噬,然宁驰觅于远险而不可必得。同类不相食,孱弱老困,且互为求哺,非第不以膏牙吻也。猎人施机陷弩刃以毒之,不以此惧,而独有所不忍,则终不为。虎豹如是,外此各物,无逾虎豹者可知矣,况其人乎? 是故法禁互犯,礼息相凌,皆就所具而自为之,非有河马洛龟,为定图书,强之奉行也。何所谓不得不节乎? 夫卫御之力,抗天地,冠庶物,而能自为法礼,以宁其群,且以及物。非性至善,奚以发生? 前此学者,或乃曰性恶,又曰有善有不善,又曰气质之偏,是未知有与性处于对待之卫御力在也。力之用有过不及,因乎时,成乎俗,敝敝然鲜适于中。岂性之故,抑岂有气质之异。孟子人无有不善一言,举古今中外无量无数尽之,岂有可置余喙之地哉! 惩奸盗殴杀欺诈凌傲之事不绝于世,而善者恶之,同者异之,夫岂忘宁其群之智未足,理未周,术未备,致此卫御之力,各殊所用。强者患失,强者患得,纷纷扰扰,众生苦海。今将足之周之备之,所恃仍各充此性善之用耳! 法礼不废,凭以并进,夫用不充而转为法礼所敝久矣,而法礼尚藉以存,况充其用乎? 故学者言性善而天下治,言性恶而天下乱。教化之盛,主性善也。刑政之滋,主性恶也。此则更系乎国势存亡,人道消长,非徒为学说下定义而已。

《忆梦楼石头记》泛论(未竟)

(一) 尝怪世人,牵引《石头记》,附于感时事慨身世之列,必为作者所唾弃。千古言情,推此一书。警幻所谓闺阁中可为良友,诚不诬也。慨自巫山云雨,误属登徒;靖节闲情,托之亡国,几不许玉台有新咏。仅仅得此,又从而夺之。彼警幻且不忍怡红独为闺阁增光,何一人让而天下不兴于仁耶? 琉璃砚匣,翡翠笔床,岂为须眉浊物设乎?

忆梦楼中,决不容著此种意义。存此想者,决不许读忆梦楼所评《石头记》。

（二）重世说而蔑人情,作者早豫料阅者十九如是。饰为诸影,凡为此也,故雨村判断薛冯案,谓为枉法狥情,意谓照实书之,必为世法所斥。借门子口中说,"如今世上是行不去的";又曰"相时而动"又曰"虚张声势";又曰"凤孽原因"。含情蕴愫,茹而不宣,托为假语村言,俟有心人之探讨,竟无知谅,亦只以逢渊遇孽,归果于因,付之无可奈何而已。枉法狥情,实则枉人情而狥世法。一把辛酸泪,岂为盛衰荣瘁挥耶？ 具此见解者,方许读忆梦楼所评《石头记》。

（三）此书纯用影笔。书则第三卷以后皆影也,人则三正角以外皆影也。忆梦楼分为正影、侧影,犹据一方言之也。尚有水中影、镜中影、月中影、灯下影及放影、缩影、现在影、过去未来影、背面影、交互影、替换影、陪衬影、倒乱影、常影、暂影。种种之分别,水镜灯月、因地而殊,故曰朝代不可考。书中言南北、言金陵、言姑苏、言维扬、言海疆、言太和州、言应天府、言原籍之宁荣二府、言京中之宁荣二府,远近乖舛,宦籍牴牾,皆与人以寻认之罅也。放缩常暂,因时而殊,故曰年纪不可考。书中如李嬷之太老,巧姐之骤长,其他年龄不符、时令不合者,甚多,皆与人以转换之机也。

（四）雨村咏月,香菱亦咏月；英莲看灯,怡红以镜入灯谜；史太君令文官等于水上演曲,皆具微旨。然月也、灯也、水也,可暂不可常。故必安设镜位于大观园,托常影于怡红潇湘蘅芜,而系玉于项下,寓菱于梨香,坐绮于钓渚。形不离镜,影乃不诬,犹未尽也。鹃晴袭以侧之,北静凤藻周妃以放之,周氏子巧姐青儿以缩之,大观园以现在之,姑苏金陵以过去未来之,梅氏子傅秋芳张家姑娘以背面之,妙玉、湘云、可卿、鸳鸯、金钏、司棋、五儿、莺儿、雪雁、小红、蕙香、入画等以交互替换之,琏、凤、平及珍、二尤以陪衬之,尤三姐、珍、琏及尤二姐、张、贾以倒乱之,而镜以常之,水月灯以暂之,则尤定旨也。或曰菱花影于水中见,杏花影于月中见,宝玉影于镜中见,一切影中影于灯下见。然菱黛南来,则弃舟登岸；(说见第三卷眉评)雨村咏月,则玉楼钗奁。风月鉴出,水逝云飞,不于镜中求之。凌波倚楼,更如一眴昙花矣。况节过元宵，烟消火灭，十里街已成瓦砾。仁清巷难觅葫芦，看灯珠失。(谓英莲之失)倚山冰消(谓士隐依乃岳而逸)，虽留得沙弥，表明痣记(谓应天府门子以硃砂痣识香菱)，舍大观园，得臣寓目何所哉。

(五)三影各现时，正侧均有之。然有专属处，亦当表明。守备子张家女儿，影甄莲、无杏也。柳湘莲、尤三姐又影守备子张家女儿、无李衙内也。珠纨影甄杏，无莲也。史湘云夫妇，又影珠纨，并珠之姓氏不著也。方藕蕊三伶，影三正角。而蕊藕并属圆通，似影莲杏而无甄，又似影甄杏无莲，影甄莲无杏也。芳官独居水月，似影甄无莲杏，又似影莲影杏，而无甄杏甄莲也。悲欢聚散，各有时期，则分贴之，误会传疑，时闻风鹤，则幻实之。立标本(即正角)以志根据，绘色相(即正侧影)以著芬芳，而丛枝曲节，则旁见侧出以畅达之。读《石头记》，拈出影字者多矣，只以未知藏椟之玉，先求出柙之钗。(未知先求二句是借用不是分贴)迷其标本，遂觉诸影纷呈，漫然无纪。忆梦楼或悼红轩故址乎？生死古今，自许知音矣。

(六)诸影外又有似影而实为分干者，总评中所谓互体是也，交互影替换影亦近似之，而微有专属偶见之别。顾尚有须特别拈出者，十二伶中之文龄玉宝也。(详见第十则以下)

(七)十二伶以贾蔷主之，而蔷龄独契，知龄为正角影矣。梨香院菱先寓而龄继之，知菱为正角矣。反复引伸，总不脱笋。或曰梨者，离也。文官之文，魂也。钗埋冷香丸于梨树下，犹药官之先死，而以藕继之，继体等于离魂也。莲之为菱似之，然而藕断丝连，莲菱并瘁，又将奈何！牡丹亭曲警芳心，黛玉能无恸倒。

(八)梨香又叶离乡，喻菱、黛之南人北居也。

(九)十二伶之聚散，于十二钗可以喻见。读者勿草草毕之(详见第十二则)

(十)文官等十二人，是十二钗之衬映，亦十二钗之魂也。故以文领班，然文、芳、藕、蕊、艾、茄、葵、豆以外，只玉龄宝，须并已死之药官乃足数。而藕来于药死以后，实非添聘，似系移就。譬香菱于英莲，湘云于可卿，故十二钗实十一耳。幻境画册，钗黛合一，计十一幅,此中寓有微旨。又十二伶名从花者八,文、宝、玉、龄,皆不从花。文者,魂也。龄者,菱也。钗为杏影,故以婢文杏醒之。黛为菱影,故以龄貌相似醒之。宝、玉二官,则甄宝玉之分影也。命名有从花不从花之别,亦以醒此书正角为甄、杏、莲三人。然而优孟登场,征声别色。韩娥绝响,杏梦迷踪。梨园散后,此四人者,不复如师挚、师阳、访齐、东少海而述其所适,镜未毁也。院落梨花之月,藕香水榭之风(史太君宴刘老老时使文官等演唱于藕香榭以取水上之音)比于梦境耳。故此四人又为三正角之镜外影。

(十一)芳藕等七人之名,皆从莲字化出。藕为情根,角则小旦。如日未出,茎茄继起。(《尔雅》荷芙蕖,其茎茄茄,茎上微坟处也)角则老旦,待晓迟迟。于是而蕊,角则小生,生机胎矣。于是而芳,角则正生,芳华茂矣。于是而葵,葵形似蓬,大花面亦象形也。于是而豆,豆形似实。角则小花面,原所出也。既而露零粉坠,子老叶残,故曰艾官。艾,老也,衰也。角则老生,生意尽矣,虽留盖以听雨声。(留得残荷听雨声,黛玉述李义山句以阻怡红之删弃)出泥犹居净土,(黛玉临终身子干净一言,意在此)然残丝死系,遗玉长埋,徒令吊艳芙蓉,断肠流血耳。落花可葬,逝水不回。英莲一生伤心之史,何忍深思,又何忍不表而出之。沁芳闸之水,怡红欲以落花托之矣。潇湘情种前生,宁黄土薄命,不忍茜纱无缘。谷也异室,逝也同穴,未足以喻兹沈恫。在天比翼,在树连理,身身世世以之。

(十三)忆梦楼于《石头记》有一遗憾,如贾琏之殴平儿,醉误也。薛蟠之殴秋菱,寓言也。且就人就事而论,琏、蟠恶少,本无足责。怡红既为情种正影,衔玉犹存,举动何至不肖其形,乃嗔晴雯以折扇,踢袭人以闭门。若有凭焉,何其暴也。虽以影加影,不无凌乱,亦不应判若圭璧也。于是揣诸影之外,有所谓幻影者。影幻矣,奚更曰幻。不知水月灯镜之异,放缩常暂之殊,增减参差,自有密率,似幻而非幻。所谓幻者,此物之影。彼物乘之,此影受乘,竟同彼影,犹为丛殴雀之鹯,凭夫丛也。其故云何,则雨村邪正两赋之说,足以尽之矣。一时之偶感,如慈父以怒扑其子,情妇因呓咀所欢。若有媢嫉者,藉手逞焉。忆梦楼于怡红叱雯伤袭外,更得数证焉。(一)怡红砸玉,爱黛玉也,愤乘之矣。(二)黛玉剪香袋,钗所喜而不能命之也。黛自剪之,其怨也,钗乘之矣。(三)宝钗借扇斥怡红,黛所喜而不能命之也。其怒也,黛乘之矣。

(补十二)姑苏聘女伶时,正黛再入贾府,菱亦才与薛合。镜安形集,开演之初,于是有元妃首点豪宴、乞巧、仙缘、离魂之笼罩,而龄官独邀顾盼,再做二出,则相约相骂,(即所谓约钗骂钗也)非贾蔷意也,此一伏笔。藕香榭穿林度水,何等幽雅,乃为一村老老而设,喻十二钗之适非其偶者多,又一伏笔。端阳放假,宝官、玉官在怡红院与袭、雯等堵水为戏,喻宝玉与钗黛欢聚时事,又一伏笔。龄官独在花下画蔷,喻黛玉深情篆刻,又一伏笔。宝玉在花外偷看遇雨,彼此忘情。及闻声犹以姐姐呼之,所谓隔花人远天涯近,喻宝黛始终不露心事,黛玉终于宝玉不能无疑,又一伏笔。宝玉欲听龄官之曲,失望而归,有情缘一定之悟,喻宝、黛、钗后来结果,又一伏笔。蕊官焚奠药官,芳官为道其故,并述藕官相继后诸人戏语,喻黛玉死后,钗玉相爱时期,不忘黛玉,又一伏笔。赵姨娘一掌芳官,诸伶蜂起,不顾死活,喻宝玉、黛玉、宝钗及雯、鹃、鸳、钏等之生死相为,与宝玉虽为这些人死了也愿意、嘱黛玉放心之言暗照,又一伏笔。然伶官未散时,注三影于文、龄、玉、宝。迫魂去影存,又注三影于芳、蕊、藕,既而芳入水月庵,藕、蕊入地藏庵,(水月庵是茜纱窗下,地藏庵是黄土垅中)则水影、灯影、月影,皆已不见,独镜中三影,略异泡幻,岿然灵光,与形俱存。作者所以添此一重衬映,示人以水影、灯影、月影与镜影,无不相符。则镜、影与三正角,可以递推。境地虽异,情事则同。或评《石头记》纯用复笔,不道所以,几疑无谓。至药官可方可卿,藕官可方湘云,艾官可方李纨,宝官可方元春,葵官可方凤姐,豆官可方巧姐,蕊官可方惜春,芳官可方探春,茄官可方迎春,玉官可方妙玉,文龄仍方钗、黛,则又约略作一比附,无甚精义也。而大观园之风流云散,实先于菊部托之矣。尤妙者,邢、琴、二李之来,几与香菱入园同时。遣散女伶,又紧接王、邢入都之后,此中微旨尤当潜思。

岫烟、宝琴、纹绮,不入金钗之列,骤观之无不讶然者,谓在贾府为寄居,则妙黛例同,谓才色不得入选,则非特小妹推咏梅之首,擅映

雪之姿，固当伯仲钗黛，即岫烟超然云鹤，纹绮片羽吉光，亦岂亚妙
玉、湘云，思之至再，乃知正册皆影，四人者，非影也。同路进京，王、
邢首偕，是忘形也。邢岫烟者，袖掩其形，影亦不得遽见，乃不征之目
而征之耳。故纹绮连称，隐谐薛蟠表字，盖有同声之应焉。四十九回
冠以《香菱咏月》之诗，一片砧敲，半轮鸡唱。绿蓑江上，红袖楼头，无
非闻声相思之意。而薛蝌之蝌，以蝌斗提醒阅者，俾知就字寻声，由
声求义。紧接第五十卷，宝玉知更有一宝玉，镜中见影，梦中呼名，意
益明畅。迨五十八回女伶之散，彼龄玉、宝药，死者死，去者去，（药官
之死，非蕊官烧纸，芳官追述，书中并未一见。散遣时留者八人外，犹
言去者四五人也）事在一年，书装十卷，此一时期过，而声沉音寂之感
起矣。

　　宝玉失玉，在九十四卷，而根已伏于二十四卷。冯薛同席，初见
玉函，解扇坠玉玦赠之。玉函报以茜香汗巾，玉带之约定矣（第一卷
有《此石缩成扇坠一般》之语，又警幻册有《玉带林中挂》）于是函之以
楠檀，（蒋玉函潜居南门外紫檀堡）薰之以琪瑶，（玉函小名琪官）袭之
以云锦，（是日同座有锦香院妓女云儿）而茜香必曰女国王所贡。又
以小名琪官，映射绛珠仙草。此似衬影，又可名借影。以事影，不以
人影也。书中此类甚多。然定情而归，元妃之赐物已出。芩蓉未
接，红麝羞笼，宜临去时，黛玉有"赶你回来我已死了"之谶也。噫！
痴魂惊梦，剖心相赠，岂待海棠再发，玉始归倚情根哉！（青埂峰为情
根之喻）特至是发覆耳。读者不信，试阅九十三卷，怡红再见玉函于
临安伯府，阅两日而失玉。怡红诳史太君、王夫人，乃曰赴宴临安时
失之。又后病时谓袭人曰，我交给林妹妹的心，他来时必定带来。闻
耗昏厥，兜心一石，从此迷病遂减，又岂待和尚送还，久违才逢。故末
卷士隐有此玉早已离世，一为避祸，二为掇合之说，一一引证，情事宁
不跃然。所奇者，此两日中，间以贾芹匿名帖，发遣十二尼僧。又叙
出沁梅鹤仙之事，而芳官独以不变称。又紫鹃闻傅试家老嬷为怡红
所喜，陡作灰心语，竟将从前情辞试莽小镜留衾一片深情，委然蠲弃。
前缠绵，后恫怨，中著此间，作者必非无指。梦楼假年，尚当求明
其故。

《石头记》既曰写影矣,忽著闻声一义,毋乃枝节。曰非也,声亦影也。目之于色,耳之于声,鼻之于嗅,口之于言,身之于接,意之于思,魂之于梦,皆影也。见而无余,目之影也;闻而无余,耳之影也;嗅而无余,鼻之影也;言而无余,口之影也;接而无余,身之影也;思而无余,意之影也;梦而无余,魂之影也。六者备焉,互相证合,乃曰非影矣。夫珠玉在前,无酬酢之欢,舞鸾何异?咳唾遥聆,无晋接之欢,听鹃何异?芳泽微闻,无揽执之欢,化蝶何异?情愫倾倒,无互剖之欢,问天何异?至纵体入怀,揽颈并枕,宜可赅诸影矣!而烧烛无红妆之照,如湘东之对徐妃;披帷无口脂之承,如楚王之遇息妫。抑且吹气如隔青琐,杜姑不能有其香;含情如噤寒蝉,苏秦不能有其舌,为所欢耶?为陌路耶?强而辨之,宁非就影。无已,则惟思之于意,魂之于梦。较耳目之分合为赅,较形骸之异同为饰。纵有时无一合者,犹得以久远可恃,自相慰藉。伤心人别有怀抱,奈何天岂有团圞。撰《石头记》者,万古具深情。六通归一辟,吾欲师事之,而未能了悟如之也。

《石头记》于药字再三注意。黛之初入乐府也,曰吃人参养荣丸。菱之初见于薛(取"雪"字之意)也,宝钗详述冷香丸。怡红之赴冯宴,先之以天王补心丸,喻其心随玉赠也。而又辅以薛蟠配药,怡红言珠玉须用殉物,似诳而实非诳,牵动史太君慰怡红,谓黛玉以玉殉母之伏笔。而扇坠之玉,名之曰"玦",似此中已伏伤心之事矣。十二伶中,药官始终不见。宝钗先住梨香院,即为埋冷香丸于梨树下之伏笔。他如水仙则身为药裹,潇湘则药不离身,可卿得良药而已迟,湘云眠药裀而已醉。处处关合,字字有因。即至金刚菩萨之指使,君臣佐使之名言,一帖之无稽,虎狼之误用,都不得谓为滑稽无意理也,犹当条证而缕晰之。至以药官为乐府,比十二伶于师挚以下,以喻正乐之亡。而即以李为理,以纨绮为玉帛之亡,藕香榭如凝碧池头,凸碧馆如赵家楼上。礼乐凌迟之痛,原为风流学士所应有。然忆梦楼以心直接古人,终觉悼红主人不作此等迂想,亦自不欲以此空前绝后之言情绝著,列诸孔孟贾董庑下也。于是有曰一部廿四史者,失其本意,附会虽确而乏味。又有曰古文作法者,枉其所长,赞誉非诬而已。

仆以彼胸襟见解,雪亮风生,何难夺班、马、韩、欧之席,为不屑焉。别成一家,强以附诸,鬼笑其侧矣。

士隐访雨村于葫芦庙,在中秋夜雨村玩月诵玉钗一联时,迨后香菱学诗,以咏月始,命题出于黛玉,介进由于宝钗,一伏笔也。由假求真,因风俗(封肃)而甄婢作贾夫人,遇葫芦庙内沙弥而甄小姐为婢,(沙弥者,须弥一沙也)又一伏笔也。真假朕兆,于此已揭,而尚只须弥一沙耳。以此见全书所述,皆有来历,特无如千古读者,皆在葫芦中。

由假求真,必先深悉其真。各家评论,多就假而揣为一真。于是有以宝玉为明珠者矣,有谓大观园即大内者矣。处葫芦中,说葫芦外事,假中假也。蜕盦以为举其例而揭出之,不能指为何人何事。犹画师壁上,能决为肖像非仕女。然未面斯人,岂得确指乎。但亦有可揣知者,如南京之必为宁古塔,贾氏之必为旗籍,是也。

青埂峰者,情根也。宝玉之玉,粹然无瑕,倚于情根,与有生俱来,人皆有之,人皆失之。转令未失者摔且砸,幸其坚耳,几于毁矣。黛玉有而不自夸,史太君之言,非微旨欤。宝钗金锁,全出人功,虽镌字相符,为世所珍,非人所性。

雨村不举于乡,而春闱高掇,以县令罢职,而复官得应天府。作者故为此以自实其假语村言之比附。(应天府决为奉天府,而此云金陵,益以见贾、薛皆旗籍南京,即倍都也)

黛玉轿行,先见宁府,知为由东而西。书中所指南边,多系东省,(一街之向,影响及于来所,书中伏笔类此者多)可定林如海亦宦于奉天也。

各家评说,斤斤稽其年月,则矛盾舛错处多矣。作者如天马行空,不受羁绁,只能就大概论之。宝、黛相逢,两小无猜,为一时期。迨后论琴谈禅,爱而不亵,画出风流公子、窈窕佳人一双小影,又为一时期。他如荣府之由盛而衰,帝眷之由厚而薄,迎、探、惜之渐渐解事,史太君之渐渐愦迈,皆当用此法观之。至编年纪事、史乘体例,此书处处以小说自居,偶然失检处,皆当谅之。

宝钗于黛玉为敌,于宝玉为爱,既为伉俪矣,终当一二十年,了

此姻缘。况已魂游幻境,误彻大道,则游戏人间,百年比于一瞬。何
故哑哑遁去,使迈母伤心,娇妻薄命?世无无情之神仙,苟能自了贪
痴,方将悉天下有望于我者,一一度之。况以我故,使未能解悟者,悲
怨终生耶?但作者一篇结构,舍此未易收束。文则妙,心则忍矣。其
死黛玉,犹此也。

宝玉于宝钗,亦有缠绵一时间,是作者之心,与蜕盦未尝不合。
至为时之短,作者固以时期有无论,不以岁月久暂论也。虽然,由我
之故,使十二钗中有第二李纨,怡红终不得为情界完人。黛玉之死,
死于不知。宝钗之寡,寡于作致。不知可恕也,作致贰过也。潇湘有
灵,亦当责之。嗟乎!博施济众,何事于仁。蜕盦百身千世,不愿为
人间有情物,良以此故。

黛玉才到贾府,香菱便至薛家。知黛玉之遇贾宝玉,是冤孽相逢
也。宝钗为娇杏影,亦未经人道破。菱姓甄,杏属贾,谓钗、黛二人,
为一虚一实,可为一诚一伪,亦可为一附风俗而得线索,(娇杏在封肃
家买线,为雨村所见)一由不能逢迎而堕苦孽,(菱以冯公子迟迎而归
薛)亦可。为一由假而得志,一虽真而不得葫芦之门,(惟曾为沙弥之
门子知之)假语村言,何从窥悉,亦可。

应天府判断冯、薛一案,为此书实事原因所在。曰如今世上是行
不去的,又曰相时而动,又曰虚张声势,明示作者本人情而末世法,但
因风俗所重,不得不将真事隐去,托为假语村言。(士隐必逸于封肃
家者以此)故书中褒贬,常有反用处。所云雨村遂狥情枉法判断了此
案,谓雨村所狥者法,而所枉者情也。

香菱初到,寓梨香院,表而出之曰荣公晚年习静之处,以见此书
来源所在。(荣公名贾源)后为十二女伶所住,亦以见此剧由香菱始,
故争香菱死冯渊一案,必为事实之缘起。读者试思薛蟠为书中绝无
关系之人,何必于其入都之始,详叙此案?又何必将笼罩全书之人,
一一使有关涉?又何必一名一姓,如此斟酌?事由既揭,此后百余回
中,草蛇灰线,或隐或见,或反或正,旁见侧出,无非发挥此事,以究其
变而要其终。直待士隐口中说出引度香菱,然后书毕,故正副又三册
中女子。书以香菱始,以香菱终。而始以英莲,终以秋菱,则尤于此

事实有关者。谓盛于夏衰于秋,皆泛论耳。

薛蟠,宝玉之影也,又甄宝玉影中之影也。事实不欲尽显,则不便悉以正角起。故设为一影,而以薜根蟠结命名,恐读者不知,又腠以呆宝玉之外号。钗、黛、娇杏、香菱之影也,不便以由贱而升及以贵辱腠之遭遇,属之正角。且事实不欲尽没,则正角不能悉藏。故又于菱、杏外,设为二影,而以差错替代之义命名。钗者,差也。黛者,代也。以影伴形,以形伴影,读此书者,由此著眼,思过半矣。(此意与总评略异)

夏金桂又为娇杏之影。颠倒春秋,难为凌籍,故又设为一影。黛之见抑于钗,雯之受制于袭,皆可参观矣。至金桂之于秋菱,则尤摧酷至于无可复加。作者痛心疾首,东见一鳞,西见一爪。屈离骚之复叠,庄南华之寄托,各具炉冶。综贯丝纶,泛读不觉其四溢,深思乃得其纲领。使不善写者学之,吾将抚掌曰:奚取于多影?

雨村以白衣而领春荐,是虚桂以实杏也。然其见娇杏也,实在木稚初放之时。而明年元宵,英莲遂失,为避杏耳。顾避杏而值桂,薜之所在,非到香消秋老,不能求活,而一息才苏,终以薜胎致殒。蜕盦未深稔事实也,以悬揣而为之摧恻肺腑者非一次,宜作者不惜殚血尽泪以写之也。

雨村学识超绝。观其论正邪两赋一段,包孕至理,深可敬异。然斥逐沙弥,计陷石呆子,知英莲之沦落而不为设法,见士隐之被焚而不救,何其忍也!此盖作者自托于假语村言,将以写钟情之祸,薜果之惨,不能不忍耳。代圣贤立言易,为诔张摄影难,岂不信哉!然尚只写得半面耳。若参合形影,宝、黛相逢之先,著娇杏、英莲一节。以钗代玉以后,著金桂、秋菱一节。恸黛玉者,更当何如?为宝玉设身处地者,更当何如?

人之性情,终不可改,吾于宝、黛见之。以二人蕴积年之情愫,具夙世之慧因,朝夕相逢,语言无忌,独至婚嫁大事,不敢一言。致于死亡在前,尚为隐谜。呜呼!灵河岸上,液溉孤根,幻境梦中,禅阐秘授,心心之印,世世不忘矣!况神瑛非道学腐人,仙草亦风流自赏。秦袭后先,道通陆海。张崔今古,记读会真。自两小无猜,计十年同

269

处,而犹枕衾角锦,异室以终,泾渭东西,合流未许。甚且偶为情话,
难尽绵绵。才及衷怀,便都嘿嘿。度其一回意距,必且悔生,无如异
日面逢,还如前此。谓无缘则胜天岂遂乏术,谓有惮则同死久已自
甘。还郎泪难洒郎前,为卿生犹存卿后。卒至一僧一死,谁实为之。
回思化灰化烟,语竟谶矣! 芙蓉仙溆去留言,呼宝玉者岂不同悔。潇
湘馆再来痛哭,问紫鹃时亦已嫌迟。使早诉两心,或竟陈二老,岂遂
至是? 而竟不为,苟鞏也回面而事他人。倘玉之重婚非由迷幻,后之
论者,将曰本非至情,谁复谅焉? 能知世有僻性,然则有贾林之情,奚
可无孔曹之笔? 文人发覆,岂徒摹色揣称? 亡者有知,何止沦肌浃
髓。故知天之生物,必教世有知音。炊桐可以为琴,僵柳亦能书字。
龙涎腥味,苏合无以逾其香。鲛泪海中,方诸无以掩其曜。白璧不可
为,宁非谰语。圣人虽复起,不易吾言。

　　溅情誓泪于身前,瞥睹重逢于两小。灵河旧事,稚魂曾浃梦言。
幻境册征,合谶未忘诗句。于是化情作影,刻影分情。影幻情真,情
生影灭。曲折难以数计,分观仍以合参。溯良晤今生之始,譬情根胎
结之初。湘、莲见赏于五年之前,冯、渊定情于一见之下。相逢如旧,
闻名难亲。他如失帕以梦,系巾被惊,虽极之千泡千尘,可赅以一正
一变矣! 既而深心渐解,密意难通。若即若离,似嗔似喜,则如怡湘
未入园居,龄蔷犹为画谜。(下阙)

　　第二卷冷子兴叙述宁荣,安设镜台,以待影见也,双管齐下,形影
互呈。冷述衔玉之异,雨村则述甄宝玉。冷述元春四姊妹及李纨凤
姐,雨村则述甄家诸姊妹。度其可惜"他家几个好姊妹都是世上少有
的"一言,知娇杏、英莲之外,尚有正角,且知皆薄命司册中人也,然殆
非由甄宝玉交涉所致。故第一卷未先立形,且与葫芦庙所遇之英莲、
娇杏,叙述疏密迥异,无从一一证之矣。惟紫鹃、芳官、智能之于妙
玉,司棋、鸳鸯、尤三姐、张金哥之于秦可卿,彩云、玉钏之于史湘云,
皆有各成一队情形。而于甄无考,等于有影无形。(形影相附最易错
乱,蜕盦知尚有误,阅者如能正所失幸甚)然分列册中,决不能隶妙史
秦于影籍。非出贾氏,亦不能以雨村世上少有之言概之。吾反覆求
之,第一卷士隐家中娘子封氏,不能为十二钗之标本。尚有一丫鬟,

不著其名，亦难比似。若破其一卷立形、二卷安镜、三卷集影之成格，无此读法。以京华□□例之，其所谓外带乎？

蜕文集刊《梦雨楼石头记》总评，闻尚有散评在醴。因向史君大索，最后得此稿，亦残缺非足本。此稿成于庚戌，时寓汪氏寄园病足，就榻前短几书者。余与栩园访之，曾以见视者也。前十余则尚可次，后数则别为起讫，难于强附，姑订之如此。计《石头记》评十六纸，自署《忆梦楼泛论》。外一纸但书断句云"梦里情人留枕待，月中花影倩栏扶"。盖和诗未就者，以纸色合，附订于后。甲寅十二月二十日钝记　此稿当题曰《忆梦楼石头记泛论》。盖即继总评而作，中有独到处，不徒论《石头记》也。钝又记。

此稿似非一时所作，自第一则起至鬼笑其侧矣止，共十七则为一类。首署《忆梦楼泛论》(一)至(补十二)诸标目，亦蜕自题，后乃缺然，今未敢增损，悉仍其朔。自士隐访雨村于葫芦庙起至为宝玉设身处地者更当何如止，共十五则为一类。首署泛论△△则。每则第一行，均有圈识。又前者自称"忆梦楼"，后则径曰蜕盫，此其大别也。其论宝、黛性情两则及第二卷云云一则，均自为起讫，不相连属。意者当时属稿未竟，或已竟而别有散佚钦，此则不可知矣。稿中命意，以甄宝玉、英莲、娇杏为三正角，而余皆影笔，立论甚奇，惜未能窥全豹也。乙卯春分后四夕。亚记。

论　　类

论女工厂宜多

言中国之富者有三：处温带之下寒暑中和，风雨时至，富于天也；大陆连亘，土泉茂美，富于地也；四万余万，圆顶方趾，能思能作，富于人也。顾此三富，资之则益，旷之则损。天地道远而人道近，尽其近者，远亦从之。奈何天地以其富资人，人转室之也？则人厄也。

何谓人厄？疆域之限，承受之分，禀赋虽同，强弱顿异。天地之富，人不能均，智慧以教育，取用以势力。其始兼并，一优众绌。其终循袭，实绌名优。以人厄人之祸，不至于今世界。现象不止也，即至于今世界现象仍未止也。

强厄弱，国厄也。贵厄贱，政厄也。男厄女，家厄也。木揣其本，水寻其源。不去家厄、人厄之祸，未有已也。男女异形，知能则一。阃分职异，取其性便，初非有所禁也。渐以多数，遂成偏侧，教育不能同受，权利不能等取，虽或天亶闺才，木闻越呆竖俗子而代其所为。四万余万之富，非以其能衣食也，以其能思行也。从而禁其半，一人之思行，将以承二人之衣食。以松炙柏，强名为薪，岂特女子之不幸哉！

去其厄奈何？与以同教，授以同权。虽习惯已久，不能遽责以不胜。先损男子之所为，择可授者授之。救标以权，治本以教。功宜并骛，收效以渐。综而计之，莫要于广设女工厂矣！

学之效在后。农以力，商以资，非可欲速而强责也。能习易为，惟工最便。辇载邪许，困荏苒也。斤削炉煋，违纤柔也，姑舍此以待健妇。至于绣染、雕刻、织纴、裁缝，绘画、砖埴、烹饪、洗涤，孰非所能？独以不为之所，所长让人。非家无职，非夫糜依，终其身为劳人，而奴而不主，岂不哀哉！穰足之家，莞司藉内。其所酬报，无负于能，犹可言也。身不能资，入不足用，何内可职？与使同苦，胡薪分功？夫非谓习艺之女，遂易笄弁也，各有所能，同擎易举，家给人足，此其券矣！

吾所居湘。就湘言之，女学校幸而有创者有续者矣，维其意，振新女界也，不变其俗，学成而用，距待之乎？抑先之乎？且如女工厂之设，无藉乎女学之成也。而因循无为之者，曰力不足，曰行以渐。夫力亦何常之有？知而趋之则力矣。今无力，渐可恃乎？敬告士夫，洎诸闺秀，各尽知能，速求去弊而适宜，尤以创设各种女工厂为先。（如织纺纫染诸易习者）而女子工艺学堂、女子美术学堂、女子实业学堂，以渐增置，社会各职业女子能为者，皆当并用。官绅勿以故见为封域，士民勿以物议为沮挠，庶几人厄之祸，可以渐纾。不此之矜，而曰俟女学成，譬误途者不转马首，而但择坦荡也，岂有益乎？

序　跋　类

《九疑云笈》序

自编《沧波听雨记》，又五度星移矣。废诗而词，有《瓣心词》一卷，己酉二月闰，距庚寅恰十九年。（庚寅亦闰二月）以信芳在醴陵西山学校，就为寓公。与朋辈唱酬之作，脱稿辄弃。史君醉呆嘱予录存，乃裒诗词为一册，《瓣心词》亦附焉。念数年来行迹靡宁，如在梦中，而转于梦时，得自证身世之实。世以生死喻醒梦，吾以醒为死，梦为生矣。故多叙述梦境。钧天宴罢，将别邯郸道，后之炊黄粱者，必有启石室。发幽微，诊吾梦而得兆，则招吾魂于九疑也可。

《九谶录》序

目　字谶　诗谶　词谶　画谶　梦谶　影谶　语谶　音谶
名谶

谶纬之学，盛于东京，魏晋相仍，唐宋犹有余绪。自兹以降，渺焉无征。明兴之初，刘文成独传绝学，而荐绅先生，以为惝恍。比之迷信，遂使造化奇奥广博之力，垠于不知不识之中。吾人心力之用，限于绝续。有美勿彰，良可叹矣！予少有奇辟，常留意于举世所不述，恍兮忽兮，如有所得，而挫折缠陷于情界最深。一朝顿悟，不自知其故,悟犹逃也。于是愈悟愈陷,愈陷愈悟,如去笋衣,一层一隔。如味谏果,十掷十寻,终汇群流,归于一壑。历数有生,前征预示。有发诸内而不自察者,有征诸外而不自解者。错综隐现,虽《搜神》干宝,所不能详。徒就可记者约略述之,非索隐而行怪也,用自志其遇之奇,而征信于觉性高朗者。在我为一己之钟情,在世亦心学之关键。纵覆瓿于汶昧,必启镮于来兹,且于意非在名山,足音等之空谷。但自写心得,以知天地织组之奇巧,非阿僧底劫所能以急驭追也,非纤尘微数所能以密率测也。顾尝念之,前因彼果,狗子都有,全体大用,圣人勿详,望尘不及而回车者众矣,岂天心有所靳耶?视人所克何如耳。兹之所觉,天空一星,犹勿笔焉,乃为虚赋矣。虽然,弥懔懔于泄机,敢洋洋而畅欲哉!

《二十四年风波忆梦记》序(未竟)

《风波忆梦记》者,蜕盦溯半生之蕉萃,怅一觉之波澜,由后知前,自嗟薄倖,抚存感殁,追怆化俦,因之涉笔,遂以成编,非漫然而作也。意通于释氏轮回,事涉于神家迷信,然言言征实,字字呕心。鼹鼠之夫,闻而掩耳。衣冠之蠹,指为病狂,奚暇计哉!嗟乎!镜台倚看,定教泪夺燕支。华表归来,谁认魂为望帝。曾几何时,本为暮雨朝云之赋,竟成落花流水之词,岂初意所及耶!而百思弥确矣!从此情波,变为恨海。是何蘖果,长附愁根,孤负一春花柳,为我生姿。模糊三径蘼芜,逢卿何处?便道罗敷有意,岂遂终拒使君?况乎卓女犹存,原可再通侍者。然一波先逝,坏土难寻。屈灵均之大招,零风剩雨。李少翁之神术,天上人间。回顾可怜,慰情已仅。惭愧白茅人,月没将星替。果为伤心之语,终无就抱之身矣!遣此余生,将凭何道?计年华而寻碧玉,重来则定已差池。即泉隧而问绿珠,便去亦难寻合浦。纵使群芳毕集,俾为灌蕲花奴。怆他一树早雕,长作独居神女。已矣何言,愿来日如驶。(下阙)

传赞墓志类

陆军四十九标第一营管带官杨君墓志

君姓杨，讳策，字秉书，湖南长沙府醴陵县人。曾祖某，祖某，父某。（中阙）某某公生三子，君其长也。少有异秉，不屑屑治章句学，而下笔辄惊其曹。长老有识鉴者，皆许为远到材。年十□，入县庠，文名藉甚。顾君常悒悒，语所知曰："时事孔亟，吾辈从事帖括，纵得科第荣身家，一旦国家有急，所学足用乎？"于是读兵家书，留意前代成败强弱之故，器识益沉潜。人或誉之，辄面发赤曰："守乡里不能历险要，习弇矛，乞灵蠹简，安足称乎？"于是弃书投江西□□学校，习兵操。既娴习，复入南洋将弁学堂。卒业时，督宪端方公莅校考验，君名第一。端公最留心将材，于学校考验尤不苟。既知君志学皆超绝，面慰劳，将大用之。而君得家书，某某公有疾，君力请还侍。端公留之不得，为叹息不已，嘱疾愈即还。君既锐意济时局之敝，又内感知己，然以父疾，不遑顾也，驰归醴陵。某某公疾颇绵缀，君尝汤药，涤厕牏，凡□阅月，疾卒不愈。方君肄学时，某某公年力未衰，事出君意外，悔前此早出，哀毁几不欲生。期祥以后，笑不见矧，言及辄流涕。端公屡函湘省当道，问君出处，君甫服阕。湘抚即以武备速成学堂属君，君力辞不获。既蒇事，复以新军初立，尼君东行，委以管带。君事

276

事擘画尽善,涤旧营习梁,长沙陆军以规制称,君之力也。岁庚戌,年饥米贵,宝庆府属尤甚,饥民滋事日有闻。大府檄君移所统军驻宝庆郡城,君恤贫赈饥,所惩治皆藉饥图逞,素以不肖为乡里苦者。自春徂秋,城乡宴然,郡绅为登报章。大府将以登荐剡,而君以积劳病伤寒,八月廿四日,卒于差次,年甫三十有一。事闻,省大府统领嗟叹累日,同事旧部,莫不掩涕,而宝郡士绅尤感恸。弟某于殡后将启行,士绅坚止之。嗟乎! 君虽死如生矣,虽不寿,不虚此生矣。

书　类

代史采崖《上醴陵令书》

敬禀者：伏以陈根落叶，殊旨蓄亦以御冬。然而勺水涓流，必挹注才能润物。方今时艰丛事，取竭多方。贤父母揽群策权中，久闻博采。邑人士望百堵悉立，惟藉推移。查曾祖某公，生道咸之际。其时士艰志学，武城慨作辍之弦歌；或且名列韶传，寒畯阻徒行之征辟。用此怒落殖无功，常思节家食畀公。赍志先暝，遗言在耳。于是妇承夫志，始率千缗而权息。既而子赞母成，遂入恒产于公车。今坐落某地，田租若干石。既先曾妣黎氏，呈请蠲赀存阁，为新贵簪宴之母金。而先祖敬庵，移款置田，作举贡锦程之祖饯。所以鼓舞风檐构思之勤，策励揽辔澄清之志，不无补裨。具列桃档，可覆按也。今者科举早停，庠序方始，下帷独学，有造车合辙之难。广厦育材，妙聚冶一炉之用。似宜以勉励囊光凿壁为轻，而更以经营众壤群流为重。良山居稼圃，惭太邱不必公卿。家乘荒芜，逝宣城空留杯棬。蓬头失学，蒿目忧时，未能效先人不毁之舒，敢遂谓孝者以述为继。窃见敝县劝学所，创始以来，即今非久。众擎虽举，乐育未宏，固由组织犹待求全，亦以推行未能共济。夫冯谖市义，视其有余。卜式输财，责在富者。愧心长而力限，忍谊切而愿违。凡有可因，悉当利导。矧兹未

278

坠,岂任沦胥。因而金质同方,追维前绪。外赞以咨谋咸若,内喜于志事相符。改告朔之饩羊,礼殊而非废;用不龟于拼擗,时过则宜迁。所有祖捐公车费田租若干石,拟悉岁收。拨增所费,明发远怀。起九京而告慰,南荣微曝;比寸草之有心,觊叙原由。乞稽卷册,得季公片语,百金不耗于虚悬。及南阳一年,四境悉沾其溉润。赐批立案,饬董遵行,正不独逝者佩恩,一家颂佛也。合具禀陈。伏祈鉴詧。

与吴漫庵书

漫庵进省竟未知。昨闻得兵备处文案,川行中止,慰甚。文案事忙否? 尚有诗兴否? 蜕前以君有桂行,作四律相赠,今未及录呈。如欲之者,望送我诗笺一匣,当并录近作数首奉呈。(录诗不过数纸,竟索一匣,一因赠君诗有"花落菖蒲寄笺纸"之句,二则纸笔用繁,借此打把式也。能交采崖带来更好,有好墨并寄,一定)住此四月余,思一走动,而舍弟许汇之款尚不到,竟不能成行,亦可愧矣! 暇辄来函,勿以忙忘,有诗并望寄示。若一入烦剧,遂废风雅,殊可惜。手颂吟祉,二兄均此。大兄闻来,然未见也。蜕顿首。

与史采崖书

近来颇懒作诗,解人难索。务为悦世,又性所不能。偶书六绝句,寄视蕨园,以为何如? 廿四日老曾送柬,如无误错,即望核示,或先以十串交去人。手上采公。蜕盦病榻。

又

采崖吾兄惠鉴:星垣话别以来,四十日矣。虽以蜕之力障情魔,拚以后所如所止,均以行云流水付之。然追思前此,不能不咽泪于回肠,酸心于一晌也。究之星日尚待销沉,藐躯寄我数十年,与朝菌蕣华何别? 有君一日君莫忘,便是天长与天久。不待今日,知为成谶,定理定数。言时知必有届时,亦何妨作淡漠观也。沈又岚驻京口一月,王铁珊将到,又以鄂无战事,(湘桂联军分地驻扎,颇合机宜。有可进之势,乃能收不战之效,非无理由也)自行取消。蜕遂于新历二月十日，由荆口到武昌，小住两日。承粮台诸君优款，蜕得以观揽雄城，瞻仰武烈，略慰离情。今晚拟由汉口趁轮，径至江苏。湘虽旧土，常州为先亲坟茔所在。且寡媳孤孙，尚需老人瞻顾。蜕自去年病后，亦渐觉衰飒。即遇事力振，心有余而力不足。故朝晚寒暖，亦颇思膝下之维持。此行诚再四思之，非得已也。倘此后尚能老健，必当再游湘渌。而下江江海之趣，尤盼吾兄或以有事来此，则相见亦易易耳。现在固不敢奢望及此，亦安见天心仁恻，不令蜕老留喘，以待故人耶？别后诗情顿减，同辈见索，不复能如从前之挥洒如意。丘公学退，江郎才尽，古人身历非欺人语也。自念原因，由枯涩固半，而怕道深情，实为主点。烟霞之癖既除，吟捻之趣又废，故此行尚拟觅一不甚劳不甚逸之事以自处。一则消遣，一则自资，第不知能如愿否也。随后定居，再当函达。不尽胸臆，驰问起居，重闱晋敏。弟陈蜕盦顿首。

涤公尚在省否？代致拳拳。随后必有函。霞炳、醉吟、炳南、澥滨、何老师暨诸相知，均请先代问候。此函拟托醉吟转交，而竟未暇另作致醉吟函，殊不近情。故寄张老班转交，且似较速也。又及。

与叶楚伧、朱少屏、柳亚子书

楚、屏、亚三先生：别后以昨日到京，暂寓旅馆。东亚定名“民主”，在椿树二条胡同，出版现拟此月二十。海风万里，红尘十丈，尚未能一豁眼光，得北情事也。昨日中央新闻为步军衙门所蹂躏，（闻内务部则未知）合社数十人，并家属在内，男女均被缚去，极怪野蛮。此时发见，想公处已早有所闻。缓再续布，草颂吟祉。蜕盦上。初三。

答姚石子书

石子社长大鉴：月初得手书，并子类投稿四种。鹓雏读佛典杂志，确有深得。愧弟读内典少，未敢建大将旗鼓也。君深为孔墨介绍，引证确凿，皆出色文字。鲁詹性善性恶议，于近世生理学，颇多拍合。箕子九畴，吾国古学，惜湮没三千年，未能步步求实耳。读《庄子·天下篇》，未署作者，度亦鹇雏作耶？是皆可录之作。外附拙作二文十诗，乞酌登。余不详及。弟老未至而衰日甚，天寒更咳，致先生处久缺函报。前次惠书，及吴集、浮梅集等，早拜领矣。专颂大祉。粲君先生均此。弟蜕盦顿首。一月廿二夜。

杂 文 类

瘗魂红拂墓幻谈

岁在己酉，三月三日，蜕盦瘗其魂于醴陵西山红拂墓侧，而蜕盦之蜕，依然在也。恍乎若有所悟，惝乎若有所迷，窈乎若有所思，梦乎若有所疑。人有弃其蜕者，死也。有弃其蜕而葆其魂者，仙也。有弃其蜕并弃其魂者，鬼也。吾死也耶？吾仙也耶？吾鬼也耶？胡失其魂而蜕不与俱耶？曰厌世者之激举，非激举也。曰傲世者之谐语，非谐语也。曰欺世者之诞言，非诞言也。曰遁世者之遐想，非遐想也。所悟何悟？吾魂之有所同穴而未觉也。所迷何迷？吾蜕之失吾魂而犹觉也。所思何思？吾同穴者之蜕何在也。所疑何疑？吾蜕之何以在此而不与同穴者之蜕俱也。噫嚱吁悲哉！吾蜕盦矣，红拂何之乎？吾魂长与红拂居矣！吾蜕失红拂则失魂矣！失魂又焉用蜕？然则谓接吾蜕者皆吾魂，即皆吾红拂，则红拂无蜕也。殆吾瘗者魂，红拂则并蜕瘗之耶？吾何不亦并蜕瘗之？吾魂不可一日失红拂，则吾蜕何可一日失红拂。吾蜕而可失红拂，则必吾蜕不复觉有吾魂乃可也。吾蜕犹觉有吾魂，红拂安能离吾蜕而接吾魂，吾魂又安能离吾蜕而接红拂？噫嚱吁悲哉！一死一生，岂其然乎？虽然，胡为而生不我接也？又胡为而死不我知也？吾欲出于悟迷思疑之外，仍交乱于悟迷思疑之中。一瞬而喜,似两蜕之合可必。一瞬而惧,似两魂之接尚虚。循是而往,瘗魂何为者,瘗蜕而后可。瘗蜕又何为者,并魂与蜕瘗之而后可。然则任厌世傲世欺世遁世之位置,而不必有所择焉。听激举谐语诞言遐想之丛评,而不必有所辞也。谓瘗者吾魂,未瘗者吾蜕,可也。谓瘗者吾蜕,未瘗者吾魂,可也。谓瘗者吾蜕亦吾魂,未瘗者非吾蜕并非吾魂,可也。谓并无未瘗者,可也。谓实无所瘗者,可也。嘻! 蜕盒今何在哉! 蜕非蜕,盒非盒,岂复有一寸之肤可凭,一尺之地可住耶?

举酒酹空,放声而哭。哭已而笑,笑已而歌。歌曰:

世无蜕盒兮,红拂何生? 世无红拂兮,蜕盒何死? 生者死兮死者生,何为生兮何为死。问天兮天不语,问人兮人不顾。岂惟天与人,红拂蜕盒亦将无辞以终古。驱万尘兮为丘,吁九灵而作雨。以沃以凝,为封为堵。美其谥曰才子佳人,饫其享以兰风桂露。气百变而相求,骨万年而不土。既两情之足慰,谅无愁兮待诉。魂其安居,吾将去汝。

　　此篇阙题,盖即所谓《瘗魂红拂墓幻谈》也。钝记。

　　案《瘗魂红拂墓之幻谈》,见《蜕僧余稿》中《自题题襟集诗》小注。诗所谓"已瘗精魂傍美人,情根休更出埋尘"者,是也。又此文第一次"噫嚱吁悲哉"下,原有"吾今蜕盒,吾唐必卫公也。非如此,乌得瘗魂于红拂墓顾"廿二字。旋自乙去,附识之,以备参考。亚记。

春江篇(未竟)

忆自春江初遇,时过小春。桃李冬华,冰霜岁暮。仆以萧条之客,骈马寒郊;卿从忉利之天,骖鸾小谪。惊心绝艳,超粉黛三千;晕颊生红,异金钗十二。自然风范,必系琼门;未转玉音,已知珂里。非三生之宿契,岂一顾而不忘。时则臣叔同车,问路异蓝桥天上;然而使君五马,采唐非淇水桑中。室有同心,忍视作御冬旨蓄;乡之巨擘,更难于抱布即谋。文君之侍者未通,温氏之老奴谁识。恨相逢太晚,唤无可奈何而已。既而情有所钟,缘嗟其阻。愁吟成谶,苟罢炉薰。醉饮逃禅,苏为旛绣。似通妙悟,赤绳早系于宋城;信有前因,红拂岂终于相邸。如迷如吃,亦信亦疑。谓后所见,即前所思,芝草醴泉都在;以今所求,当昔所梦,桃花人面偏非。一念之痴,将通所室。现前之事,转易为难。嗟乎! 我方信天假之缘,赤凤非因贵人姊;谁能料河清难俟,青袍久误杜秋娘。待我二十五年,甘为怨女;迎亲四千余里,只晤阿兄。颠倒离奇,谁掌人间婚牒;错综参互,都成妙手文章。况乎静女其姝,惨听求凰之曲;犹幸大夫速退,未妨完璧之归。(别作"未妨衣翟之朝")而患在情多,空回此两行红粉;虽境由意造,奈枉他一梦春窗。至于中岳吹笙,镜花水月;爰及西泠问字,山色湖光。悉数尘根,铁(错)〔铸〕六州之错;推原阅始,雾连五里之城。所奇者,早知碧海青天,此心相印;偏遇杯弓蛇影,到眼旋迷。必待石遇生公,一字已成铁案;才许洲寻聚窟,三缄翻悔金人。所负已多,自嗟何及。天台可到,历九坂而非迟;沧海难平,填千年而犹陷。此亦屈穷于天问,而非蒙可以物齐也。独是盼璧月之终圆,常疑星替;问银河而欲渡,试卜秋期。用是婆娑,宁非惘怅。原夫指心之喻,自爽于盛年;痼瘵之求,屡迷于默许。解围设青纱之帐,岂真忍视以小郎;执柯下玉镜之台,已明言将求代者。甚至弟昆知指,比新特于旧姻;尽拼伉俪虚名,异越吟而楚宦。想其数幽闺之岁月,寂寞自怜;亘长夜之星河,追随以梦。知南华为误读,犹信其愚;客西域而不归,岂非有待? 用情于莫谅,妾不辞痴;之死亦靡他,人知其一。愧霍子孟无术,守跬步而不离;问陈叔宝何心,觍面目以存世。嗟此生之碌碌,付知己于冥冥。将子逾墙,恤人言者多畏;劝公无渡,泣歧路伊谓何。疑有天焉,莫非命也? 则谓诗书误我,风气移人。啜尘羹土饭以忘饥,置湘瑟雍琴而不听。轻千金之掷,寄奴竟返临河;怀九转之丹,穷羿终难入月。宁人负我,岂知我已负人;愿死于情,不道情深于死。徊徨迫促,瞀乱沉吟。和药趣人,甘饮酏而求醉;翻羹问婢,易为食者惟饥。溯因垢之所由,分好述之无日矣。然而慰情聊胜,喜看娇鸟依人;原知幻境难常,且任两骖驾熟。虽复梦回秋枕,偶闻咽语和蛩。酒醒晓钟,便欲离魂化蝶,而藏愁肠曲,蕴泪眶深。惠庄隐几则如聚死灰,孟尝闻

歌则忘其身世。自比于无情太上，转以为来日苦多。时则有泛自
云淞，来从苕霅；忽顿忆座中眉语，窗下针神。南顾塞鸿，谁告少卿
不死；西飞青鸟，还疑王母将来。本为泡幻昙华，一指无殊三耳；从
此风声鹤唳，八公竟作九疑。醇酒今生，效信陵者传为有托；钟情
我辈，知嗣宗者莫谓猖狂。盖一往既深，则中边自彻。始尚逶迤以
求达，终由泛滥而忘归。凡此褊心，孰为默识。悔匿情于既往，披
露及今，怅自误于三思，折衷恨晚。今者脍鲤双鳞，通相思于渺素；
燃犀一角，照灵迹于幽玄。岂死者已不可复生，无身而魂就；或相
接纯由于一气，不梦而神交。是耶非耶? 恍矣惚矣。夫三山遣使，
太真不负唐皇；七日还生，无双终归仙客。遇殊神魄，理有权衡。
盖帐暖芙蓉，久擅专房之宠；而栏围芍药，竟成陌路之人。故道士
能觅返魂香，而蜀道之花钿终委；非押衙独得不死草，而玉钩之坏
土难埋。以此参观，从而互证。自怃半生之憔悴，未谐一日之因
缘。既结精诚，岂无端委。樽前斄尾，莫道将阑；塞外焉支，竟谁能
夺。问人间何世，几度沧桑；愿天下有情，终成眷属。倘非然者，才
人命薄，难销艳福于生前；彼美缘悭，尚阻自由于垂暮。则有楚材
晋用，阿堵传神；赵帜汉移，须弥纳芥。吴刚之斧修月，娲皇之石补
天。洛浦巫阳，无碍双双并至；素娥青女，莫嗟珊珊来迟。亦一神
奇，非同诞幻。惟是岁星在侧，汉皇叹其不知；优孟居前，楚相岂犹
未逝。君臣之谊尚尔，妃匹之际尤然。用此一因，更生诸想。叹命
宫入于磨蝎，竟赋性同于听冰。自爇心香，为取神天之鉴；愿因智
筏，终通星宿之源。今夫橘变于逾淮，本无异质；然而桐焦于炊室，
自中清商。胡陆子之怀犹昔，竟周郎之顾难酬。晋旷聪迷，鲁君声
异，可讶者一也。神娥之居处无郎，海市之楼台是幻。乃相逢心
印，而入夜梦长。果然别有鸳鸯，岂堪并命；试问谁为鹦鹉，致此含
情? 可惧者一也。倘其啖安期之枣，而与邵平以抱蔓之悲；或者偷
方朔之桃，而责王戎以钻核之代。尹邢交屈，卢庆皆通。便教买椟
还珠，已嗟薄倖；若使因瑕玷璧，更涉诛求，可愧者一也。既迷蝶化
之身，终当梦醒；暂作鸠居之计，偏受啁嘲。重来已逾三生，何处更
逢七夕? 回肠久断，别泪休弹，可伤者一也。自今以往，无所用心。

洛阳之花事迷离,汾水亦难寻社燕。湘渌之烟波窈窕,天涯恐已尽啼鹃。生死莫知,形神何接。结余因于来世,空王难证其二三;仵同穴于今生,疑冢已迷于一再。桓伊笛诉,枉自情深;魏武车回,难辞腹痛。告祝宗而祈死,尽此愁身;愿我佛之垂慈,说明因果。(中阙)乃者桑榆景迫,萍絮遇穷。仙霞岭整路三百六层,层层云护;罗浮山琼房七十一所,所所灵居。由是息诸非非想,来游护世城中;屏此一一因,拟到婆娑树下。绕朝赠策,秦岂无人;公旦锡箴,鲁其有豸。则有乌衣门巷,梦里曾经,大泽书函,上林真到。仲氏非忘吹篪之雅,当年实有隐谋;子上已居夺邑之名,没齿更何余怨。慧心早识,无奈文宣之愚;密意今通,应喜连波之悟。执书欲涕,转念为欢。问穆王是否独来,言虽闷而意显;托陶朱以期偕隐,文虽回而心深。脂辖巾车,问卯求时卿未误;刻丹胶柱,呼庚望岁我何愚。夫留侯期黄石而迟,已嗟靡及;况终军弃关繻而过,尤爽所要。嗟蓬首蒙尘,相见转疑非是;恸回身面壁,不知于意云何。从兹色色形形,仍堕白云深处;为问朝朝暮暮,谁居巫峡高原。驻马坡前,空劳回首;望仙楼上,又误微言。溯舟中隔镜看花,道是庐山示我;记门外循墙数步,冀其甥馆迎宾。始见叱于豪奴,继被摈于黠婢。莫说元龙豪气,只要卿知;已通司马琴心,岂因令重。想犹怜其憔悴,必且为此踟蹰。然而我自能狂,彼奚足较。嵇叔夜不为栉沐,心在所思;吴季子均是梓桑,意非有迕。故仓卒以中宵而去,尚申明其所止之方。当时沸血奔心,鹿音奚择;此日追思如梦,鸟死犹鸣。盖名谂同车,闻而似咤;舟催解缆,迫者为谁。倘飞云犹受羁縻,致鬼神示之影响,则为谁亲迎?而与子同归,少年素冠,疑代迎丧于伯氏。寓言雪涕,将同强谏之大阍,意未白于士夫。原可不求共谅,变忽生于门内,翻教此举迫成。名分一成,挽回奚及?亲朋交迫,细弱何堪?是则守死固在意中,曲从更为可恸。骆驼奋其两耳,惟有奔趋;鸳鸯久共一心,宁伤飘泊。嗟乎!既矢厥诚,宁犹有悔。乃蒲团佛火,叶趋赴于无肤。锦被红潮,染潇湘而有泪。如竟隐娘失去,磨镜难寻;苟其小玉先亡,梦鞋误卜。将终鳏不足酬侠女,即立殉亦已后九京。茹恸无言,埋愁何地;虽存一息,心欲成灰。(下阙)

述梦（未竟）

人生一大梦也。吾以梦视生久矣，今述生以梦。吾手足，吾子女，吾友朋，吾所私爱，吾所普爱，有未释然于吾生者，诊吾梦则得之矣。勿以吾生为生，亦勿以吾梦为梦也。

梦言者，梦生之日记也。述梦者，梦生之墓志也。梦言者，散纪各梦。述梦者，专纪一梦。合则专，分则散。分分合合，成此梦生。梦言出而梦生以梦名，述梦出而梦生以梦死矣。

岁今己酉，行年五十。前此二酉，岁阳在乙。时维仲冬，良辰吉日。京邸旋旌，春申作客。薄游郊原，遂至茗室。寺名静安，有寺无佛。士女如云，衣巾聊乐。摄齐登楼，循栏曲历。有美清扬，倚栏方啜。润色羞花，莹姿替月。秀项垂肩，轻盈熨贴。瞥睹互惊，三生旧识。俯黛微颦，回波屡及。未问其名，决为阀阅。未审其音，似同里籍。未识其容，如慰久别。意阻遥通，神凝潜浃。臣叔居前，略示朕迹。天工之巧，亦闭亦辟。时有韩臣，高冠宽褶。纳币勿售，（平声）茗人索直。生欲代偿，探怀已竭。遍告同游，为之醵乞。叔也挥金，生为间接。满座眙然，瓠犀粲发。似许生狂，还嗟其率。一顾之知，惟心所契。非有因缘，其何能得。油壁挟登，纤裙裹摺。带蹴风轻，鬟扶云侧。心旌远飞，如摇如曳。亘亘相思，三年一别。在地唐棣，在天云月。鹊不填桥，雁辞系帛。彼心此心，两心毋致。九曲穿珠，千丝看织。思之绵绵，忆之历历。声应气求，引磁投漆。娇鸟未飞，鲦鱼方泣。天假其缘，事逢其适。乃瞻西泠，孔怀方亟。传语如蚩，恐讥掺夺。誓以情感，勿为捷得。智短心长，理优术绌。在我为愚，负人何说。隆隆之焰，炙手而热。九党惛惛，万夫咄咄。辗转相时我快然，知卿不屈。如何纷纷，事变仓卒。势诱利拒，闻者咤惜。驱，遍诸臧获。深处重闺，岂能尽悉。知伊绝慧，料势不敌。转换周旋，必有奇策。愧予粗疏，顿然气结。亦谓同爱，得非所惜。指镜不悟，如狂如瘦。岂知此中，无虑不轶。昔幼无知，谤疑交集。焉有平冠，而罹隽屈。我方夷然，人将不屑。好龙一书，兰江夺檄。其余琐琐,不能殚述。知卿爱我,故相破裂。前此有言,使人战栗。谓我娶卿,伊有奇术。置卿膝坐,接卿口吻。玩味其意,显然如抉。聘而不娶,以为畅识。嗟我卿卿,为我罹毒。抚心捣胸,百身莫赎。百两不迎,媵臣言渎。幸此慧人,翻然西轴。去本为我,行亦非迫。系情有丝,见机有烛。苟非然者,伊于胡极。曾为我言,此娶如纳。意从我夺,用此示辱。我之至愚,谓卿伊属。岂惟同怀,为卿宜恤。受侮不怨,宁自饮泣。夺职何咎,吁卿必恤。庚子之春,文字狱作。里党纷然,谓予复螫。不虞众口,恐卿亦惑。嗟我爱人,知我则哲。始终不移,屡遗慰藉。并知非遣,(别作"岂惟遣使")以身相蹑。至诚感神,奇征屡告。蒙昧如我,遇而不觉。天牖微明,常有所触。客秋决心,寻妻汾曲。缘深阻多,几不能发。中途异兆,乃兄在洛。转予马首,改途易辙。居然可喜,得其居宅。两书续投,不报己得。约期偕行,如膺九锡。翌晨迟误,仅逢潞国。心事难言,姓名敢匿。乐极而昏,再三舛错。未为三思,但自迫促。(下阙)

画　赞

儒而释耶?释而儒耶?儒自儒而释自释耶?仰视石壁,闻说法而首不颠耶?四隅岩花,遇天风而袖不落耶?或曰坡公佛印,旁列者何人耶?或曰泛舟赤壁,奚舍棹而登陆耶?蜕翁一笑,不问画意。落笔捷书,听人摹拟。

诗

过采崖求蜕庵遗诗作二首
醴陵傅尃钝根

此是蜕安旧游处，访君今日我重来。四厢却视龙蛇走，犹见当年绝世才。

如君淹雅更无伦，且办林泉著此身。我亦黄农闲梦渺，西山行觅采薇人。西山蕨园采崖所居，蜕曾久客此也。

题蜕庵残稿即示采崖
前　人

丛残收拾意何如，不负虞卿老著书。今日渌江风雅歇，元龙地下倘愁余。

题蜕庵评石头记遗稿二绝
前　人

顽石何年幻故吾，欲求影事转模黏。蜕庵独洒同情泪，流向冰瓯箸此书。

人天撒手赋同归，幻迹鸿泥是也非。苦恼不根恩爱至，肯将僧帽

289

换朝衣。

哭同社死友七首之一
魏塘周斌芷畦

龙川才气渺无俦,潦倒江湖到白头。一死了无家国恨,忍教热泪
遍神州。

亚子寄蜕庵文集,至感,成二律
前 人

豪气销难尽,元龙亦足夸。文章惊海内,老死在天涯。一掬灵均
泪,重歌玉树花。不知叹逝赋,灯下几吁嗟。

惊倒龙川集,才华绝代雄。天遗孔尼父,世有柳河东。肉骨谁生
死,神交竟始终。高风足千古,挂剑或相同。

读蜕翁遗著感题四绝
东江王德钟大觉

是谁恢复旧神州,鼠雀偷功尽列侯。百尺楼头击筑客,依然憔悴
一诗囚。

几辈烂羊鸣玉珂,先生只有半肩蓑。雀罗并乏青蝇吊,北路苍茫
奈若何。

广陵湖海飘零后,摇落江关作赋才。从此湘吴两处过,翁诗有"湘
吴两处同乡认"句。酒垆邻笛尽增哀。

著书自古合穷愁,滴露研朱到白头。我所思兮岂并世,此心不死
是千秋。

文

读陈蜕盦先生遗集

松江马超群适斋

呜呼！士生当世，富怀抱，志在利国泽民。洎不得志于时，而区区以文字自见，抑已末矣！乃不欲以文字自见，而为境遇所厄，衣食奔走于文字。身殁之后，将付之飘风凄雨，不知藨落何所。而二三知己，为之掇拾于煨烬之余，镂板孤行，冀以章其行谊，不尤可悲乎？方苏报案之发生也，余时在沪。章邹二君相将入狱，友人辗转相告，靡不含泪盈眶若重有忧者，而不知先生之初脱缴而后离网也，更不知覆其巢而并无完卵也。呜呼！积威之下，志士真不可为哉！

图书在版编目(CIP)数据

陈范集 / 陈范著；王敏编校. —上海：上海古籍
出版社，2021.5
ISBN 978-7-5325-9993-6

Ⅰ.①陈… Ⅱ.①陈… ②王… Ⅲ.①中国文学—近
代文学—作品综合集 Ⅳ.①I215.02

中国版本图书馆 CIP 数据核字(2021)第 076721 号

陈范集

陈 范 著

王 敏 编校

上海古籍出版社出版发行

(上海瑞金二路 272 号　邮政编码 200020)

(1) 网址：www.guji.com.cn

(2) E-mail：guji1@guji.com.cn

(3) 易文网网址：www.ewen.co

常熟市文化印刷有限公司印刷

开本 635×965　1/16　印张 20　插页 2　字数 297,000

2021 年 5 月第 1 版　2021 年 5 月第 1 次印刷

ISBN 978-7-5325-9993-6

K·3010　定价：88.00 元

如有质量问题，请与承印公司联系